U0903654

The Narrow Corner

偏僻的角落

〔英国〕威廉·萨默塞特·毛姆 著
刘宸含 译

译林出版社

短暂的，是人的生命，

偏僻的，是人在这世界上的一隅容身之处。

序

这篇小说中的人物都非常奇怪，他们进入你的脑海，自顾自地生根发芽。他们拥有着适合自己的性格，他们身处某一环境中，你总是时不时地就想起他们。有的时候，他们甚至成了一种困扰，因为除了他们，你已无法再思考其他东西。然后你提笔想把他们写下来，但对你来说，这时的他们已不再是他们了。很奇怪，一个时而在你脑中一闪即逝，时而让你念念不忘的人，一个也许让你几个月来日思夜想的人，竟然会完全地从你的意识中消失，你不记得他的名字，也不记得他的相貌，你甚至会忘记他曾经存在过。不过有时，事情并不是这样的。一个你本以为已经写完的人物，一个你并未特别留心的人物，却并未被你的记忆遗弃。你发现自己又开始想他。这种感觉很让人恼怒，因为你心里想着他，而他对你已全无用处。既然如此，他强迫你记得他又有什么意义？他是一个不速之客，闯入了你的派对，他享受着你为别人准备的食物和美酒。你心中并没有多余的地方给他，你必须关注那些对你来说更加重要的人。但是他才不在乎呢！他才不理会你为他准备好了的体面的棺木，继续固执地活在你心中。确实，他不按常理出牌，然后有一天你惊讶地发现，他已经挤到了你思想的最前线，你已经没有办法不注意他了。

这本小说的读者将会在《中国剪影》中找到关于桑德斯医生的简略描写。他是在短篇故事《陌生人》中出场的，当时我留了几行给他。我从来没想过会再次想到他。没有任何理由能解释为什么继续活下去的是他，而不是那本书中的其他人物。他将命运掌握在了自己手中。

而尼克尔斯船长最初是在《月亮和六便士》中登场的。一位我在南海遇到的海滩拾荒人提到了他。不过我写完那本书后不久便发现，自己与他的缘分并未就此结束。我不停地想着他，后来当我校对从打字员那儿返回的手稿时，他的一段对话让我灵光一现。我忍不住想，可以用这一素材写部小说，然后越想越觉得喜欢。当我拿到最后的校样时，便已经决定要写这本小说了，于是将文章切成了对话。下面便是这段会话：

“在事业的其他方面，他就幸运的活络多了。他走私枪支到南美，走私鸦片到中国。他也在所罗门群岛从事过黑鸟勾当①，额头上有一道疤，就是某个不明白他善意的初衷的流氓黑鬼留下的。他主要的一单生意是在东部海域巡航，而他对那次出海的回忆便是他经久不衰的话题。好像是有一个悉尼的家伙走了霉运，杀了人，然后他的朋友们竭力帮他躲一阵风头，所以找到了尼克尔斯船长。雇主给了他十二个小时买纵帆船找船员，然后第二天晚上，那位有趣的乘客便在离开海滩一点儿的地方上了船。

“‘这份工作我赚了一千金镑，现付。’尼克尔斯船长说，‘旅行很愉快，我们穿过了西里伯斯岛，绕着婆罗洲群岛转了转。真是太棒了，那些岛，到处都是美景和植被什么的。不管什么时候只要你想打猎就能打猎。不过当然，我们是不会做坏规矩的事的。’

---

① 黑鸟勾当，诱拐和强行买卖奴隶。

“‘你的乘客是个怎样的人？’我问道。

“‘好人，世间罕见的好人。牌也玩得很好。我们每天都玩埃卡泰牌，玩了一年，然后我那一千金镑又都输回去了。我自己也是个很厉害的牌手，而且我可是留心着呢。’

“‘他最后回到澳大利亚去了吗？’

“‘他是那样打算的，他在那儿有一些朋友，他们一直想在几年内花钱摆平他的小麻烦。’

“‘我明白了。’

“尼克尔斯船长停顿了一会儿，他那生机勃勃的眼睛奇怪地蒙上了一层阴影，眼神变得有些涣散。

“‘可怜的人，在爪哇的时候有一天晚上他掉到了海里，我猜后事都由鲨鱼了结了。他是个玩牌好手，我几乎没见过比他更厉害的人。’尼克尔斯船长若有所思地点了点头，‘我在新加坡把纵帆船卖了。卖船的钱再加上那一千金镑，这趟买卖我算是做得不赖。’”

正是因为这个小插曲，我才想到写这本书，不过真正动笔，也是十二年后的事了。

1

故事发生在很多年前。

2

桑德斯医生打了个哈欠。现在是早上九点，一天才刚刚开始，他却已经无事可做了。今天已经来了几个病人。应该也就只有这几个了。之前这座小岛上并没有医生，他来了之后，岛民们便抓住这难得的机会，蜂拥而至请他看病。不过这种小地方也生不出什么疑难杂症来，他所诊治的疾患，要么是医生也无能为力的慢性病，要么就是些无关紧要的小毛病，用些简单的药物就能治愈。桑德斯医生在福州行医十五年，治疗眼疾的医术高明，在中国人圈子里赢得了很好的口碑。这次到塔卡拉岛来，是为了替一位中国富商做白内障手术。塔卡拉是离马来群岛很远的一个小岛，与福州相距甚远，所以一开始桑德斯医生并不打算亲自过来。那个中国富商叫程金，是福州本地人，有两个儿子，都在福州。程金和桑德斯医生是老相识，他总会定期回福州一两趟，有时便会请医生诊治自己视力日益下降的眼睛。程金是听说过这位医生的传说的，知道他能化腐朽为神奇，让失明的病人重见光明。于是当自己的病情发展到只能辨清白天和黑夜时，程金便打定主意，请桑德斯医生做白内障手术，以确保自己能重见光明。桑德斯医生曾建议程金，如果出现了某些症状，就前往福州进行手术。可程金因为害怕手术刀而耽误了治疗时机。后来他的病情日益恶化，已到了无法分辨事物的地步，但由于怕自己无法完成长途旅行，他便叮嘱儿子一定要说服桑德斯医生，请他来塔卡拉为自己做手术。

程金是苦力出身。年轻的时候有过了不得的经历，加上他坚韧不凡，胆识过人，又有命运的垂青（当然也少不了欺诈和不择手段），最终聚敛了巨大的财富。如今他已年届七十，在好几个岛上都有自己的大农场。他有几艘用来采集珍珠的纵帆式帆船，他的主营生意是大规模贩卖群岛上所有的物品。为了父亲，程金那两个已步入中年的儿子便去拜访桑德斯医生。他们既是医生的病人，同样也是朋友。每年医生都会受邀跟他们一起品尝大餐。惯例是燕窝、鱼翅、海参以及其他各种珍馐美味，还有高价请来的舞娘的伴舞助兴，每个人到最后都会烂醉如泥。

福州的中国人都很喜欢桑德斯医生，因为他会说一口流利的福州方言，而且和其他住在“定居点”的外国人不同，他就住在福州市区。桑德斯医生在那儿住了很多年，当地的福州人对他的各种习惯都很熟悉了，知道他抽大烟，虽然抽得不凶，也知道其他一切他乐意为人所知的事。在中国居民看来，桑德斯医生是一个理智的人。社区里的外国人总是对他冷眼相待，但这并没有影响中国居民对他的喜爱。医生从来不去俱乐部；邮差来送信时，他总是在看文件。其他的外国人从来不请他吃晚饭，他们有自己的英国医生。只有当他们的医生休假时，才会请桑德斯医生过去。不过若涉及眼疾，这些外国人就会收起自己对桑德斯医生的不满，屈驾前往他的诊所寻求诊治。

医生的家坐落在河对岸，是一栋破烂的中式小房子，被这个城市散发出的恶臭包围着，不过医生自己却乐在其中。他的客厅就是他的诊室，那些外国人坐在里面时，总是心怀厌恶地环顾四周，觉得降低了自己的身份。房间的陈设都是中式风格，只有两件西式家具：一张拉盖书桌和一对磨损严重的安乐椅。褪了色的墙壁上，挂着病人谢赠的中国画轴，还有一张由厚纸板做成的，印着不同大小字母的视力表，两者相邻而挂，显得格格不入。在那些外国病人眼里，这个屋子里总是弥漫着淡淡的鸦片味，辛辣而呛人。

不过程金的两个儿子却并未注意到这一点。即便注意到了，他们也不会表现出来。寒暄了几句后，桑德斯医生就从一个绿色的小锡罐里拿出了香烟请两兄弟抽，接着便进入了正题。程金让儿子们转告桑德斯先生：自己现在又老又瞎，根本无法亲自来福州，所以恳请医生前往塔卡拉岛，为他做白内障手术。而这个手术，早在两年前就应该做了。要多少报酬才行呢？医生摇了摇头。他在福州有很多病人，根本抽不开身离开，哪怕只有一两天也不行。而且他并不认为程金没有办法来福州。程金完全可以坐自己的纵帆式帆船过来，如果那样也不行的话，他也可以从望加锡市[1]请个能妙手回春的外科医生。程金的儿子们滔滔不绝地解释道，在父亲眼里，只有桑德斯医生才能让他重见光明，所以他执意不让其他任何医生碰他。儿子们还表示，如果桑德斯医生愿意前往塔卡拉岛，那么在离开期间损失的诊费，程金愿意出两倍的价钱来补偿。医生先生仍是摇头。兄弟俩对视了一眼，然后老大从内兜里掏出了一个大大的、破旧的黑色皮质钱包。钱包鼓鼓的，里面塞满了渣打银行的本票。他将这些本票一一展开在桑德斯医生面前。一千美元，两千美元……桑德斯医生看着程金的长子拿出了一张又一张的本票，嘴角微微地翘起，锐利而明亮的眼睛里闪烁着兴奋的光芒。兄弟俩一边讨好地微笑着，一边敏锐地捕捉着对面坐着的男人的表情，突然间，他们嗅出了一丝变化。虽然兄弟俩确信，桑德斯医生体内的

① Macassar，望加锡市，乌戎潘当市的旧称，位于印度尼西亚。

贪婪已经被点燃了，但奇怪的是，医生依然没有做出任何回应，眉眼间对两兄弟耐着性子的谄媚也没有什么表示。程金的长子停住了手，向医生投去探询的目光。

“我没法一走三个月，病人们怎么办？”桑德斯医生说道，“让程金从望加锡市或者安波那[①]请个荷兰医生吧。安波那有个医生很不错。”

程金的长子并没有答话，只是继续从钱包里掏出纸张放在桑德斯医生面前。这次是百元大钞。十张一叠，一叠挨着一叠，一共十叠。那原本鼓鼓囊囊的钱包一下子瘪下去不少。

“够了，”医生说，“这些就行了。”

---

① Amboyna，安波那，即安汶岛（Ambon），印度尼西亚马古鲁群岛南部小岛。

3

这趟旅途几经辗转。桑德斯医生从福州出发，坐上一艘中国船只，到达菲律宾的马尼拉，在那儿等了几天，又上了一艘货船前往望加锡市。在望加锡市，每隔一个月有一班去新几内亚的马老奇的荷兰船，医生乘上了这班船，沿途又停留了好多站，这才最终到达了塔卡拉岛。医生随身带了一名仆人，是个中国男孩，负责在他需要时帮忙给病人上麻药，并在他抽大烟时准备好烟管。程金的手术很成功。接下来桑德斯医生便只等着荷兰船从马老奇回去了。在等船的这段时间内，他无事可做，只好闲坐着捻弄拇指玩。岛非常大，但却冷冷清清的，荷兰总督也只是时不时地来视察一趟。当地的政府代表是混种爪哇人，他们完全不会说英语，还有一些治安警察。镇上有一条商业街，街上的铺子只有两三家是来自巴格达的阿拉伯人开的，其他都是中国人的产业。离镇步行约十分钟，有一家小的招待所，总督定期访问时总在那里下榻。桑德斯医生就住在这间旅馆里。旅馆门口的小道贯穿了三英里的大农场，然后消失在原始丛林中。

荷兰船只要一入港，这儿就会热闹起来。船长和两三位官员以及总工程师一道上岸，如果船里还有乘客，他们也会一起跟来。大家伙总是来程金的商店，喝上一杯啤酒，但绝不会逗留超过三小时。喝完酒他们就回到船上去，一边驶离小镇，一边继续在船上睡觉。现在医生正坐在程金的店里靠门口的位置。店外面有一个由藤条编成的雨棚，挡住了很多阳光。街面上太阳毒辣辣地烤着，一条脏兮兮的狗正在嗅着一堆垃圾，寻找着可以吃的东西。垃圾上面盘旋着一群苍蝇，嗡嗡作响。两三只鸡在路面上扒寻着什么，还有一只蹲着，用翅膀在土里迅速翻动着。街对面有一个全身赤裸的中国孩子，肚子鼓得大大的，正在路边玩土，看样子是想用路面的沙土建一座城堡。苍蝇在他身边飞来飞去，停在他身上，他却一点儿也不在意，继续全神贯注地玩着土，也没有挥挥手赶走苍蝇。接着来了一个本地人，只穿了一件褪了色的围裙，单肩挑着扁担，扁担两头挂着两只篮子，里面装满了甘蔗。他走得很慢，每走一步都踢起一些尘土。店里有一个伙计，正伏在案头，不停地拿毛笔蘸着墨汁写中文文件。一名小工坐在地板上，一边卷着香烟，一边一根接着一根抽着。店里没有生意，医生叫了一瓶啤酒，那伙计放下手中的笔，走到后头，从水桶里拿出一瓶酒，再拿了一只玻璃杯，一齐送到了医生面前。啤酒瓶凉凉的，摸起来舒服极了。

时间过得缓慢沉闷又无聊，不过医生倒也没有不悦，他总能因为一些小事自娱自乐。他缓缓地喝着啤酒，看着外头脏兮兮的狗、瘦弱的鸡以及鼓着大肚子的孩子，也不觉得时间过得很慢了。

4

医生抬起头，发出了“咦”的一声。并没有船泊岸，却不知从哪儿冒出了两个白人，沿着满是尘土的马路缓步向这边走来。他们懒散地走着，一会东瞅瞅，一会西瞅瞅，就好像是第一次上岛一样。那两个男子穿着破旧的裤子和汗衫，遮阳帽也脏兮兮的，看到医生坐在那儿，就朝他走了过来。

其中一个人问道：“这儿是程金的店吗？”

“是的。”

“他在吗？”

“不在，他身体有些不适。”

“那还真不走运。进来喝杯啤酒没问题吧？”

“当然。”

说话的男人转向身旁的同伴，说道：“进来吧。”随即两人一道进了店门。

“你们喝什么？”医生问道。

“我要一瓶啤酒。”

“我也一样。”另一个人说道。医生要了两瓶啤酒，那伙计很快就拿来了，还顺带为新到的客人添了两把椅子。

两个男人中，一个是中年人，脸色灰黄，满是皱纹，一头白发，上唇留了一小撮胡子，中等身高，瘦瘦的，说话的时候露出一口丑极了的蛀牙。他的眼睛很小，眸色也浅，眼神狡猾又不屑，双眼之间相隔得略微有些近，使得他看上去一副狐狸相。不过他的谈吐举止倒也挺讨巧。

“你们这是从哪儿来？”医生问道。

“从星期四岛来，我们有一艘小帆船。”

“那还真是条很不错的航线。天气很好吧？”

“好得不能再好了，和风徐徐，海面平静极了，没什么值得一提的惊涛骇浪。我叫尼克尔斯，别人叫我尼克尔斯船长，也许你听说过我。”

“还真没什么印象。”

“我在这带海上漂了三十年，走遍了群岛的每一个角落，这一带我非常熟悉。程金认识我，我们有二十年的交情了。”

“我刚来这儿不久。”医生说。

尼克尔斯船长扫了医生一眼，神情诚恳，一脸坦荡，然而这一瞥，却让人嗅到了一丝怀疑的气息。

“你的脸很熟悉，”船长说，“我肯定在哪儿见过你。”

桑德斯医生微微笑了笑，却并未透露自己的任何信息。尼克尔斯眯起眼睛，努力回忆着到底是在哪里遇到过眼前这个小个子男人。船长仔细地端详着医生的脸。桑德斯医生个子矮小，只有五尺六寸多，很瘦，但却挺着大大的啤酒肚。他的手很柔软，胖乎乎的，但却很小，手指自下而上逐渐变得纤细。如果他自负，那么他对于自己这双手的好感，大概不止一点点，因为它们至今仍保留着受过良好教育的优雅痕迹。他的相貌丑陋，鼻子短扁上翘，嘴巴很大；他常常咧开嘴大笑，每当这时，便能看到他那硕大发黄、参差不齐的牙齿。灰色的浓密的眉毛下面，是一双绿色的眼睛，闪烁着有趣而聪慧的光芒。他的胡子并未刮得十分干净，皮肤上也有疤痕；他脸色潮红，颧骨处还泛着紫色的红晕，这是心脏长期感染的病兆。他年轻时头发一定又密又黑又粗糙，然而如今已几近全白，顶上也秃得只剩下几根稀疏的头发。不过他的丑陋一点儿也不讨人厌，相反还很有魅力。他一笑起来，眼周的皮肤便缩了起来，折成一道道皱纹，让他的脸看起来有活力极了，而他的表情也充满了一种极端的但又并非坏心肠的恶意。也许会有人把他当做一个丑角，但绝非是因为他相貌丑陋，而是因为他眼神中透露出的机灵——他的智慧是很显而易见的事情。然而即便他总是表现得很愉快，为人又聪明，喜欢开玩笑，常常会被自己和他人的笑话逗乐，但是仍旧让人觉得，他似乎总是有所防备，即便是放声大笑时，他也从未真正放开自己。不管他多直爽，举止多热诚，你总会感到他正在观察着自己，因而不会让自己被他表面的直白所蒙蔽，那双充满愉悦、流露着笑意的眼睛，此时正在观察者你，衡量着你，评判着你，然后得出结论。他可不是什么只看表面的人。

医生没有说话，于是尼克尔斯船长竖起拇指指着自己的同伴说道：“这是弗瑞德 · 布莱克。”

医生点了点头。

“你准备在这儿待很久吗？”船长继续问道。

“我在等荷兰的邮船。”

“往北还是南？”

“北。”

“你说你叫什么来着？”

“我没说过我的名字。敝姓桑德斯。”

“瞧我问的什么问题，看来真是在印度洋漂太久了。”船长说道，脸上带着讨人喜欢的笑容，“不好奇就不会受骗。桑德斯？我问过很多小伙子了，他们都说自己叫桑德斯，不过到底是真名还是别称，那就没有人知道了。我那老朋友程金怎么了，我还想和他聊聊天呢。”

“他得了白内障，看不见了。”

尼克尔斯船长站了起来，伸出了手。

“你是桑德斯医生！我就知道我见过你。我七年前去过福州。”

医生握了握船长伸出的手。

“桑德斯医生的大名无人不知，远东最好的医生，尤其擅长眼科，他就是干这个的。我以前有个朋友，所有人都说他会瞎掉，然后他去找了桑德斯医生，一个月后，居然能像咱们一样好好的。中国佬可相信他了。”尼克尔斯船长对着他的朋友说道。“桑德斯医生，这真是太意外了，我以为你绝不会离开福州的呢。”

“这不是离开了吗。”

“真是太走运了，见到你真是太好了。”船长探身向前，狡猾的眼睛定格在医生身上，他那目光过于炽烈，眼神中仿佛带着威胁，“我的消化不良可是折磨我很久啦。”

“噢！上帝啊！”弗瑞德·布莱克咕哝道。

自打他们坐下来后，这是布莱克说的第一句话，桑德斯医生转过脸看着他。布莱克没精打采地坐着，咬着手指，一副倦怠的样子，看上去脾气并不好。他挺年轻，看起来不到二十岁，高高瘦瘦，却长得很结实，他有一头深棕色的卷发，一双蓝色的大眼睛。他穿着脏兮兮的汗衫，套着粗布工作服，看起来粗鲁无礼。他的表情也不亲切，透露着一种厌恶感。不过他的鼻子倒是很挺拔，嘴唇的形状也很好看。真是个邋里邋遢又不懂规矩的年轻人，医生想。

“别再咬指甲了，弗瑞德。”船长说，“真是够恶心的。”

“先管好你的消化不良吧。”年轻人窃笑着反驳道。

布莱克笑起来的时候，便露出他那瓷白、小巧又形状完美的漂亮牙齿。在那么一张阴郁的脸上，牙齿倒是出乎意料的体面——那牙齿可实在是美得太炫目了，让人忍不住震惊。他那阴沉的笑容也因此看起来非常甜美。

“你就笑吧！你根本就不知道这病让我多难受！”尼克尔斯船长说，“我可是十足的受害者。别跟我说是我自己吃东西不小心作出来的病，我可是什么都试过了，却一点儿都不见好转。就拿这瓶啤酒说，你以为我喝的时候不难受？你很清楚我是难受的。”

“医生在这儿呢，你跟他倒苦水去。”布莱克说。

船长求之不得，于是便开始向桑德斯医生阐述自己的病史。他科学又精确地描述着自己的种种症状，不漏掉任何一个恶心的细节。船长告诉桑德斯医生自己曾经拜访过哪些医生，又尝试过哪些治疗，医生饶有兴趣地静静听着，眉宇间流露出同情，并且时不时地点点头。

“如果说还有人能帮我，那就只有你了，医生。”船长认真地说道，“不用别人向我介绍你有多聪明，我一眼就能看出来。”

“我创造不了奇迹。像你这样的慢性病，别指望有谁能一下子就药到病除。”

“噢，那是当然，不过你能给我开药不是吗，我可是什么都敢试。而且其实，我只是希望你能给我做一个全面的检查，这样行吗？”

“你们在这儿待多久？”

“你想要我们待多久我们就能待多久。”

“不过拿到想要的东西后我们立刻就走。”布莱克说。

桑德斯医生注意到船长和布莱克迅速地交换了眼神。不知为什么，他总觉得两人刚才的眼神很奇怪。

“什么东西？”他问。

弗瑞德瞥了医生一眼，原本阴沉的脸上又多了一份愠怒。而从这一瞥中，桑德斯医生看到了怀疑，也许还有害怕，他想。

这时船长说话了：“我们和程金那个老顽固有很多年的交情了。我们这次是要点儿他仓库里的东西，反正即便船上装满了也没什么坏处。”

“你们做贸易？”

“这么说吧，如果能顺道捎点儿货，谁会不干呢，你说是不是？”

“你们都捎些什么货？”

“什么都有。”

尼克尔斯船长友好地笑了笑，露出了发黄的大蛀牙，神情诡诈得怪异，仿佛隐瞒了什么。桑德斯医生猜测，他们也许干的是走私鸦片的勾当。

“你们会去望加锡市吗？”

“有这种可能。”

“那是什么报纸？”弗瑞德·布莱克指着放在桌角的一份报纸突然插嘴问道。

“那是三周前的旧报了，我从来时的船上带下来的。”

“这儿有澳大利亚的报纸吗？”

“没有。”布莱克的问题让医生觉得好笑。

“那这张报纸上有澳大利亚的新闻吗？”

“这是荷兰报纸，我不懂荷兰语。反正这儿的消息要比星期四岛来得慢。”

布莱克皱了皱眉，旁边的船长则轻轻露齿而笑，神情诡诈。

“就没什么英文报纸吗？”布莱克问道。

“偶尔会出现一份不知道谁从哪儿拿来的香港报纸，或者《海峡时报》，不过也是一个月前的了。”

“那这儿就没报纸了？”

“全靠荷兰船捎来的那些。”

“有电报或收音机吗？”

“也没有。”

“要是有人犯了事，想躲过警察，这儿倒是个好去处。”尼克尔斯船长说。

“躲一段时间应该没问题。”医生赞同地说道。

“再来一瓶啤酒吗，医生？”布莱克问道。

“不喝了，我要回招待所去了。你们俩若愿意，晚上可以去我那儿，我可以为你们准备一份晚餐。”医生面向布莱克说道。他之所以这么做，是认为布莱克会冲动地拒绝自己的邀请，然而回答他的却是尼克尔斯船长。

“那太好了，总是在帆船上吃饭，换换环境也好。”

“不过太给你添麻烦了。”布莱克说。

“不麻烦，我们六点左右在这儿见。我们先喝一点儿酒，再去吃饭。”

医生站了起来，点头向船长和布莱克示意，随后便离开了。

5

桑德斯医生并未直接回招待所。他刚刚热情地邀请了那两个陌生人，然而这并非因为自己强烈地希望款待他们，他只是在和他们说话时突然冒出了这样的想法而已。既然已经丢下了病人离开了福州，那便也不急着回去了。这么多年来，他第一次休假，所以在回去之前，他计划着去一趟爪哇。桑德斯医生想，如果尼克尔斯船长和布莱克能带他一起走，即便不去望加锡市，那也能去一个交通更为便利的岛，到时他便可以坐上一艘蒸汽船，去他想去的任何地方。程金的手术已经圆满完成，然而因为没有船经过塔卡拉，医生本已做好了再住上三周的准备，可是现在却遇到了出海的机会，于是内心深处离开这儿的渴望便翻腾了起来，使得他一想到自己已在塔卡拉无所事事了很久，便焦虑得无法忍受。医生沿着宽阔的街道走着，走了不到半英里，便来到了海边。这儿没有码头，到处都是椰子树，一直疯长到水边。当地人的棚屋就搭在这椰子树林里。孩子们兴高采烈地玩耍着，骨瘦如柴的猪被拴在桩子上。银色的沙滩漫延向远方，海边泊着几艘三角帆船和独木舟。炽热的阳光照在海滩的珊瑚砂上，泛出一层细碎的光芒，即使穿着鞋走在上面，也仍能感到脚底滚烫。沙滩上有许多螃蟹，这些相貌丑陋的家伙一看到有人走过来，就急急地避了开去。有一艘三角帆船底朝天躺着，三名穿着土著围裙的马来人正在上面干活，他们个个都黑得像炭似的。还有一个环礁湖，中间是一处暗礁，整个湖有大约几百码，水很深，也非常清澈，几个男孩子正在附近玩耍。旁边泊着程金的一艘纵帆船。离纵帆船不远处，便是尼克尔斯船长的小帆船，和身旁程金那富丽堂皇的大船比，它显得寒碜极了，船身都褪了色，急需重上一层新漆。若是漂泊在茫茫大海里，它看上去一定只若扁舟。医生心中生出了一丝犹豫，他抬起头，定定地望着天。天空中没有一片云彩，也没有风，椰树叶静静地伫立在枝头，纹丝不动。一艘矮而宽的小艇泊在沙滩上，桑德斯医生觉得这就是尼克尔斯他们划上岸的船，因为他没看到那艘小帆船上有船员。

看够了风景，医生便掉转方向，漫步踱回了招待所。进到房间，他换上了中式长裤和丝质束腰外衣。他早就习惯了如此穿着，穿着它们，他总感到安心又自在。医生拿了本书，坐到了外面的游廊上。招待所四周都是果树，而门前小径的另一头，是一座规模宏大的椰树园。椰树长得又高又直，整齐地排成一列列。明亮的阳光穿过叶隙，在地上投下了斑斑驳驳形状各异的黄色光斑。而在医生身后，随行的男孩正在厨房里为他准备午餐。

桑德斯医生并不是博览群书的人，他很少看小说。他对人的性格很感兴趣，因而喜欢看那些展现人性反常面的书。佩皮斯[1]的日记他看了一遍又一遍，还有鲍斯威尔[2]的《约翰逊传》，弗洛里奥[3]翻译的《蒙

---

① Samuel Pepys，英国作家，以日记闻名。他的日记记述了生活琐事及时代大事，例如1666年的伦敦大火。他的日记为后人了解当时的生活提供了非常重要的信息。

② James Boswell，英国传记作家。

③ John Florio，英国语言学家，辞典编纂学家。

田文集》以及黑兹利特[1]的散文，他也是看了再看。他也喜欢古老的游记，每当仔细品味哈克卢特[2]笔下那些他从未去过的国家时，他总能心生喜悦。他家收藏了数量惊人的描写中国的书，都是早年传教士写的。他读这些书既不是为了更好地了解中国，也不是为了修身养性，而是因为每当读这些书的时候，他总能从中寻觅到沉思的机会。他看这些书的时候，总带着一种他所独有的幽默感，而正是这种幽默感，使得他能够一边看着那些传教士是如何孜孜不倦地在中国拓展事业，一边暗自叫爽。若那些作者们知道他竟是如此心情，定会大吃一惊。他是个沉默寡言的男人，但若聊起天来，也让人倍感亲切，不过他不会逼着你和他谈话。他喜欢自己的笑话，但却不愿与别人分享。

现在医生正读着古神父的一卷游记，然而却相当心不在焉，他满脑子都是那两个突然出现在岛上的陌生人。在东方生活了这么多年，桑德斯医生阅人无数，因而很容易便能辨别尼克尔斯船长是何种人物。他一定是惹了一身骚。从口音看，他是英国人，然而却在中国海域游荡了这么多年，也就是说，他很可能在英国本土惹了大麻烦。他那猥琐又狡诈的容貌一看就不是正人君子。他只有一艘小破帆船，所以也不可能成功到哪里去。这个骗子辛苦这么多年，付出的与得到的不成正比，回报少得可怜。一想到这儿，医生便露出了讽刺的表情，他的叹息声也随之落入了静止的空气中。不过也有可能尼克尔斯本身就更喜欢龌龊的勾当，毕竟他可是那种什么都愿意做的人。他说过的话，你听过就得忘掉，一点儿都信不得，也别指望能依靠他什么，否则只有失望的份儿。他说他认识程金。事情很有可能是这样：大概他大多时

① William Hazlitt，英国作家。

② Richard Hakluyt，英国地理及历史学家。

候是在游手好闲，很少有正经活儿干，因而能在中国雇主手下干活儿，那就该谢天谢地了。若你有什么见不得光的勾当要做，他便是你想雇用的那种人，很有可能他曾经为程金卖过命，做过他某艘纵帆船的船长。

推测了这许多后，桑德斯医生对尼克尔斯船长颇有好感，他完全被尼克尔斯的亲切友善迷住了，甚至他那副流氓样儿也因此别有一番风味。而那折磨人的消化不良也为尼克尔斯添加了喜感，使得他更讨人喜欢。于是医生很乐意晚上再和他见一面。

桑德斯医生对人的兴趣并非出于科学态度，也不带人情味。他只是想从他们身上找点儿乐子。他客观地评判他们，每当揭开各人不同的性格复杂性时，他就像数学家解出一道难题时一样雀跃。虽然这些知识对他来说并没有什么用途，但他的这种满足感是一种美学。而且他也并未察觉到，了解与评判别人给了他一种微妙的优越感。和大多数人比，他很少持有偏见，也不会对人不满。很多人对自己身上的恶习很宽容，而对自己不感兴趣的事情却没什么耐心；那些心胸稍微宽阔点儿的人，能用理解的姿态包容他人，不过也是说的比做的多；很少有人真的能接受那些与自己不同的行事方式，并且还不心生厌倦。人们一般很少会为有人和别人的妻子通奸这种事而感到震惊，也许能在明知有人在玩牌时出千，或者伪造支票时，还保持镇静（若自己是受害人，那么能有这种反应便更不易了）；但要和一个该发“H”音时却不发的人做知心好友，那可是挺难的，而若那个人用刀来舀肉汁，那两人几乎就不可能有交集了。然而桑德斯医生缺乏这种敏感性。煞风景的餐桌礼仪对他来说就和化脓性溃疡一样，是无伤大雅的事情，而是与非对他来说，就如同好天气与坏天气一样，不是什么大不了的事情。人和事本来是怎样，他就怎样对待。他虽然总是评价他人，但是却不予以谴责，他是个旁观者，笑看众生。

他是很好相处的人，大家都很喜欢他，不过他却没有朋友。和他做伴很愉快，但却仅限如此，他不会和任何人成为密友。在这个世界上，他谁也不关心，他有自己就足够了。他的快乐不是建立在别人身上，而是源于他自身。他其实很自私，但是因为他为人很客观，又很精明，所以几乎没有人发现这一点，而且也没有人因此而感到困扰，毕竟他什么也不贪，也不挡着谁的路。钱对他来说并没有什么意义，他也不在乎病人付不付诊费，因此大家都认为他心慈博爱。而时间对他来说，和金钱一样不重要，于是他也愿意给别人看病。每当看到病人们受疾病折磨，求着请他治疗时，他总是很开心。他玩弄着病人和家属，从他们反映出来的人生百态中找乐子。对他来说，每个人都好像是一张书页，而这每张书页又都是前面一张的翻版，将这些书页一张张叠加在一起，组成一本永无止境的冗长的书，便是他的兴趣所在。人们，白人也好，黄种人也好，抑或是黑人，在面对人生的重大时刻时，都如何应对？他总是很好奇这一点。然而不管人们做出了何种反应，都不会触动他内心，也不会扰动他的神经。不过因为死亡毕竟是每个人生命中最重要的事，所以他总是对自己面对死亡时又会如何感兴趣。当他试图通过注视人们那或受了惊吓，或目中无人，或愠怒，或听天由命的眼神，而到达人们的意识深处，到达人们那第一次意识到与死神的赛跑已然开始的灵魂深处时，一股轻微的战栗传遍了他的全身，但这也仅是好奇的一种表现方式而已。他的情感并未受到影响，不会感到悲伤，也不会心怀怜悯。他只是略微有些好奇，那些对某个人来说至关重要的东西，怎么对其他人就一文不值了呢？

不过他的举止却充满了同情和怜悯，他很清楚什么说辞能缓解人们当时的恐惧和痛苦。他也不会丢下病人不管，相反，他会抚慰他们，鼓励他们，让他们坚强。行医对他来说，是一场游戏，而出色地玩好这场游戏，给了他无以复加的满足感。他天生待人亲切，但这是本能的友好，也就是说，不管对象是谁，都无所谓，他不会对帮助对象产生兴趣：若你情况危急，他能来援救你，而一旦救完了你，他也就不再关心你了。他不喜欢杀生，不打猎也不钓鱼。他这么做，只是因为他认为每样生物都有活着的权力，所以每当他看到蚊子或者苍蝇飞过，他更喜欢挥挥手赶走它们，而不是一掌将它们拍死。也许他就是这样一个理智得很热情的人。不可否认，他过着一种善良而美好的生活（当然至少你不能把善良狭隘地定义为只和你的感官倾向一致的东西），因为他仁慈又友善，而且将毕生精力投入了救死扶伤的事业。不过如果算上动机，那他就没什么值得称赞的了，因为他的行为，并不是出于爱、怜悯或者仁慈。

6

桑德斯医生坐下来吃午餐，吃完后便回到卧室，躺在床上，但却热得睡不着觉。他琢磨着尼克尔斯船长和弗瑞德 · 布莱克之间有什么关系。尽管穿着污迹斑斑的粗布工作服，但是这年轻人看上去却没有水手的样子。对此，医生并没有令人信服的理由，于是推测，大概是因为他的眼睛里看不到海洋的痕迹。很难说清楚这个年轻人是个怎样的人物。他说话带着澳大利亚口音，但却很明显不是粗鲁之辈。从他挺有教养的举止来看，他也许还读过几年书。也许他的朋友们在悉尼做着各种各样的生意，而也许他自己也是在舒适又体面的环境中长大的。只是他为什么要和尼克尔斯船长这样的恶棍一起乘着一艘又小又破的采珠帆船在这片人迹罕至的海域航行呢？当然有可能他们俩是合伙人，对于他们到底在做什么生意，医生仍旧拭目以待，不过他认为，他们的生意并不是那种正经活儿，大概是些见不得光的勾当。不过不管他们到底是做什么的，弗瑞德 · 布莱克都是关键的一环。

医生光着身子躺在床上，却仍旧满身大汗。他两腿中间垫了一个竹编的长筒抱枕。当地人将这玩意儿垫在腿下，以此来减轻暑热。很多人用习惯了之后，即便天气没那么热，也非得垫着它才睡得着。不过对桑德斯医生来说，这玩意儿碍事极了，怎么垫都不舒服，于是他将它扔到了一旁，翻过身仰面躺着。招待所周围的花园里，对面的椰树林里，成千上万数不清的昆虫嗡嗡叫着。通常这种声音并不扰人，若是耳朵反应迟钝些，一般是听不到的。然而现在，这持续的喧闹声却牵动着他的神经，闹得连死人都叫得醒。算了，不睡了。医生这样想着，便裹了块土著围裙，走到了游廊上。然而外面和里面一样热，一点儿风都没有。他很疲倦。他的脑子一点儿都没休息，还继续执拗地运转着，每当脑子里突然有想法闪过时，就好像是一台不灵光的汽化器硬撑着运转，结果熄火了一般。他试过冲个澡来消减暑热，但是他的精神仍旧很倦怠，提不起一点儿神，他仍旧感到很热，仍旧无精打采，仍旧心神不宁。阳台热得站不住了，于是他再次走进房间，躺到床上，蚊帐下的空气也都静止着，一丝流动的痕迹都没有。他看不进书，思考不了问题，也无法休息。时间拖着沉重的脚步，走得慢极了。

他听到一串脚步声，于是起身走出房间，看到程金的信差站在门口。信差告诉医生，程金请他过去。某天早上他已为程金做了一场专业又像样的手术，如今他已没什么能再为程金做的了，不过他还是穿上了衣服，动身前往程金的住处。程金听说岛上来了一艘小帆船，他很好奇那些陌生人来此有何目的。医生告诉他，早上曾和那两个陌生人一起待了一个小时。其实程金并不是很在意有陌生人入岛，毕竟这个岛一大半是属于他的。只是尼克尔斯船长给程金传了个口信，说想见见他。程金回话说自己病得很重，见不了客。尼克尔斯声称认识程金，然而程金却并没有印象。程金早就听人汇报了关于尼克尔斯船长的详细描述，因而医生的叙述并没有什么用处。看起来他们好像要在这里待上两三天。

“他们跟我说天一亮就起航。”桑德斯说。他想了一会儿，又说：“也许我告诉他们这儿既没有电报又没有无线电后他们改主意了。”

“他们的小帆船上什么都没载，只有些压舱物，”程金说，“全都是石头。”

“没装货？”

“没有。”

“鸦片呢？”

程金摇了摇头，医生微微笑了。

“也许这只是一趟愉快的旅程也说不定，”医生说，“那个船长有胃病，要我帮他看看。”

程金发出一声惊叹。说到胃病，他想起来了。曾经他的纵帆船队里，是有个叫尼克尔斯的船长，这都是十年前的事情了。后来程金把他辞了，因为起了些口角。至于是什么口角，为什么起口角等等细节，程金却只字未提。

“他可不是什么好人，”程金说，“我本应送他进大牢的。”

桑德斯医生猜想，他们的买卖，估计不是什么正经生意，因而很有可能尼克尔斯船长笃定程金不会起诉自己，于是除了自己应得的那份酬劳外，又多贪了几分利润。程金的脸色很难看。他现在已经完全想起尼克尔斯船长这号人物了。他和保险公司有点儿纠纷，因而丢了执照，所以若是有雇主对执照没有特别要求，他便很愿意为他们效劳。他是个酒鬼，喝坏了胃，后来一直被胃病折磨着。他过的日子，已经是他能力范围内最好的生活了。他虽然常常待在海滩上，但是却是个一流的水手，因此常有人请他出海。不过他每份工作都做不长久，因为他是永远都不可能改邪归正变成一个靠得住的手下的。

“你跟他说，尽快离开这儿，越快越好，该死的。”程金突然用英语说道，并以此结束了关于尼克尔斯船长的对话。

7

桑德斯医生再次转悠到程金店里时，天已经黑了。尼克尔斯和布莱克正坐在那儿，喝着啤酒。医生领着他们去了自己住的招待所。尼克尔斯一直在闲聊家常，他天生就是能引人发笑的人，而弗瑞德则仍旧阴着脸沉默着。医生知道，他并不情愿来这里。当他走进屋子的客厅时，迅速又满脸不信任地扫视了四周，就好像他知道屋里藏了什么他不知道的东西一样。此时屋里的蝎虎突然发出了一声刺耳的叫声，弗瑞德蓦地一惊。

“只是只蜥蜴而已。”医生说。

“吓了我一大跳。”

医生叫来了阿凯，让他拿威士忌和玻璃杯来。阿凯就是那个随行服侍他的男孩。

“我可不能喝呀，”船长说，“它对我来说就像毒药。只要是会让我犯胃病的，我一样都不能吃。”

“我来给你弄点儿药。”医生说。

他走向他的药箱，取了几样东西，混在玻璃杯里，然后让船长吞下去。

“吃了这个药，你这顿饭大概能吃得安生些。”

医生给自己和弗瑞德 · 布莱克各倒了一杯威士忌，然后打开了留声机。布莱克听着唱片，脸上又多了几分警觉。一曲结束，他亲自换了一张唱片。音乐扬起，他随着旋律轻轻摇摆着，出神地看着留声机。他偷偷瞥了几眼桑德斯医生，医生却假装没有看见。尼克尔斯船长继续和医生聊着天，他那贼溜溜的眼睛总是转来转去，一刻都停不下来。他们主要聊了聊尼克尔斯，聊他在福州、上海和香港的故事，以及他在那里参加过的醉酒派对。这时阿凯端上了晚饭，于是大家便都坐了下来。

“我喜欢我吃的东西，”船长说，“一点儿不说假话，我喜欢好吃又简单的食物。我从来都不是大胃王。一片烤肉，一点儿蔬菜，最后加点儿奶酪，我就满足了。没有谁能吃得比我还简单了吧？然后过了二十分钟——每次都是这样，准得就像上了发条似的——我的胃就给我颜色看了。我跟你说，要是有人像我这么遭罪，那还真不如死了算了。你认识老乔治·沃恩吗？他可是最好的水手。他在贾丁的船上做事，他们经常去厦门。他的消化不良简直要人命，后来他上吊死了。我完全明白犯病时那该死的日子是什么滋味。”

阿凯的手艺很不错，弗瑞德 · 布莱克给出了公正的评价：“和小帆船上吃的东西比，这绝对是大餐了。”

“其实大多是罐头食品，但那孩子加了调料重新弄了。中国人天生都是好厨子。”

“这是五个礼拜以来我吃过的最好的一顿了。”

医生想起来，他们说是从星期四岛来的，如果天气真如他们所说的那么好，从那里到这儿至多一个星期就够了。

“星期四岛到底是个怎样的地方？”医生问道。

“绝对是个鬼地方，除了山羊什么都没有。一年到头都是风，前六个月往这边吹，后六个月又往那边吹，弄得人心烦意乱。”回答医生问题的正是尼克尔斯船长，他的眼睛得意地闪闪发亮，就好像他看穿了医生这个简单的问题背后的意图，并且很开心自己能想出如此简单的应对方法。

“你住在那儿吗？”医生问布莱克。他的嘴角挂着坦率的笑容。

“不，我住在布里斯班。”他突兀地回答道。

“布莱克有点儿钱，”尼克尔斯船长说，“他想游历考察一下这一带，找找商机，看看有什么能投资的生意。这是我的主意。你也知道，我对这一带相当熟悉，而且我得说，现在很少能见到有点儿资本的年轻人了。我要是有钱，就在某个岛上买座大农场。”

“再做点儿采珠生意。”布莱克说。

“至于劳工，随便挑，只要是本地的就行。你只要坐着让别人为你卖命就行了。多好的生活。年轻人能过这样的日子，那是多好的事情啊。”

船长那双贼溜溜总是转来转去的眼睛停留在了医生温和的脸上，不难看出，他是在观察医生听了他的话后有何反应。医生认为，这个故事是他们俩在下午才临时编造出来的。当船长看到医生并不受骗时，露出了愉快的笑容，就好像仅仅通过编谎话，他已经得到了太多的乐趣，以至于若是医生把他的谎话当真了，反而破坏了编谎话本身带来的乐趣。

“所以我们到这儿来。”他继续说道，“这片岛上，没什么是程金不了解的，所以我就想，干吗不和程金做买卖呢，于是我让店里的男孩带话给程金说我想见他。”

“我知道，他和我说了。”

“你见过他了？他有没有说我什么？”

“有。他让你赶紧滚出这儿。”

“为什么，他看我哪里不顺眼？”

“他没说。”

“我们之前是不和，我也知道，可那是多少年前的事了。揪着一件事耿耿于怀这么多年，实在是没什么意思。要我说的话，早就应该原谅并忘记了。”

尼克尔斯船长有一种特殊的本领，他能对一个人要卑鄙的诡计，同时又有办法不让对方事后感到反感，所以他无法理解受害方居然会一直对他充满敌意。桑德斯医生看穿了船长的这一特性，这让一向冷眼看世事、拿人性当消遣的他感到很欢乐。

“看来程金记忆力很好。”他说。

他们又聊了些其他零碎的事情。

“你知道吗？”船长突然问道，“我想今天晚上我的消化不良不会犯了，老实说，你到底给我吃了什么仙丹？”

“只是一点儿药，我行医时发现这种药对你这样的慢性病挺有效果。”

“再多给我一些吧。”

“下次可能就不管用了。你得好好治疗才行。”

“你能治好我吗？”

医生觉得，他的机会来了。

“这不好说。不过要是能观察你几天，试一两种药物，也许能找到法子。”

“我很乐意在这儿待上几天让你好好瞧瞧。我们不赶时间。”

“不管程金？”

“他能干吗？”

“住口，”弗瑞德·布莱克说，“我可不想在这儿惹什么麻烦。我们明早就走。”

“站着说话不腰疼，你又没得我这病。听着，我准备这样，明天去会会那个死老头，看看他到底要对我怎样。”

“我们明天就起航。”布莱克坚持道。

“这得我说了算，我说走才走。”

两人相互对视了一会儿，随后船长笑了，那张狐狸脸上露出了平日惯有的友善。而弗瑞德·布莱克却皱着眉，闷闷地生着气。桑德斯医生打破了这静默的争吵，他说：“船长，你大概没有像我那样了解中国人，不过有一点你要明白，如果他们已经怨恨你了，那就别指望他们能因为你求了他们两句就放过你。”

船长举起拳头，重重地砸在桌子上。

“不就是几百英镑的事情吗，他程金那么有钱，少拿几百英镑有区别吗，反正他也只是个老骗子。”

“你难道不知道骗子最恨什么吗？——被另一个骗子摆了一道，没什么比这更不爽的了。”

尼克尔斯船长本来闷闷不乐地绷着脸，当他愤愤地向空中看了一眼时，他那微绿的眼睛挤得更近了，就好像要汇成一点似的，看上去就像是一位胡搅蛮缠的顾客。然而听了医生的话后，他收回了视线，大笑了起来。

“说得好！我喜欢你，医生。你有什么说什么，一点儿都不顾忌，我说得没错吧。这世上还真是各种各样的人都有啊。眼睛睁大些，放精明些，让那些傻乎乎落在最后的人遭殃去，这就是我想说的。你说要是有机会赚一票，傻子才不干呢。当然每个人都会犯错，不过你也没法预见未来到底会怎样是不是？”

“让医生再给你点儿那个药，教你怎么服用，那不就行了吗。”布莱克说。

他已经平静下来了。

“我不会那么做的，”医生说，“跟你们说吧，我受够了这个鸟不拉屎的小岛，我想出去。如果你们允许我搭你们的帆船去帝汶岛、望加锡市或者苏腊巴亚，我可以给你你想要的任何治疗。”

“这也行。”尼克尔斯船长说。

“糟透了。”布莱克大声地说。

“为什么？”

“我们不带乘客。”

“我们可以签约雇他。”

“我们没有像样的食宿。”

“我猜医生不会特别挑剔的。”

“一点儿都不会。我自己会带食物。我能从程金那儿拿很多罐头食品，他还有很多啤酒。”

“还是不行。”布莱克说。

“听着，好小子，你以为这条船谁说了算，你还是我？”

“如果从根本上说的话，是我。”

“立刻给我忘掉这种想法，小伙子，我是船长，我说了算。”

“这是谁的船？”

“你很清楚这是谁的船。”

桑德斯医生饶有兴趣地观察着他们，他那双炯炯有神又反应灵敏的眼睛没有漏掉任何细节。船长的好脾气都不见了，气急败坏得已然面红耳赤。而那个年轻人也是一脸怒气，攥紧了拳头，头生硬地向前戳着。

“我会带他上船的，就是这样。”他大声说道。

“行啦，”医生说，“你又不会少块肉，也就五六天而已。讲点儿交情嘛，要是你不带我走，天知道我还要在这里待多久。”

“那是你的问题。”

“你为什么总跟我过不去？”

“那是我的事。”

桑德斯医生向他投去了询问的眼光。布莱克不仅仅是生气，还很紧张。他那英俊又阴沉的脸显得很苍白。他为什么那么抵触医生上他们的小帆船？这真是件很奇怪的事，因为在这片海域上，人们对于半路带人这种事应该是会毫不犹豫答应的，而且程金也说了他们没有载货。不过也许是那种占地不大又很好隐藏的货，吗啡或者可卡因都不用占很大地方，而且如果去对了地方，那可就是一大笔钱。

“如果你同意，那真的是帮了我的大忙了。”医生温和地说。

“对不起，我也不想看起来那么不讲义气，但是我和尼克尔斯是来办事的，我们有自己的路线，因而不可能因为送一个乘客而节外生枝去我们不想去的地方。”

“我认识医生二十年了，”尼克尔斯说，“他没问题的。”

“你还不是今早才认识他。”

“他的事我都知道。”船长笑着说，露出他那小小的、蛀空了又褪了色的牙齿。他应该拔掉这些牙齿的，医生想。“而且如果我听说的是真的，那他是不会给我们添什么麻烦的。”

他精明地看了医生一眼，医生捕捉到了他那友善的笑容背后隐藏的严厉，这让他觉得很有意思。医生毫无惧色地收下了船长的那一瞥，这让人无法判断到底是船长并没话中有话，还是医生没弄明白船长的意思。

“我不喜欢多管闲事。”他微笑着说。

“和平共存嘛，要我说的话。”船长说着，语气很宽容又亲切，但还是一副无赖的样子。

“我说不行的时候，可不是随便说说的。”年轻人倔犟地说道。

“哎，和你说话太累了，”尼克尔斯说，“没什么好害怕的。”

“谁说我害怕了？”

“我。”

“我可没什么好怕的。”

他们两人你一句我一句地针锋相对着。看到他们恼怒的样子，医生觉得很有趣。他们之间到底藏了什么秘密呢？很显然，和这个秘密有关的，是弗瑞德 · 布莱克，而不是尼克尔斯。这个流氓没什么良心，在桑德斯医生眼里，尼克尔斯不是那种如果知道了对方的秘密还会让对方好过的人。虽然说不出确切的理由，但医生总是觉得，不管是什么样的秘密，尼克尔斯并不知情，只是有所怀疑而已。

不管怎样，医生都迫不及待地想登上小帆船，离开这个偏僻的小岛，而且他并不打算放弃这个机会，于是他准备运用某种以退为进的狡猾把戏来达到自己的目的。这让他觉得很开心。

“听着，我不想你们因为我而吵架。如果布莱克不想让我上船，那这事咱们就不再提了。”

“但我需要你，”船长反驳道，“这对我来说可是百万分之一的机会。如果说这世上还有人能治我的消化不良，那就只有你了。你觉得我会白白放过这样的机会吗？绝对不会。”

“你脑子里只有消化不良！”布莱克说，“照我说，要是你只吃能吃的东西，并且不生气，就没大事了。”

“噢，是吗？看来你比我自己还了解我的胃嘛，那你是不是也知道当我吞下一块没抹黄油的烤面包片时，胃里就像是灌了一吨铅一样？下次你是不是要说，我这都是心理暗示臆想出来的？”

“照我说，你要是他妈的少想想，根本就没那么严重。”

“你个狗娘养的畜生。”

“你骂谁狗娘养的畜生？”

“骂你呢。”

“别吵了。”医生说。

尼克尔斯船长打了一个响亮的嗝。

“全靠这畜生，现在我的胃病又犯了。三个月里只有今天我能吃完晚饭后舒服地坐一会儿。现在好了，老毛病又犯了。像这样生气对我来说就是死刑，我的胃立刻就会给我颜色看看。我是个神经极度紧张的人，一直都是这样。我本来还以为今天能愉快地过一晚呢，现在全被他毁了。我的消化不良实在是太折磨人了。”

“我很抱歉。”医生说。

“所有人都这么说，他们说，船长，你是个神经极度紧张的人。你说脆弱？你可比孩子还脆弱。”

桑德斯医生对此深感同情。

“如果我没料错，你确实需要观察，你的胃也得好好调养才行。要是我能跟你上船，我就能让你的消化液听话些，我不能说六七天的治疗就能起效果，不过最起码能给你开个头。不过现在估计是不能了。”

“谁说不让你上船了？”

“布莱克啊，我猜他是老板吧。”

“是吗？那你可大错特错了。我是船长，我说了算。整理好你的行李，明早去船上。我和你签船员合同。”

“你无权那么做，”布莱克马上站起来说，“我说的话和你一样有分量，我不同意他上船，我不想任何人上我们的小帆船，就是这样。”

“噢，是吗？要是我开着船直接去 BNB 呢，你又能怎么样？那可是英国的领土，好小子。”

“那你就自求多福一路平安吧。”

“你以为我怕你吗？你还没生出来我就在世界各地闯荡了，你以为我会不知道怎么照料自己？在我背后一刀捅死我啊，你会这样做吗？你也不想想是谁在开船，是你还是那四个黑鬼？你真是天真得让我发笑。为什么？因为你压根儿就不懂船。”

布莱克又攥紧了拳头。两人相互怒视着，然而船长眼神里却带着一丝嘲讽的讥笑。他知道，若是最后摊牌，他可是占尽优势。布莱克轻轻地叹了口气。

“你想要去哪里？”他问医生。

“任何荷属的岛都行，只要能让我搭到其他船上路就行。”

“好吧，那你就一起来吧。不管怎样，有个人陪着总比一个人关在船舱里好得多。”

他说着，无能为力又满怀仇恨地看了船长一眼。尼克尔斯船长和气地笑了。

“这倒是，确实能和你做个伴，孩子。我们明早大概十点钟出发，这时间你可以吗？”

“我没问题。”医生说。

8

客人们早早回去了，桑德斯医生拿了本书，躺在了一张藤编长椅上。他看了一眼手表，现在才刚过九点。他习惯了一晚上接连着抽半打烟斗，而且喜欢从十点钟开始，于是现在他静静地等着十点的到来。等待的时候，他并没有因焦虑而心神不宁，相反，他竟因那急切的期盼而略微颤抖。这一时刻对他来说无疑是美妙的，因此他绝不会提前抽上烟斗而减少这段等待的时间。

他叫来了阿凯，告诉他明天早上他们要跟着那两个陌生人的小帆船出海。男孩点了点头，他也很高兴能够离开这儿。阿凯从十三岁开始跟着医生，现在已经十九岁了。他很瘦，是个相貌清秀的少年。他有一双乌黑的大眼睛，皮肤细腻光滑，就像是女孩子的皮肤一样。他的头发漆黑，留着很短的板寸头，就好像是在头上戴了顶紧贴头皮的帽子。他的脸是椭圆形的，面色灰黄，是旧象牙的颜色。他爱笑，笑起来的时候露出两排非常漂亮的牙齿，小巧洁白又整齐。他穿着白棉布做的短款中式裤子，上身是一件无领紧身夹克，看上去有一股倦怠的优雅，不知为何很触动人心。他走起路来悄无声息，他的样子就像是一只小心翼翼的猫。桑德斯医生自鸣得意的时候常常想，阿凯对他一定是怀着无比的憧憬和爱戴。

终于到了十点钟，医生合上书，喊道：

“阿凯！”

男孩进来了，从桌上拿了一个小托盘，上面放了一盏油灯、一个针管、一个烟斗以及一圆罐鸦片。医生平静地看着他做着这一切。然后阿凯将盘子放在医生旁边的地板上，蹲下身去，点上油灯，将针筒放在火上烤了一会儿，然后用烤热的那一端从鸦片罐里抽取了足量的鸦片。他熟练地将鸦片搓成一个球，小心翼翼地放在黄色的小火苗上烤着。医生看着鸦片慢慢膨胀，发出嘶嘶的声音。男孩将鸦片从火上拿了下来，又用手揉了揉，然后继续放到火上烤。他把烤好的鸦片灌入烟斗，递给了他的主人。医生接过烟斗，快速猛烈地一吸，那香甜的烟味便直入胸腔。他让烟气在肺部停留了一分钟，然后再缓慢地吐出。他把烟斗又递给了阿凯。男孩扒出了烟斗里的灰，放到托盘上，然后又将针筒烤了烤，开始搓第二个鸦片球。医生就这样又抽了两管大烟，然后男孩便站了起来，走进厨房拿了一壶茉莉花茶，然后为医生斟了一瓷碗。茉莉花的芬芳一瞬间盖过了鸦片的辛辣气味。医生躺在长椅上，枕着一个垫子，望着天花板。主仆二人都没有说话，房间里非常安静，唯一打破这寂静的便是蝎虎那刺耳的叫声。医生看着静静趴在天花板上的蝎虎，它通体黄色，就像是一只小型的史前怪物。它偶尔会猛地一射舌头，捕住飞过身边的苍蝇或者蛾子。阿凯给医生点了一支香烟，然后拿过一个有点儿像班卓琴的旧乐器，轻轻抚弄着琴弦，沉醉其中。尖细的音符零散地飘在空中，听起来断断续续的，然而当你时常听到这样的开头时，听觉便会受到蒙蔽；这是一支舒缓而又悲伤的曲子，各个音符之间就像是各种鲜花散发出的不同芬芳一样毫无关联，然而整首旋律都仿佛是一种暗示，让人在心灵深处谱出了一支属于自己的曲子，一支比耳朵听到的乐曲更为柔和的曲子。时不时也会出现一个尖锐又突兀的不和谐之音，就像是拿着铅笔在石板上乱涂一样，它撞击着听者的神经，让人浑身一震，就好像是在炎炎夏日跳入冰凉的水池一般。男孩坐在地板上，用一种真诚而又充满美感的姿势沉默地拨动着他的鲁特琴。桑德斯医生琢磨着他到底是被何种朦胧的情感触动了。他似乎在记忆中寻找着那很久以前的旋律，他脸上忧郁的神情让人心碎。

这时男孩抬起头，微微一笑，迷人的笑容照亮了他的脸庞。他问主人是不是准备好了，医生点了点头。阿凯放下了他的鲁特琴，重新点燃了油灯。他又准备了一管大烟，医生又接着抽了三管。这已是他的极限了。他虽然经常抽鸦片，但是量却很少。接着他又躺了下去，沉浸在飘飘欲仙的亢奋中。阿凯给自己卷了几管烟，吸完后便灭了油灯。他躺在地上的草席上，脖子下面放了一个木枕，一会儿就睡着了。

然而医生却一边享受着内心深处的宁静，一边思考着存在之谜。他躺在长椅上，身心放松，若不是这份惬意为他极度放松的灵魂带来了一种模糊的幸福感，他都意识不到自己竟是如此舒适。在这种自由的状态下，他的灵魂便能够带着充满爱怜的宽容之心俯视自己的肉体——此时此刻，对于那些惹你讨厌但却仍爱你如初的朋友，你或许也能生出尊敬之情来。现在他的大脑高速运转着，异常清醒，没有半点倦怠或者焦虑；他思考的时候，带着一种充分相信自己力量的自信，正如你想象的那样，就像是当一位伟大的物理学家徜徉在他的符号世界里时，他那清晰的思维便得到了绝对的、充满美感的喜悦。这本身就是存在的目的。为此他成为所有空间和时间之王，只要他愿意，世上没有解决不了的事情——每件事都是那么明了，每件事都是那样简单。然而知道自己无所不能后，现在就解决存在的问题未免有些愚蠢了，反正随时随地都可以解决，这样反而别有一番乐趣。

9

桑德斯医生早上起得很早。天刚刚破晓，他就已来到了游廊上。阿凯听到医生叫自己后便端上了早餐：几根小巧又美味，名叫“手指头”的香蕉，以及每顿早餐必有的煎鸡蛋、吐司和茶。医生胃口很好，吃了很多。要打包的行李很少，阿凯那几件衣服裹在了牛皮纸里，医生的衣物塞进了一个灰白色的中式猪皮旅行箱。药品和手术器械则放在了一个不大不小的锡铁盒里。三四个当地人站在游廊前的楼梯口，等着医生给他们看病。医生一边吃着早餐，一边一个一个地把他们叫上来，告诉他们他今早就要离开这儿了。然后他便去了程金的住所。程金的房子坐落在一座椰树园里，是一栋气势恢宏的独栋房屋，也是岛上最大的房子。房子很有一番格调，从零碎的建筑细节上便能看出这一点。然而这种张扬却与周围破破烂烂的环境形成了鲜明的对比。房子周围一片荒芜，没有花园，到处丢满了空的食品罐头以及撕碎了的包装箱。各种鸡、鸭、狗和猪在附近走来走去，扒拉着垃圾堆，想从里面找点儿吃的。房子内部布置成了欧式风格，有用烟熏橡木制成的餐具柜，还有那种常在中西部酒店里看到的美式摇椅，以及铺着豪华长毛绒桌布的茶几。墙上则挂着很多程金和其他家庭成员放大了的照片，每张都用巨大的金边相框裱着，奢华极了。

程金又高又壮，一脸威严。他穿着白色的帆布裤子，腕上带着一条沉甸甸的金表链。他的手术很成功，他做梦也没想到自己的视力竟然能恢复到这种程度。不过虽然他的眼睛已经复明了，但是他仍希望能留桑德斯医生在岛上多待一段时间。

“你真是个蠢货！竟然要跟那条小帆船走！”当医生告诉他自己将和尼克尔斯船长一起出海时，程金生气地说道，“你在这儿不是很舒服吗！真搞不懂你干吗不再等等，过两天逍遥日子，坐荷兰船走可要好多了！尼克尔斯可是个坏家伙。”

“你自己也好不到哪里去，程金。”

听到这句俏皮话，程金慢慢地咧嘴一笑，露出一排昂贵的金牙。他的笑容里没有任何不悦。他喜欢医生，也很感激他，当他看到已无法说服他留下时，便也不再强求。医生最后关照了他两句，便告辞离去了。程金一直陪着他到大门口才转身回屋。医生直接去了集市，备了一些旅行时的粮食。他买了一袋米、一捆香蕉、罐头食品、威士忌，还有啤酒。他让伙计直接把东西送到岸边，在那里等他，随后便回到了招待所。阿凯已经准备就绪，而早上来的一个病人还等在那儿没走，准备抬行李，大概也是想赚两个小钱。当医生一行走到岸边时，程金的一个儿子已等在那里，准备为他送行了。他照父亲嘱咐送给了医生一卷丝绸，作为临别的礼物。他还给了医生一个方形包裹，外面用白纸包着，白纸上写着中国字。医生暗自猜测着里面到底是什么东西。

“禅杜[①]？”

“我父亲说，这可是好东西，也许你们没带那么多，所以让我再给

① 禅杜，鸦片制品。

你送一点儿。”

小帆船上连个人影都没有，而原先泊在岸边的小艇也不见了。桑德斯医生大声喊着尼克尔斯船长的名字，但是他的声音很细，又有点儿沙哑，根本传不远。阿凯和程金的儿子也帮忙喊着，但是也没有人回应。于是医生和阿凯便把行李和备粮装进一艘独木舟，让一个本地人划着船带他们去远一点儿的地方找找。转了一圈回来后，桑德斯医生又大声喊了起来：

“尼克尔斯船长！”

这时弗瑞德·布莱克出现了。

“是你啊，尼克尔斯上岸取水去了。”

“我没看到他。”

布莱克不再说话，医生登上了小帆船，阿凯跟在他后面，那个本地人将他们的行李和食物一样样递了上去。

“我的东西放在哪儿？”

“那儿有个客舱。”布莱克指着前方说道。

医生走下了舱室。客舱靠近船尾，非常低矮，人站在里面腰都挺不直，舱内狭小得要命，还有主桅从中穿过。天花板黑乎乎的，挂着一只吸烟信号灯。尼克尔斯和弗瑞德·布莱克的床垫纵向铺着，占据了大部分空间，只有舱尾还有一丁点儿空间能让医生睡觉。他回到甲板上，让阿凯把他的床垫和皮箱拿下去。

“食物最好也放在船舱里。”医生对弗瑞德说。

“没有地方了。船舱里放着我们自己的东西。让你的下人去看看甲板下面，那儿很空。”

医生观察着布莱克。他对大海一窍不通，估计也就偶尔在岷江上乘过汽船。这艘小帆船只有五十多英尺长，对如此漫长的旅途而言，实在是太小了。他本想再问布莱克一些事情，但布莱克却径直走开了，一副闷闷不乐的样子。很显然，即便他同意让医生上船，内心深处仍旧是不情愿的。甲板上有几把破旧的帆布椅子，医生拿过一把，坐了下来。

不一会儿来了一个澳洲土人。他全身赤裸，只在腰间围了一件脏兮兮的缠腰围裙。他长得非常结实，一头蓬松蜷曲的头发都已灰白。

“船长来了。”他说。

桑德斯医生顺着他手指的方向望去，看到那艘小艇正朝他们驶来。尼克尔斯船长掌着舵，其余两个澳洲土人划着船。他们沿着海岸慢慢驶近，船长大声喊道：

“乌坦，汤姆，来帮忙搬木桶。”

另一个澳洲土人从船舱里走了出来。这四个澳洲土人便是所有的船员了。他们都是托雷斯海峡的岛民，个个高大又健壮，身材也非常好。尼克尔斯船长登上了船，和医生握了握手。

“东西都安顿好了吗，大夫？我的‘芬顿号’虽称不上远洋快轮，但却是一条让所有人都梦寐以求的船，能抵得住任何风浪。”

他扫了一眼那又脏又乱的船，眼中带着一种满足感，就像是工匠满意地看着自己那早已用熟了的工具一样。

“好啦，我们要出发啦。”船长突然大声喝道。

在他的命令下，船员升起了主帆和前桅的大帆，起了锚，船便一下子轻巧地驶出了环礁湖。碧蓝的天空上没有一丝云彩，阳光照在海面上，折射出粼粼波光。季风温柔地吹拂着，海面轻轻涌动着浪花。两三只海鸥在他们上空绕着大大的圆圈盘旋着。时不时有一条飞鱼跃出水面，在空中划过一条长长的弧线，再一头栽入水中，溅出一小簇浪花。桑德斯医生一边看着书，一边吸着烟，看累了便放眼眺望大海，以及从他们身边匆匆掠过的绿色岛屿。过了一会儿，船长将舵交给了一个船员，然后便走了过来，坐到他身边。

“我们今晚在巴杜抛锚停泊，”船长说，“航程大约有四十五英里，从航海指南上看没什么问题。那儿有一个泊船的地方。”

“那是哪儿？”

“是个没什么人迹的小岛，我们只是在那儿过夜而已。”

“布莱克似乎仍旧不喜欢我在船上。”医生说。

“我们昨晚吵了一架。”

“怎么了？”

“他就是个孩子。”

医生明白，这趟旅程，他一定要让自己所有价值才行。然而他也明白，当一个人将自己的病情向你和盘托出时，那就表明你已获得了他的信任，之后他便会告诉你很多其他事情。医生又询问了船长的身体状况，然而该说的之前都说过了，现在也没什么好细述的。医生将他带到船舱，待他躺下后仔细地为他做了检查。之后他们又回到了甲板上。这时那个头发灰白的澳洲土人正端着晚饭向船尾走去。他叫汤姆·欧布，既是船员，也是厨子。

“来吧，弗瑞德。”船上喊到。

所有人都坐了下来。

汤姆·欧布把盘子从炖锅中拿了出来。“闻起来可真香，”船长说道，“新菜品吗，汤姆？”

“看来我那孩子一准儿帮了忙。”医生说。

“我想吃这些我大概没问题。”船长说着，从盘子里舀了许多米饭和肉塞进嘴里，“弗瑞德，你觉得怎么样？就我看，有医生在船上，咱俩都过得挺好。”

“要我说的话，总比汤姆自己烧的好。”

他们胃口大开，大吃了一顿。随后船长点上了烟斗。

“要是我这顿饭后不胃痛，那我得说，医生，你真是个神医。”

“不会犯病的。”

“我想不通的是，像你这样的能人，为什么要定居在福州那样的地方，要是去悉尼，你肯定能大赚一笔。”

“我在福州挺好的，我喜欢中国。”

“是吗？你是在英国学的医，对吧？”

“是的。”

“我听说你可是个专家，在伦敦有很大的诊所，当然我也不是很清楚。”

“传言怎么能全信呢。”

“真是有意思，你放弃了一切，跑到一个又脏又乱又差的中国城市定居，你肯定是在英国发了大财。”

船长说着，直直地盯着医生看着。他那蓝色小眼睛贼溜溜地转着，笑嘻嘻的脸上写满了故意。然而医生却温和地收下了他的试探。医生微微一笑，露出他那硕大又褪了色的牙齿，他的眼神机敏而充满警觉，但却一点儿都未流露出尴尬之情。

“想过回英国吗？”

“没想过。为什么要回去？我的家在福州。”

“我不是在怪你。要我说，英国可是没得救了。太多条条框框了，我一点儿都不喜欢。他们干吗就不能让人自由活着呢？还真是让人想不通。你不是正式居民吧，对吗？”船长突然问到，就好像故意想让医生措手不及一样。只是这次，他棋逢对手。

“船长，别跟我说你还不信任我。你必须得信任自己的医生，否则治疗不会有很大效果的。”

“相信你？我要是不相信你，就不会让你上船了。”船长突然非常严肃起来，毕竟这是和他自身息息相关的事情，“我知道从孟买到悉尼，没有人能比得上你，如果传言是真的，你在伦敦很成功，找不到比你更好的医生，我也一点儿都不奇怪。我知道，是人能拿到的学位，你都拿到了。我还听说要是你待在英国，现在该是准男爵了。”

“实不相瞒，那些学位对我来说实际上没什么用处。”医生笑着说道。

“真奇怪你的名字竟然没在那本书里。叫什么来着？《名医指南》？”

“你为什么认为我不在呢？”医生面带微笑但小心翼翼地低声说道。

“我悉尼的一个朋友查过你。他和他的一个朋友说到你，那人也是个医生。我朋友说你是个神医，厉害极了，然后出于好奇，他们就查了一下你。”

“也许你的朋友找错版本了。”

尼克尔斯船长狡猾地笑了。

“也许吧，我还真没想过。”

“不管怎样，我还没去监狱里面看过呢，船长。”

船长微微一震，虽然立刻把这一情绪克制了下去，但还是变了脸色。无心插柳柳成荫，桑德斯医生不经意间却说到了要害，不禁兴奋得两眼放光。船长笑了起来。

“说得好，医生。我也没有。不过难道你不知道吗，有很多人进监狱并不是因为他们真的有过错，而有的人，若是没有跑路，早就进去了。”

他们相互对视着，然后一齐笑了。

“你们在笑什么呢？”弗瑞德 · 布莱克说。

10

傍晚的时候，他们看到了那个尼克尔斯船长打算过夜的小岛。整个岛呈圆锥形，顶端有很多树，看起来就像是皮耶罗·德拉·弗朗西斯卡[①]画中的山峦一样。绕着岛转了一圈，他们便看到了航海指南上记录的抛锚点。它是一个受到良好庇护的小海港，水非常清澈，当你往舷外看时，海底那一丛丛绚烂的珊瑚便跃入了眼帘。鱼儿穿梭其间，就像是丛林里的土著娴熟地往返于密林一样。有一艘纵帆船泊在岸边，这让医生一行大吃了一惊。

“那是什么？”弗瑞德·布莱克问道。

布莱克眼神中满是焦虑。在这样一个凉爽的夜晚，当他们驶入这个静谧的，受到绿色山丘庇护的小海港时，却意外发现停着一艘帆船——这确实是件很奇怪的事。它静静地停在那里，帆都收了起来。这个泊船点很小，孤零零的，如今停着这样一艘船，竟显得有些阴森。尼克尔斯船长举起双筒望远镜观察着它。

“是一艘采珠船，达尔文港的，不知道停在这里做什么。阿鲁群岛周围有很多这样的船。”

他们看到大船上的船员们正在看着自己，其中有一个是白人。随

① Piero Della Francesca，意大利画家。

后纵帆船上降下来一艘小艇。

“他们过来了。”船长说。

他们抛好锚，那小艇正奋力地朝他们划来，两位船长高喊着相互问候了几句，随后纵帆船的船长登上了尼克尔斯船长的小帆船。他是澳大利亚人。他说他船上的日本潜水员生病了，所以他们准备去一个荷属小岛，好找个医生。

“我们船上正好有医生，”尼克尔斯船长说，“他搭我们的船。”

于是那澳大利亚人便询问桑德斯医生是否愿意上他那儿，替那个生病的船员瞧瞧。那澳大利亚人不喝酒，于是他们给他倒了一杯茶。喝完茶后，医生便跟着他上了小艇。

“你那儿有澳大利亚的报纸吗？”弗瑞德问。

“只有一份公报，也是一个月前的了。”

“没关系，对我们来说已经是新的了。”

“没问题，我让医生带回来。”

医生没花多长时间就诊断出，那个船员得的是很严重的痢疾。他病得很重，医生给他打了一针，告诉船长，现在并没有很好的办法，只能想办法让他安静些。

“这些该死的日本人，太弱不禁风了。这么说这段时间他什么都干不了了？”

“是的。”

他们握了握手，医生随后又回到了小艇上，一个澳洲土人便带着医生划船离开了。

“等一下，忘记给你报纸了。”

那个澳洲人倏地钻进客舱，没过多久便拿着一份《悉尼公报》出来了。他把报纸扔到了小艇里。

医生重新爬上“芬顿号”的时候，尼克尔斯船长和弗瑞德正在玩着克里比奇牌。太阳渐渐西落，平静的海面上清晰地映出了各种斑斓的颜色，有蓝色，有绿色，有橙红色，还有柔和的紫色。这些色彩淡淡地融合在一起，温柔又纤细，显出一派静谧。

“治好他了？”船长漠不关心地问道。

“他病得很重。”

“这是报纸吗？”弗瑞德问。

他从医生手里拿过报纸，然后踱步向前走去。

“玩克里比奇吗？”尼克尔斯问。

“不玩。”

“我和弗瑞德每天晚上都玩。他的手气好极了。我都不想告诉你我输得有多惨。可不会总是这样，我一定很快就能转运了。”说着，他大声向弗瑞德喊道：“接着玩，弗瑞德！”

“等一会儿。”

船长耸了耸肩。

“一点儿礼貌都没有，只顾着看他的报纸，对不对？”

“而且还是一份一个月前的旧报纸，”医生说，“你们离开星期四岛多久了？”

“我们就没去星期四岛。”

“噢！”

“我能喝一点儿酒吗？会让我不舒服吗？”

“没事的。”

船长大喊了一声，汤姆·欧布便拿来了两只杯子和一点儿水。尼克尔斯取来了一些威士忌。太阳已经落山，夜晚温柔地漫过了平静的水面。四周安静极了，只有偶尔的鱼从水中跃出时的声响。汤姆·欧布拿来了一盏防风灯，放在甲板室里，随即便去了下面的客舱，点上了那儿的吸烟信号灯。

“我很好奇你那年轻的朋友在看些什么。”

“你是说在这么漆黑一片的时候？”

“也许他在思考着刚刚看过的东西。”

但是当弗瑞德终于坐了下来，继续刚才中断的游戏时，医生觉得，在摇曳的灯光下，他的脸色似乎非常苍白。他手里并没有拿着那份报纸，于是医生便去他刚才看报的地方寻找，但却未找到，于是便让阿凯在船上其他地方找一找。而他自己，则站在黑暗中观察着那两个玩牌的人。

“十五点，二分。再十五点，四分。再十五点，六分。再十五点，八分。再加上六分是十四分，加上最后的头一共十七分。”

“上帝啊，你这是什么运气！”

船长是个输不起的人，脸上现出了凝滞又冷酷的神情。他每翻一张牌，那贼溜溜的眼睛都要充满讥讽地扫一眼牌面。而布莱克却从容不迫，嘴角一直挂着笑容。防风灯照着他的脸庞，幽幽的灯光从黑暗中勾勒出他那线条流畅的轮廓，而他那纤长的睫毛，也在双颊上投下了影子。他不仅仅是一个英俊的小伙子，他身上还有一种充满悲剧色彩的美，触动人心。这时阿凯走了过来，报告医生并没有找到报纸。

“弗瑞德，那份公报你放在哪儿了？”医生问，“我的下人没有找到。”

“不在这儿吗？”

“不在，我们都找过了。”

“那我怎么会知道它去哪儿了！你们两个人都找过了？”

“看完就扔到海里去了吗？”船长问。

“我？我干吗要把它扔到海里去？”

“你没扔的话那一定还在船上什么地方。”医生说。

“再来一局，”船长咆哮道，“从来没见过谁牌那么好！”

11

现在是凌晨一点多钟。桑德斯医生正坐在折叠帆布椅上。船长在客舱里睡着了，弗瑞德将自己的床垫挪到了舱室前面。夜晚非常静谧，群星璀璨。在星光的沐浴下，小岛的形状在这漆黑夜色中显得轮廓分明。空间的遥远感和时间的遥远感比起来，是很微不足道的。虽然才航行了四十五英里，但医生已经觉得离塔卡拉很远了。在世界的另一端，便是伦敦。一瞬间，他想到了伦敦的皮卡迪利广场，那炫亮的灯光，那拥挤的巴士、小汽车、出租车，以及剧院落幕时那蜂拥而出涌动在街上的人潮。在他的时代，伦敦市中心有一块被人们称为“福朗特”的地方。它是皮卡迪利广场北边的一条大街，和沙夫茨伯里街和查令十字街相连。每天十一点多的时候，密集的人群便来来往往穿梭其间。这都是战前的事情了。空气中弥漫着一股探险的味道，他和弗瑞德的目光交汇了，然后……医生微微笑了，他对过去并不后悔，他未曾后悔过任何事情。随后，他那飘忽的思绪又飞到了福州的一座桥上。那座桥横跨闽江，站在桥上便能看到桥下渔民们坐在驳船里，和鸬鹚一起捕着鱼。桥上黄包车和负着重物的苦力来往穿行，数不清的中国人从这里走过。顺着闽江往下游看，岸的右边便是中国城，那里伫立着很多寺庙，以及密密麻麻的房屋。

纵帆船上并没有打灯光。而医生之所以能看到隐在黑夜里的它，只是因为知道它停在那儿而已。船上静悄悄的。有一个开珍珠贝的货舱，舱里面靠边置着几张木床，那个重病的潜水员就躺在其中的一张床上。医生对人的性命看得很淡。这并不奇怪。在中国这样一个人满为患、人命卑贱的地方待久了之后，谁还会再看重生命呢？那个潜水员是个日本人，或许还是名佛教徒。他死后灵魂会再转世吗？看看这片大海：海浪此起彼伏，虽然后面的海浪是因前面的海浪而起，并且继承了前者的形态和运动轨迹，然而它们仍然是不同的浪花。而周游世界所度过的每一天，也不仅仅只是昨天的重复。同样，生命也是独一无二的，尽管现在活着的人们的愿望和风俗早已决定了后代的性情。这是一种很合理的看法，但却让人难以置信。然而，试想一下，在漫漫的时间长河里，那花费了那么多努力，经历了那么多事情，遭遇了那么多不可思议的危险，好不容易从远古的泥土里诞生出来的人类，竟然因为弗氏痢疾杆菌而毫无意义地死去了，还有什么比这更难以置信的吗？对于这一点，桑德斯医生感到无法理解，但又觉得合乎常理；生命确实毫无意义，只是他早已对一切徒劳习以为常。那灵魂呢？这可是个难题。当物质消融时，那依附于物质的灵魂也会随之不复存在吗？

那个美好的夜晚，医生的思想漫无目的地游荡着，就像是盘旋在海面上的海鸥，顺着海风时高时低地飞着——他没法停下来，只能任其天马行空。

舱室口传来了拖沓的脚步声，船长走了出来。他的条纹睡衣即便在这漆黑的夜里，也仍旧非常醒目。

“是船长吗？”

“是我，想上来透透气，”他在医生旁边的椅子上坐下，“今天抽过了？”

“嗯。”

“我从来没有抽过鸦片，虽然认识了不少喜欢这玩意儿的人。它看上去没什么害处，他们还说，这玩意儿能治胃病。不过我认识一个人，他可是完全被鸦片害了。

“他以前是巴特菲尔德的船长，在扬子江一带做买卖。那时他什么都有，日子过得好极了。他们非常重视他，送他回家戒鸦片，结果他一回来就又抽上了。最后在一个番摊[1]坊做贩子，没事总在上海的码头闲荡着，讨个五角钱。”

他们沉默了一会。尼克尔斯船长抽了一口石南根烟斗。

“看到弗瑞德了吗？”

“睡在甲板上呢。”

“报纸不见了挺奇怪的。他一定是不想我们看到什么。”

“你觉得报纸去哪儿了？”

“扔掉了。”

“到底是为什么？”

船长微微笑了一下。“不管你相不相信，我知道的并不比你多。”

“我在东方生活了很久，知道不要多管闲事的道理。”

然而船长却似乎很想聊聊这个话题。他睡了三四个小时好觉，胃病却一点儿都没犯，这让他倍感精神。

“事情挺蹊跷的，不过大夫，我和你一样，绝不会多管闲事。我曾说过，不好奇便不会受骗。而如果遇到捞钱的机会，赶紧下手。”船长拔了一下烟斗，说道，“你不会和别人说吧？”

---

① 番摊，中国古老的作庄赌博游戏，19世纪后半期流行于美国西部。

“当然不会。”

“事情大致是这样。我当时在悉尼，那两年我没活儿干。不过得告诉你，我可不是游手好闲，实在是运气太差。我可是一流的水手，航海经验丰富，而且什么船都不在话下，汽船也好，帆船也好，都得心应手。你肯定会想，那我家的门槛都要被踩破了吧？其实呢！我有老婆，后来日子实在过不下去了，我那婆娘只能出去帮佣。她给我屋子住，给我饭吃，这都挺好，但要让她给我五毛钱看场电影，喝两杯小酒，那可没门儿，而且她能唠叨死你。我跟你说，我一点儿都不喜欢那样，但当时也没有其他办法，只能凑合。你没结过婚吧？”

“没有。”

“我不会怪你。女人和钱可是一对儿，要将她俩分开，那简直是要人命！我结婚二十年了，生活里除了唠叨还是唠叨。我老婆出身非常好，这是一切麻烦的开始，她觉得嫁给我降了自己的身份。她爸爸是利物浦一个很大的服装商，她可是时时都想着这一点。她怪我没有工作，说我喜欢在沙滩上闲逛，说我是又懒又游手好闲的人，还说再也不想累死累活工作供我吃住了，讨厌透了。她说，要是我不赶紧找个活儿干，就赶我出去让我自生自灭。说实话，有时候我真得拼命克制住自己，否则早就一拳砸在她下巴上了。她是位淑女，但没人比我更清楚她到底有多‘淑女’。你熟悉悉尼吗？”

“不熟悉，我从未去过。”

“某天晚上我正在海港边上的酒吧里闲坐着，我经常去那儿。当时我一天都没喝东西了，渴得要命，消化不良也折磨着我，我心情低落极了。我指挥过的船，别说一只手，就是两只手也数不过来，结果我却沦落到口袋里没有一个子儿，而且也没法回家。一回家我那婆娘肯定不会放过我。她明知道我一吃胃就会痛死，还给我一小块冷羊肉当晚饭。然后她便开始了，一副淑女腔，不过一副高高在上的样子，话里藏针，难听极了。你能想得出来吧？她不会高声说话，但是一刻都不停。要是我向她发脾气，让她见鬼去，她就挺胸抬头地对我说：‘船长，烦请注意你的言辞。我嫁的，也许只是个普通的水手，但我仍应得到淑女的待遇。’”

尼克尔斯船长压低了声音，亲密地向医生耳边靠了靠。

“说这个可真不够体面，如果你懂我的意思的话。这话就咱俩之间说说：和女人在一起的时候，就会晕头转向，你永远也搞不懂她们做的事。不管你信不信，我离家出走过四次。咱们总以为，都这样了，女人总该明白咱们是什么意思吧，你说是不是？”

“没错。”

“但是她们永远都不会明白。每次她都能找到我。当然有一次她知道我去哪儿，找到我也容易，但是其他几次，她可是一点儿都不知情。我愿意把我的每个子儿都押她找不到我，因为那简直就像是海底捞针嘛。结果有一天，她出现在我面前，非常镇静，就好像昨天刚见过我一样，一点儿都不惊讶，也没有那种‘你怎么样了’的神情，一点儿都没。她会对我说‘船长，我认为你应该刮胡子了’或者‘船长，你的裤子很不体面’。这种事，不管来找我的是谁，都够让人崩溃的了。”

尼克尔斯船长沉默了一会，他的目光扫视着海面。在这样一个神清气爽的夜里，很容易便能看到那条细而清晰的水平线。

“不过这一次，我可是成功摆脱了她。她不知道我在哪儿，也不可能找到我。不过我跟你说，要是她乘着一艘小艇，漂洋过海而来，我一定不会惊讶的。她到时肯定穿得整齐又体面，不过我得说，她看上去倒一直都很淑女。她上了船后只会对我说：‘船长，你抽的是什么廉价香烟？你知道的，除了Player's Navy Cut[①]，其他的烟我都受不了。’然后我的神经就紧张了。只要了解了这些你就能明白，我的消化不良就是这么来的。我记得有一次去新加坡求医，那个医生是别人极力推荐给我的。他在病历上写了一大堆东西，你懂医生那一套的，然后他打了个大叉。我看着那个叉就不爽，于是问他：‘我说大夫，这个大叉是什么意思？’‘噢，’他说，‘要是有家庭不和的迹象，我就会画一个叉。’‘我明白了，’我说，‘大夫，你真是一针见血，我可是配极了这个叉。’他是个聪明人，不过对我的消化不良却没什么办法。”

“苏格拉底也有和你一样的苦恼，船长，不过我倒没听说他也因此消化不良。”

“他是谁？”

“一个诚实的人。”

“我猜他的婚姻对他还挺有好处。”

“事实上，正相反。”

“很多事得随遇而安，要是太挑剔，那可就什么都做不成了。”

医生在心底暗暗发笑。一想到这样一个卑鄙又满嘴谎言的流氓竟然这么怕老婆，医生就觉得非常有意思。船长那战战兢兢的内心完胜了他那恶劣粗鄙的外表。医生自忖着那位女士到底是何种模样。

“再跟你讲讲布莱克，”船长重新点上了烟斗，继续说道，“接着刚才的说，我当时坐在酒吧里，跟一两个小伙子真心地说了句‘晚上好’，他们也回敬了一句‘晚上好’，随即就移开了眼神。看他们那样子，我都能猜到他们心里想着：又是那个懒汉，到处转悠讨酒喝，我可不会

---

① Player's Navy Cut，香烟名，是一种时髦香烟。

上他的当。大夫，你都不知道我当时的心情是多么糟糕。对于像我这样曾经风光过的人来说，这可真是极大的侮辱。当一个人知道你没钱时，便会把自己的钱包看得格外紧，就怕你打他主意，这可真是太糟了。老板鄙夷地看了我一眼，我都能猜到他会说什么。他会问我要点儿什么，而当我说等一会儿时，他就会说，出去想好了再说。我开始和一两个不认识的小伙子聊天，可他们冷淡极了，我说了一两个笑话，但却没能把他们逗笑。他们那样子，一看就知道是我硬插了一脚。这时我看到一个熟人进来了。他叫赖安，是个仗势欺人的家伙，就是那种澳大利亚的街头恶棍。他和警方有点儿关系，所以你不得不讨好他。他总是有很多钱，我之前问他借过五先令。我想他大概不愿意看到我，所以便假装没认出他来，继续聊着天，然后用余光观察着他。他朝四周看了看，便径直向我走来。

"'晚上好,船长。'他非常友善地对我说,'这段时间过得怎么样？'

"'糟透了。'我回答道。

"'还在找活儿干呢？'

"'是啊。'我说。

"'你要来点儿什么？'他问。

"然后我们一人来了一杯啤酒。这几乎救了我的命。不过我可不相信天上会掉馅饼。我确实非常想要一杯啤酒，同时我也很清楚，赖安可不会白请我喝一杯。他看上去是个很热情的家伙，他会像老朋友一样拍你的背，你说笑话的时候他总是很捧场，就好像要笑爆了一样。他还会说像'嘿，这段时间你躲哪儿去了？'或者'我那婆娘可是好极了，有机会来看看我的孩子们吧'之类的话。但其实，他可是一直在观察着你，他那双眼睛，能把你看个透。他这一招可骗倒了很多傻瓜。

‘赖安是个数一数二的好人’，他们都这么说。但是医生，我可是一点儿都不傻，你也不会认为我是那么容易受骗的人吧。我一边喝着啤酒，一边对自己说：‘老弟，眼睛睁大些，他肯定有什么企图。’不过虽然这么想着，我可是一点儿都没表现出来。我跟他说了一两个故事，他笑得前仰后合。

“‘船长，你可真有意思，’他说，‘别人说了不起的老朋友，指的就是你这样的人。喝完手里的啤酒，咱们再要一杯，我愿意听你说一晚上。’我喝完后，看到他准备再要一杯。‘听我说，比尔。’他说，但其实我叫汤姆，不过我什么都没说，我知道他是想表现得友善些。‘听我说，比尔，’他说，‘这儿人太多了，都听不清自己说的话，鬼知道会不会有人偷听咱们说话。所以我有个想法。’他叫了老板：‘听我说，乔治，到这儿来一下。’于是老板小跑着过来了。‘听我说，乔治，我和我的朋友想找个安静的地方叙叙旧，你房间现在空着吗？’

“‘我的办公室？当然没问题，非常欢迎，直接过去就行了。’

“‘那太好了。给我们再拿几瓶啤酒来。’

“我们绕过人群走进了老板的办公室，然后乔治亲自拿来了啤酒，还特地向我点了点头。待他走后，赖安关上了门。他看了一眼窗户，确保它们都关紧了。他说无论如何都不想吹穿堂风。我不知道他到底想要做什么，不过我想最好打开天窗说亮话。

“‘听我说，赖安，’我说，‘一直没还你那五先令，我真是很抱歉。我一直都记着呢，但我现在真是勉强度日，连混个温饱都难。’

“‘别提这个了，’他说，‘不就五先令吗，我了解你的，比尔，你可是个好人。如果不能在朋友潦倒时出手相助，有钱又有什么用呢？’

“‘如果换一换，我也会帮你的，赖安。’我模仿着他的话说道。听到我们的对话，你没准儿会以为我们是兄弟。”

尼克尔斯船长回想起当时的场景，咯咯笑了。他以欣赏自己做的坏事为一大快事。

“‘干杯！干杯！’我说。

“于是我们干了一杯。‘听我说，比尔，’他用手背擦了擦嘴说道，‘我之前打听过你，都说你是个一流的水手，对吧？’‘没人比得上我。’我说。‘我相信，你要是找不到活儿干，肯定是因为运气太差，而不是航海水平不行。’‘没错。’我说。‘比尔，我要给你个惊喜，’他说，‘我这儿有个活儿想请你做。’‘没问题，’我说，‘不管是什么活儿都行。’‘这就对了，’他说，‘我就知道你靠得住。’

“‘是什么样的活儿呢？’我问道。

“他看了我一眼。虽然他一直对着我笑，就好像我们是失散多年的兄弟，而且他非常非常爱我一样，但是他的眼神却非常严肃，我能看得出来，这可不是闹着玩的事。

“‘你口风紧吗？’他问我。

“‘和蛤壳一样紧。’我说

“‘那就好，’他说，‘你觉得这个怎么样？驾一艘干干净净的采珠小帆船，就是那种在星期四岛和达尔文港的双桅船，在各个岛之间转悠几个月。’

“‘听起来挺好的。’我说。

“‘这就是你的活儿。’

“‘贸易？’我问道。

“‘不，只是观光游玩而已。’”

尼克尔斯船长窃笑了一下。

“他这么说的时候，我差点儿就笑出了声。不过我知道，凡事都得谨慎，有的人可没什么幽默感，所以我仍旧像法官一样板着脸。他又看了我一眼，我能看出，要是惹毛了他，那可不好对付。

“‘是这么回事，’他说，‘我认识一个小伙子，工作太卖力了，现在想出去散散心。他爸爸是我的老朋友，我做这些是为了讨好他，明白吗？他职位很高，总之很有影响力。’

“他又喝了杯啤酒，我一直注视着他，但一句话都没说，一个字也没说。

“‘那老头非常宝贝这孩子，毕竟是独子嘛。我能明白，我也有孩子，要是他们中谁大脚趾疼，我能不安一整天。’

“‘这不用你说，’我说，‘我自己也有个女儿。’

“‘独生女？’他问。

“我点了点头。

“‘孩子可是恩赐，’他说，‘没什么能比孩子更让一个男人感到幸福了。’

“‘确实是这样。’我说

“‘这孩子一直很纤弱，’他摇了摇头说，‘肺不好，医生说最好的办法就是坐着帆船去海上玩一阵。他爸爸不愿意让他坐旧船，他听说这里的一艘双桅船不错，于是就买了下来。就是这样，你可以想去哪儿就去哪儿，很自由。他希望那孩子能多段轻松美好的日子。你一点儿都不用赶时间，可以选好天气再走，要是到了哪个宜人的小岛，那就待几天再走。据说在澳大利亚和中国之间，有几十个这样的小岛。’

“‘几千个。’我说。

“‘那孩子需要安静，这是关键，他爸爸不希望你带他去人很多的

地方。'

"'那没问题,' 我说着，看上去就像是个新生儿一样无辜，'去多长时间呢？'

"'这个我也不是很清楚,' 他说，'要看那孩子的身体了。也许两三个月，也许一年。'

"'我明白了,' 我说，'那报酬呢？'

"'出航时先给两百金镑，回来后再给两百金镑。'

"'现付五百金镑,我就做。'我说。他没说话,但鄙夷地看了我一眼。他朝我努了努下巴，哎呀，就像是个傲慢的美人。要说我有什么特长，那就是脑子转得快。只要他想，他就能让我过得很不舒坦，我明白这一点，而且我有预感，要是我不多提防着点儿，他很可能会这么做。所以我耸了耸肩,一副无所谓的样子,然后便笑了起来。'我不在乎钱,' 我说，'钱对我来说，没什么意义，一直都是这样，否则我现在早就是澳大利亚数一数二的富翁了。就照你说的做吧。为朋友两肋插刀。'

"'你真是好人，比尔。'他说。

"'那艘双桅船在哪儿呢现在？' 我说，'我想去看看它。'

"'它很好。我的一个朋友刚把它从星期四岛带过来做交易。它漂亮极了，不过不在悉尼，停在了离海岸几英里的地方。'

"'船员呢？'

"'托雷斯海峡的几个黑人，就是他们带它来的。你只要上船出发就行了。'

"'希望我什么时候出发？'

"'现在。'

"'现在？' 我有点儿惊讶，'你是说今晚？'

“‘对。我在街尾备了辆车，送你到停船的地方。’

“‘怎么这么急？’我微笑着说，但又看了他一眼，他肯定能看出，我觉得这件事很可疑。

“‘他爸爸是个大忙人，做起事来总是这样风风火火。’

“‘政客？’我问。

“可以说，这时我已经开始把事情放在一起考虑了。

“‘我的阿姨。’赖安说。

“‘不过我有老婆有孩子，’我说，‘要是我就这么一声不响地走掉了，我那婆娘可是会到处打听我的去向，要是再找不到，她可是会报警的。’

“我这么说的时候，他很犀利地看了我一眼，我知道他一点儿都不想和警察惹上什么关系。

“‘一个航海大师就这样消失了，这未免有点儿奇怪，我是说，我毕竟不是谁都不会关心的澳洲土人或者肯纳卡人①。当然我也不知道是不是会有人对我的去向感兴趣，不过现在选举在即，总有人喜欢管闲事。’

“我忍不住想，把选举搬出来真是一步好棋，但他一点儿都没流露出什么。他那张丑陋的脸简直是一个没有表情的罩子，从他的脸上，你可是什么都读不出来。

“‘我亲自去找她。’他说。

“我心里可打着小算盘呢，这么好的机会，怎么能白白放过呢？

“‘跟她说，她出去那会儿，一艘汽船上的大副摔断了脖子，他们带我一块儿去了，我没时间回家了，我到了开普敦后会和她联系的。’

“‘那就这样。’他说。

---

① Kanaka，夏威夷和南太平洋岛上的土人。

“‘要是她大吵大闹惹乱子，那就带她去开普敦，再给她五英镑。这点儿钱可不算多。’

“他笑了，然后诚恳地说他会去办的。

“我们随后各自喝完了杯子里的酒。

“‘那么，’他说，‘你要是准备好了，我们就出发吧。’他看了一眼手表，‘半个小时后在市场街拐角处等我，我开车过来，你直接跳上车。你先出去，不要走酒吧大门，过道尽头有扇后门，你从那儿走，出去就是街道。’

“‘好的。’我说，然后拿起了帽子。

“‘有一件事我要提醒你，’我正准备走的时候他说，‘现在和以后都要记住。如果你不想背后挨刀子，肚子上挨枪子儿，那就最好不要耍什么鬼把戏，明白吗？’

“他说的时候语气很轻松，但我可不是傻瓜，我知道他是认真的。

“‘这点不用担心，’我说，‘你把我当正人君子看待，我自然不会让你失望。’然后假装很随意地问道，‘那个年轻人在船上吧？’

“‘不在，晚一会儿来。’

“我离开了酒吧来到了街上，走到了指定地点。这儿离酒吧不过二百码，而赖安却要我等半个小时，也就是说，他先要去见什么人汇报一下和我见面的情况。我忍不住想，要是告诉警察他们行踪可疑，警方就会跟踪赖安的车，搜查一下那艘双桅船，那又会怎么样呢？不过我想，报警对我有什么好处？履行公民职责本身是件好事，我也不介意和警察保持密切的关系，但是要是报了警，我肚子上可就得挨刀子了，而且那四百英镑也泡汤了。不过我想，最好还是不要和赖安玩花招，因为我看见街对面隐隐约约站着一个人，看上去正在盯梢我。

我向他走过去，他却走开了。我又回到了原先站着的位置，他又出现了，仍旧站着刚才的阴影里。整件事都奇怪极了。我生气的是，赖安并没有给我足够的信任。要是打算相信一个人，那就全心相信他。要我说就该这样。医生，你要明白，我并不是因为这件事情很蹊跷而不满，我这一辈子看过的怪事够多了，没有哪件让我大惊小怪的。”

桑德斯医生微微一笑。他开始理解尼克尔斯船长了。他受不了每天规规矩矩又老老实实的生活，那在他眼里，就是一堆无聊乏味的琐事，他的生活需要更刺激的调味品，所以他一定要做些坏勾当，好宽慰一下他那因消化不良而抑郁的神经。当他触碰到坏事时，他的血流便加速了，精神也抖擞了，全身都随之沸腾了。他的警觉肯定是那时为了保护自己不受伤害而形成的，而正是这种警觉，减轻了他那可怕的消化不良犯病时的痛苦。医生或许是缺乏同情心，但他那超乎常人的宽容却弥补了这一点。他认为赞赏或者谴责之类的评价都与他无关。他知道谁是圣徒，谁是恶棍，但是在他眼里，这两者并没有什么区别，反正他都是冷漠又超然地看待他们。

“现在想起来，我就忍不住发笑。”船长继续说道，“站在那儿等着，然后就出海了，没带换洗衣服，没带刮胡刀，也没带牙刷。可没什么人会像我这样，明明已打算做了，但却又毫不在乎。”

“确实。”医生说。

“然后我又想象了一下从赖安那儿得知我出海的消息后我那婆娘脸上的表情。我完全能想得出来，她一准儿会跳上下一班去开普敦的船。不过这回她可找不到我了。我算是摆脱她了。谁又能想到，我正在苦恼着这样的日子一天也过不下去了，结果却发生了这样的事呢？我只能说，这是上帝的眷顾。”

“他眷顾人的方式总是难以预料的。”

“我难道会不知道？我可是被一个浸礼会教徒养大的。‘若你们的父不许，一只麻雀也不会掉在地上[①]’——你懂这句话的意思，我可是见证了一次又一次。我在那儿等了足足半小时，然后看到一辆车向我驶来，然后停在了我身旁。‘进来。’赖安说。然后我们就扬长而去了。悉尼的路可真是不好走，我们一路颠簸，就像是浮在水里的软木塞一样上上下下。他开得非常快。

“‘食物什么的呢？’我问赖安。

“‘都在船上，’他说，‘足够你们吃三个月的了。’

“我不知道他往哪儿开。天太黑了，一点儿都看不见车窗外面。八成已经半夜了。

“‘到了，’他说着，停下了车，‘下车。’

“我下了车，他也随即下了车。他关掉了车灯，四周黑漆漆一片，伸手不见五指，不过我知道离海很近。他打开了一支手电筒。

“‘跟我来，’他说，‘看着点儿路。’

“我们走了一会儿，像是沿着一条小路。我平时走路很稳，但那天却有两三次差点儿一头栽倒。‘要是在这儿摔坏了腿，那可就好玩了。’我对自己说。走到小路尽头的时候，我也是一点儿都不高兴。我感觉沙滩就在我脚下，能看到前面的海，但其他什么都看不到了。赖安吹了声口哨，海面上便传来喊话声，不过声音压得很低，如果你懂我的意思的话，然后赖安晃了晃手电筒，告诉船上人我们的位置。黑暗中传来了船橹划水的声音，过了一会儿便看到几个黑人摇着小艇驶来了。赖安和我上了小艇，船夫便又驾着小艇折了回去。要是当时我身上有

① 马太福音 10：29，意思是上帝珍视每一个生命，不管其多渺小。

二十镑，我可不会押自己会不会再也看不到澳大利亚。幸福的澳大利亚！我想，大概划了十分钟左右，我们便来到了双桅船身下。

"'觉得它怎么样？'我们登船的时候赖安问道。

"'看不大清楚，'我说，'早上再告诉你。'

"'早晨你早就在海里漂着了。'赖安说。

"'那个弱不禁风的可怜孩子什么时候来？'我说。

"'很快就来了，'赖安说，'你先去客舱，点上灯，四处看看。我们过会儿再喝杯啤酒。这是一盒火柴。'

"'很适合我。'我说着，便下了客舱。

"我看不大清楚，不过还是凭直觉大概知道怎么走。我没有急着下去，悄悄往身后看了一眼，想看看他捣什么鬼。果然，他拿走手电筒晃了三四下。'喂，'我对自己说，'有人在暗中看着呢。'不过我不确定那人是在岸边还是在海上。然后赖安也下了客舱，而我四处看了看。他拿出了两瓶啤酒，一瓶给他自己，一瓶给我。

"'月亮很快就升起来了，'他说，'微风徐徐，很舒服。'

"'现在就开船吗？'我说。

"'越快越好。等那孩子上了船，只管径直往前走，明白吗？'

"'听着，赖安，'我说，'我可是什么都没拿，连剃须刀都没有。'

"'那就把胡子留起来，比尔。'他说，'在到达新几内亚之前，哪儿都不要停。要是想去马老奇，那没问题。'

"'去荷兰人的地盘，是这个意思吗？'他点了点头。'听着，赖安，'我说，'我可不是初出茅庐的孩子，我忍不住去想这到底是怎么回事。为什么不直接和我说明白呢，到底是怎么了。'

"'我说比尔，我的朋友，'他很友善地说，'你只管喝你的酒，其

他什么都不要问。我不能帮你思考，但是只要相信你听到的就行了，否则我向天发誓一定亲自把你的眼睛挖出来。’

“‘这够直接了。’我笑着说。

“‘看你运气了。’他说。

“他喝了一大口啤酒。我也一样。

“‘酒备了很多吗？’我说。

“‘够你喝了。我知道你并不贪杯，否则也不会让你干这活儿。’

“‘确实，’我说，‘我喜欢喝一点儿啤酒，不过知道适可而止。钱在哪儿呢？’

“‘我带着呢，’他说，‘下船前给你。’

“我们坐着聊了聊。我问他船员都是些什么样的人，以及其他差不多的问题。他问我有没有通宵赶过路，我说没有，不过我闭着眼睛也能开船。接着我突然听到了一丝声响。我的耳朵可尖了，几乎不会听错。

“‘有船来了。’我说。

“‘时间也差不多了，’他说，‘我也该回家陪老婆孩子了。’

“‘咱们是不是最好到甲板上去？’我说。

“‘不用。’他说。

“‘好吧。’我说。

“我们就坐在那儿静静听着外面的动静。像是一艘小艇，泊船的时候撞了一下双桅船的船舷，然后有人登上了船。他走下了舱室，是个穿戴整齐的年轻人。一套蓝色的哔叽西服，穿着衬衣，打着领带，棕色的鞋子，和他现在可一点儿都不像。

“‘这是弗瑞德。’赖安说着，看了我一眼。

“‘弗瑞德 · 布莱克。’那个年轻人说。

“‘这是尼克尔斯船长，是一流的水手，他靠得住。’

“那孩子看了我一眼，我也回敬了一眼。我得说，他可完全不是体质纤弱该有的样子，看上去很健康。他有一点儿紧张。不过要我说的话，他是在害怕。

“‘像你这样体弱多病可真是不走运啊，’我非常友善地说，‘不过相信我，海上新鲜的空气肯定对你有好处。没什么比海上的航行更能让小伙子强身健体的了。’

“我从来没见过有谁听完我这番话后，脸红得比他还厉害的。赖安看了看他，又看了看我，然后哈哈笑了起来。然后他说他该下船了。他从腰带中翻出了钱，付给了我。整整两百金镑！我可是多少年没碰过金子了！这玩意儿只有银行才有。就我看来，不管是谁想要这个站着的这个孩子远走高飞，这个人都是个极有权势的人。

“‘赖安，把腰带也给我，’我说，‘我总不能把这么多钱随处乱放吧。’

“‘好吧，’他说，‘你把腰带也拿走吧。祝你们好运。’我还没来得及再说些什么，他已离开了客舱，跳下了船，乘着等在下面的小船，一溜烟地驶远了。他们没有给我任何机会看清小艇里的人。”

“然后呢？”

“我把金镑裹在了腰带里，缠在了身上。”

“那分量一定够你受了。”

“到了马老奇后，我们买了几个盒子。我把我的钱藏起来了，没人知道在哪儿。不过如果照现在这样下去，我能带走的钱可不像缠在腰上时感觉的那么多了。”

“此话怎讲？”

“我们一路沿着海岸航行，当然了，一直在近海转悠。天气很好，和风徐徐，诸如此类。然后我对那孩子说：‘玩克里比奇牌吗？’你知道的，总得找点儿事情打发打发时间。我知道他很有钱，于是我就想了，干吗不从他身上再赚一点儿呢？我可是玩了一辈子的克里比奇牌，所以我觉得自己捡到了大便宜。但是，你能想象吗，离开悉尼后，我一次都没有赢过！那牌像中了邪似的。我已经输了七英镑了，真的。而且不是因为他玩得好，而是他手气太他妈的好了。”

“也许他玩得比你以为的要好。”

“你都不敢相信，我可是克里比奇牌的专家，没什么我不会的。你以为我要是看出他玩得好还会和他玩吗？他就是运气好。不过运气可不是一辈子的事，风水总要轮流转，到时我一定连本带利一并赢回来！这事虽然让人很窝火，不过我并不担心。”

“他说过自己的事情吗？”

“一点儿也没。不过我前前后后串起来想了想，大概猜到了是怎么回事。”

“噢！”

“背后肯定跟政府有关，否则我把自己的帽子吃下去。如果不是这样的话，赖安是不会掺和的。现在的政府在新南威尔士[①]的统治并不稳定，占议会席位也少，命悬一线，情况并不乐观。很快就要选举了，他们大概以为自己还能当选，如果这时爆出丑闻，那可不得了。我猜这件事有可能会对选举产生影响，也有可能不会，但他们可不会冒这个险。我猜弗瑞德一准儿是某个大人物的儿子。”

“例如首相，或者差不多地位的人？你是这个意思吗？部长里有谁姓布莱克的？”

---

① 新南威尔士，澳大利亚东南部的一个州。

“布莱克可不是他的真名。大概是个部长，弗瑞德估计是他的儿子或者侄子，反正不管怎样，要是事情曝光，他的位子就难保了，所以我认为，他们一致认为弗瑞德最好消失几个月，避避风头。”

“你觉得他犯了什么事？”

“要我说的话，谋杀。”

“他还只是个孩子。”

“那也能判绞刑了。”

12

“喂，那是什么声音？”船长说，“有船正在向我们驶来。”

他的听觉确实非常敏锐，桑德斯医生没听出一点儿动静。船长凝视着前方漆黑的夜，他扶着医生的手臂，悄无声息地站了起来，蹑手蹑脚溜进客舱，然后又回到了甲板上，手里握着一把左轮手枪。

“小心驶得万年船。”

这时医生也隐约听到了船橹摩擦着生锈了的桨架发出的吱嘎声。

“是那艘纵帆船的救生筏。”他说。

“我知道，但这么晚了，他们来做什么？总不见得是来寒暄几句吧。”

两人听着逐渐清晰的声响，静静地等着那艘救生筏。现在他们不仅能听到溅起的水花声，救生船的轮廓也模模糊糊地出现在了夜色中，在背后那漆黑的大海的衬托下，俨然就是一个漆黑的小点。

“喂，那儿的……”尼克尔斯突然喊道，“喂，船夫！”

“是你吗，船长？”水面传来了一个男人的声音。

“是我，你们来做什么？”

船长站在舷缘，握着左轮手枪的手自然地下垂着。那个澳大利亚人继续划着船。

“等我上船再说。”他说。

“现在很晚了。”尼克尔斯大声喊道。

澳大利亚人让船夫停了下来。

“能叫医生起来吗？我那日本船员的样子可怕极了，看上去正在急剧衰竭。”

“医生就在这儿，停到边上来。”

救生筏又驶了起来，船长探身向前，看到船里只有那个澳大利亚人和一个澳洲土人。

“是要我过去吗？”桑德斯医生问。

“大夫，真不好意思现在打搅你，不过他真的病得很重。”

“我拿点儿东西就来。”

他踉踉跄跄地下了舱室，抓起一个小包，里面都是些急救用品。他爬过了船舷，慢慢下到了救生筏里。随后那个澳洲土人便飞快地划着船回去了。

“你也知道，”那个澳大利亚人说，“现在的潜水员可不是想找就能找到，更别说日本人了，他们可是唯一值得高薪聘请的船员。他们在澳大利亚抢手极了，没有哪个是找不到雇主的。要是这小子死了，那我的生意可就彻底垮了。我是说，我得千里迢迢去横滨再物色一个潜水员，不过很可能在那儿白晃了一个月，但却仍旧找不到合适的人。”

潜水员正躺在一张下面的铺位上。船员起居舱内弥漫着臭气，热得让人受不了。两个澳洲土人正在睡觉，其中一个仰卧着，正在打鼾。第三个澳洲土人盘腿坐在病人床旁的地板上，盯着躺在床上的日本人，眼神中毫无感情。一盏防风灯悬在梁上，发出了昏暗的光亮。潜水员已奄奄一息，他醒着，睁着双眼，然而当医生走到他身边时，那双东方人特有的漆黑的双眸却一动不动，仍旧呆滞地望着前方。也许有人会想，那双凝滞的双眼，让人觉得他早就灵魂出窍去了那极乐世界，凡间任何短暂的存在都无法再夺回他的眷顾。桑德斯医生为他号了一下脉，又将手放到了他那早已被冷汗浸湿的额头上，然后给他打了一针。他站在日本人的床铺边，看着躺在那儿的躯体，沉思着。

“我们上去透透气吧。”过了一会儿，他说，“一旦有任何情况，叫这个人上来叫我。”

“他快不行了吗？”他们来到了甲板上，那个澳大利亚人问道。

“看起来是这样。”

“上帝啊，我可真倒霉。”

医生笑了一下。那个澳大利亚人请他坐了下来。这夜，平静得就像死亡一样。遥远的星辰在天空中闪烁，波澜不惊的水面上，倒映着漫天繁星。两人沉默地坐着。有人说，若愿望强烈，那便会成真。那个日本人躺在那里，奄奄一息，毫无知觉，他坚信这并不是结束，而是另一个新的开始；他将会从一个生命轮回成另一个生命，他深信着这一点，就像是相信第二天太阳仍会升起一样。业力会继续以某种方式流传下去，就像在这之前，他早已经历了一次又一次的轮回一样。在弥留之际，他仅存的情感也许仅仅只是好奇——他渴望知道自己将以何种姿态重生，而这种未知，也让他感到快乐。桑德斯医生想着，便打起盹来。一个黑人跑过来，拍了一下他的肩膀，弄醒了他。

“快来。”

东方黑漆漆的天空逐渐明亮了起来，天虽未透亮，但是明亮的繁星早已隐去，天空看起来影影绰绰的。医生下到了船员起居舱内。潜水员正在急剧衰竭。他仍圆睁着双眼，但已摸不到一丝脉搏，浑身笼罩着一股死亡的冰冷气息。突然间，他喃喃地说起话来，好像是些日本人的礼节用语。他的声音很低，但神态却谦逊而宽慰。然后，他便死了。另外两个睡着的黑人这时也已醒了。他们一个坐在床边，没穿长裤，黑色的腿挂在半空。而另一个背对着日本人蹲坐在地上，把脸埋在了手掌中，仿佛想要逃离这近在咫尺的死亡。

医生又回到了甲板上，将噩耗告诉了船长。船长耸了耸肩。

“这些日本人，身体真是太弱了。”他说。

黎明渐渐漫上了海面。清晨的第一缕阳光将平静的海面染成了一种柔和又让人感到凉爽的颜色。

“好了，我要回‘芬顿号’去了。”医生说，“我们的船长天一亮就要起航了。”

“吃点儿早饭再回去吧，你肯定饿坏了。”

“来杯茶就行了。”

“我有个好主意。我有一些鸡蛋，本来是为那个日本人准备的，现在他也吃不上了，所以我们一起吃点儿培根加鸡蛋吧。”

他大声吩咐了厨子。

“我就想吃培根加鸡蛋。”他搓着双手满怀期待地说，“肯定新鲜极了。”

没过多久，厨子便端来了热气腾腾的培根鸡蛋，还有茶和一些饼干。

“上帝啊，闻着真香！”那个澳大利亚人说，“说来也怪，我就是吃不厌培根鸡蛋。我在家的时候天天都吃。有的时候我太太会给我换换口味，但我仍然最喜欢培根鸡蛋。”

当澳洲土人摇着救生筏送医生回去的时候，他突然想到，和那个船长竟然用培根鸡蛋当早餐相比，死亡其实是一件更为奇怪的事情。平整的海面就像是抛光了的钢一样闪闪发亮。海面泛着柔和的淡蓝色，让人想起十八世纪侯爵夫人的闺房。在医生看来，人的死亡是一件很奇怪的事情。人类自天地伊始，经历了十分复杂的进化演变至今，一代又一代，终于有了现在的形态。每个人身上都流淌着无数父辈的血脉，这个潜水采珠员也是一样，然而此时此刻，他却要因为一连串出乎意料的事故而在这样一个杳无人烟迷失于茫茫大海中的小岛上惨淡地死去，这种事本身就很荒谬。

救生筏划到“芬顿号”边上的时候，尼克尔斯船长正在刮胡子。他伸手将医生拉到了船上。

“怎么样了？”

“他死了。”

“我猜到了，他的后事怎么办呢？”

“我不知道，我没问。我想大概直接把他扔下海吧。”

“像扔条狗一样？”

“是啊。”

船长表现出来的激动让医生大吃一惊。

“怎么能这么做呢，反正英国船是不会这样的。应该好好安葬他，我是说，总要给他好好做个祷告什么的。”

“不过他可是佛教徒，或者神道教徒[1]之类的。”

“我没办法不管这事。我在海上漂了三十年，从一个男孩长成了男人。若在英国船上有人死了，那就举行英式葬礼。大夫，你得知道，在死亡面前，人人平等。而在现在这种情况下，不能因为这个人是日本人、黑鬼或者是意大利佬而不好好安葬他们。嘿，伙计们，降下一艘救生筏，赶紧的！我一会儿亲自去那艘纵帆船。你去了这么久，我

① 神道教，日本传统民族宗教。

就料到会发生这种事，所以你回来的时候我正在刮胡子。”

“你准备怎么做？”

“去找那艘纵帆船的船长谈谈。我们得做正确的事情，体体面面地最后送他一程。我在每艘我率领的船上都很强调这一点。这在船员心中留下了鲜有的好印象。所以一旦遭遇不测，他们至少还能指望有个厚葬。”

船长降下了救生筏，驶向了那艘纵帆船。这时弗瑞德·布莱克来到了船尾。他头发乱蓬蓬的，皮肤光亮，眼眸湛蓝，散发着春天一样的光彩，就像是威尼斯画里那年轻的巴克斯[①]。看着他如此傲慢无礼地年轻着，一夜未睡而倦意浓重的医生一瞬间生出了一丝嫉妒之情。

“大夫，病人怎么样了？”

“死了。”

“有些家伙总能占尽便宜，对吧？”

桑德斯医生犀利地看了他一眼，但却什么也没说。

过了一会儿，他们看到救生筏返了回来，不过尼克尔斯却不在船上。那个叫乌坦的澳洲土人英语说得不错，他告诉医生，船长让他们全都到那艘纵帆船上去。

“又是该死的什么事？”布莱克问到。

“来吧。”医生说。

于是医生和布莱克爬下了船，船上另外两名船员也跟着爬了下来。

“船长说所有人，那个中国男孩也一起去。”

“下来吧，阿凯。”医生对着他的下人说道。此时阿凯正闲坐在甲板上漫不经心地缝着裤子上的纽扣。

① Bacchus，巴克斯，罗马神话中的酒神。

阿凯放下了手中的针线，带着他那一贯友善的浅笑，轻巧地跳上了救生筏。随后一行人便驶向了那艘纵帆船。当他们顺着纵帆船船侧的梯子爬上船时，尼克尔斯船长和那个澳大利亚人早已在甲板上等着他们了。

“艾金森船长也同意我的想法，应该为这个可怜的日本人办个仪式。”尼克尔斯说，“不过因为他之前从未经历过这类事情，所以请我替他主持一场体面的丧礼。”

“就是这样。”那个澳大利亚人说。

“我知道，这儿不是我的地盘。如果出海时有船员去世了，应该由船长来念祷告文，不过不巧的是，船上没有祈祷书，而他就像是金丝雀对着牛排一样不知所措。我说的没错吧，船长？”

那个澳大利亚人严肃地点了点头。

“你不是浸礼会教徒吗？”医生说。

“通常来说，是的。”尼克尔斯说，“不过像葬礼之类的仪式，我通常要照着祈祷书念的，而且也应该照着祈祷书念。现在，船长，等你那儿都准备好了，我们就集合所有人开始仪式吧。”

那个澳大利亚人向前走去，一两分钟后，他又走了回来。

“就快好了，只剩最后几针了。”他说。

“小洞及时补，免遭大洞苦。”尼克尔斯船长说。某种程度上，这回答了医生内心的困惑。

“一边喝点儿酒一边等如何？”

“不用了，船长。仪式结束了再喝吧，公事为先，享乐在后。”

随后，一个船员走了上来。

“都好了，老板。”他说。

“好了。”尼克尔斯说，“来吧，伙计们。”

他挺直了身板，精神抖擞。他那对狐狸般的小眼睛聚着光，眼中燃烧着熊熊的期盼。他压抑着内心的喜悦——这一切都逃不过医生的双眼，他默默地观察着船长的神情，暗自叫爽。很明显，船长很享受这样的场合。他们走到了船尾。两艘船的船员都是澳洲土人，他们有的闲站着，有的抽着烟斗，有的则撅着厚嘴唇嘬着烟屁股。甲板上躺着一捆东西，在医生看来，就像是一只装椰仁干的麻袋。它非常小，很难想象里面躺着的，竟然是一个曾经活生生的男人。

“人都到齐了吗？”尼克尔斯船长问。他环顾了一下四周，说：“不要吸烟。对死者放尊重点儿。”

船员们放下了烟斗，吐了口唾沫熄灭烟头。

“站成一个圆圈。船长，你挨着我站。我只是来帮忙的，我不希望你误会我抢了你的风头。喂，大家都准备好了吗？”

尼克尔斯船长对葬礼祷告文的回忆非常粗略，他嘴里念出的华美句子，大多是自己编造的。尽管如此，他仍然非常专注，虔诚得让人觉得虚伪。最后，他响亮地说了一句“阿门”，结束了祷告。

“现在来唱赞美诗。”他看着澳洲土人说，“你们都去过教会学校，我希望你们放开嗓子唱，让他即便到了望加锡市也能听到。来吧，一起唱。向前吧，战士般的基督徒们，向前吧，就像奔赴战场一样。”

他突然唱了起来，声音嘶哑，旋律也不成曲调，若不是船员们也跟着唱了起来，他几乎都无法唱出开头。即便如此，他的声音中却流露出内心里无法抑制的兴奋。他们起劲地唱着，浑厚低沉的声音飞过了平静的海面。在家乡的时候，他们都学过这首赞美诗，熟悉曲中的每字每音。然而，因为他们那各不相同的话语以及奇怪的语调，这听起来奇怪极了，根本不像是一首赞美诗，更像是一群野蛮人在粗俗又有节奏地喊叫。他们的歌声里充满了各种奇妙的声音，有跃动的鼓声，也有各种稀奇古怪的乐器发出的叮当声。这些声响让人联想到了那夜晚时分在水边举行的黑暗仪式，以及从活人祭品身上一滴一滴流淌下来的尚未风干的鲜血。阿凯穿着整洁的白色褂子，满不在意又优雅地站在离黑人们稍远的地方，他那漂亮又清澈的双眸中露出了一丝轻蔑的惊讶之情。唱完了第一节诗，船长便毫无征兆地唱起了下一节。然而，当他们唱起第三节诗时，船长用力拍了拍手。

“够了。”他大声说道，“又不是开该死的音乐会。我们可不想待上一整夜。”

船员们突然停了下来，船长严肃地环顾了一周。医生的目光落到了甲板上那捆被他们包围着的小小的麻袋上。不知为何，他竟想象着这个潜水员小时候的样子。黄皮肤，又黑又大的眼睛，在日本某座小镇的街上玩耍着；春天的时候，由妈妈带着去赏樱。妈妈身上穿着漂亮的和服，脚上踩着木屐，精心盘起的发髻上戴着精巧的簪子；假日的时候，便会去寺庙，在那里他能被派到一块蛋糕；或者曾经，他也着一身白衣，拄着灰白色的手杖，和全家人一起走上朝圣之旅，站在神圣的富士山顶仰望日出。

“接下来，我将要念这段祷告文：‘因此我们将他托付于茫茫大海’，你们听到这句话后就把他抬起来，我不希望看到任何纰漏，抓着他，然后嘭的一下投入水中就行了，明白了吗？船长，最好要两个人来。”

“你，鲍勃，还有乔。”

听到船长的吩咐后，他们往前走了几步，一起抓住了尸体。

“现在还不行，两头蠢驴！”尼克尔斯船长大叫道，“等我说完！”

然后，他甚至没有停下来喘口气，便立刻开始了祷告。他说了一会儿便再也想不出合适的辞藻了，这时他略微提高了嗓子，说道："所以，我们谨遵万能的主的教诲，将我们那死去的弟兄带到他的灵前：因此我们将他托付于茫茫大海……"他向那两个船员使了一个庄严的眼色，然而他们却张大了嘴巴愣愣地看着他，"好了，我可不想耗一整夜，把尸体扔到海里去，该死的！"

鲍勃和乔顿时一惊，随后一个箭步跃向躺在甲板上的麻袋，将它扔出了船外。麻袋坠入水中，激起了一片大大的水花。尼克尔斯船长脸上浮现了一丝满意的笑容，他继续说道：

"让他的血肉腐烂于海中，待到海水交出其中的死人时，在父的面前寻求永生。现在，亲爱的弟兄们，让我们一起做最后的祷告，我要听到念出的每一字，让我主听到你们的声音。我们在天上的父……"

船长面向船员，大声地念着，除了阿凯，其余的人也都跟着一起念着。

"好了，伙计们，就是这些了。"他继续用过于友善的语调说道，"我很高兴有机会在此体面地主持这场悲伤的葬礼。我们总会死亡，最最遵守律法的家庭也会横遭不测，然而我要让你们知道，如果某天你们将要被带往那个从未有人回来的'那儿'，只要你们在挂着英国旗的英国船上，那么就一定能得到一场体面的葬礼，像耶稣基督那虔诚的子民一样得到安葬。要是在往常，我会要求你们为你们的艾金森船长欢呼三声，但现在我们相聚一堂，却只为这可怜的人儿，我们的心已陷入深深的悲伤，所以我希望你们能默默地为你们的船长欢呼三声。圣父，圣子，圣灵，阿门。"

尼克尔斯船长礼貌地转向一边，就像是牧师走下圣坛一样。他向这艘纵帆船的船长伸出了右手，那位澳大利亚船长热情地握住了它。

“天啊，你做得可真棒！”他说。

“熟能生巧。”尼克尔斯船长谦虚地说。

“伙计们，现在喝一杯怎么样？”

“正合我意。”尼克尔斯船长说，然后又对着他的船员说，“你们回‘芬顿号’去，汤姆，你过会儿回来接我们。”

四名船员一步一挪地走向救生筏。艾金森船长从船舱里拿来了一瓶威士忌，以及几个玻璃杯。

“牧师也只不过这样。”他说着，举起杯子向尼克尔斯船长致敬。

“只是一种信念而已，得有那种信念才行。我的意思是，在主持那场仪式的时候，我并没有把他当做一个卑鄙的日本人，对我来说，他和你、弗瑞德或者大夫是一样的。这就是基督教。”

13

海上的季风猛烈地刮着。驶出了海港后，他们面前便是一片暴躁的大海。医生对航海一无所知，他并不习惯这种风浪，在他眼里，这一切无疑非常可怕。尼克尔斯船长用绳子将水桶捆在了船尾。海浪被暴风掀了起来，顶部泛着白色，看起来非常巨大。而坐在这样一艘小船里，人们总是能强烈地感受到这浪就近在咫尺。他们不时地被困在风暴中，每每这时，浪花便排山倒海地打在甲板上。他们一路经过了一座又一座岛屿。每经过一座小岛时，医生都会问自己，如果翻了船，他是否能够活着游到岛上。他非常紧张，也为此很恼怒，不过他也明白，大可不必如此。两个澳洲土人正坐在舱口，把绳索接在一起，制成钓线。他们非常专注于手上的活儿，一点儿也不在意海上的情形。海水非常浑浊，周围都是暗礁，船长命令坐在舱口的其中一个船员站上第二斜桅戒备，以防触礁。那个澳洲土人两手轮流打着手势，引导着尼克尔斯船长在暗礁丛中穿梭前进。这时太阳出来了，天空呈现出明亮的蓝色。然而在他们上方，大片的白云正在迅速地奔跑着。医生尝试着看会儿书，然而每当海浪冲过来时，他不得不垂下头避开飞溅着的浪花。过了一会儿，传来了一声沉闷的摩擦声，医生随即紧紧抓住了船舷。他们触礁了。他们被撞了开去，这下情况可糟透了。尼克尔斯朝着领航员大声责骂了一句，责怪他本应更小心些。这时他们又触到了另一块暗礁，船随即再次被撞开。

“得赶快离开这儿。”船长说。

船长猛地打着方向舵，驾着船离开了原本的方向，朝远海驶去。双桅帆剧烈地摇晃着，但每次暴躁地颠了一下后，它都能恢复平稳。此时桑德斯医生已经里里外外都湿透了。

“干吗不回到舱里去？”船长大声喊道。

“我喜欢在甲板上。”

“不会有什么危险的。”

“还会更糟吗？”

“可能吧，风浪看起来越来越猛烈了。”

医生向船尾望去，波涛汹涌的大海正咆哮着追着他们而来。眼看着下一波巨浪就要吞没那还未来得及喘息的小船，它却像人一样敏捷地避了开去，然后成功地骑在了那巨浪之巅。医生头晕目眩，十分不开心。这时弗瑞德·布莱克向他走了过来。

“很壮观，是不是？吹一点儿小风真让人兴奋。”

他蜷曲的头发在风中凌乱地飘着，双眸闪烁着兴奋的光芒。他非常享受这一刻。医生耸了耸肩，并未做出回答。医生看着船尾那正朝他们滚滚袭来的惊涛骇浪，浪峰向前突起着，带着一股气吞山河的气势，就好像它并不受那无意识的自然力驱使，而是本身就蓄着恶意。它们咆哮着一步步逼近，就好像一定要吞没这艘小帆船才罢休。而他们脆弱的船是绝不可能经得起如此巨大，像山一样的海浪的侵袭的。

“小心了！”船长大声地喊道。

船长将船停在了巨浪面前，医生本能地抓紧了桅杆。这时，巨浪袭了过来，就像是一堵厚厚的水墙砸了下来。整个甲板都浸在了水中。

“这浪可真大！”弗瑞德大声说道。

“我早就想洗个澡了。”船长说。

两人一同笑了起来。然而医生却害怕极了，而且因为船身剧烈的颠簸，他晕船晕得非常厉害。面对这样猛烈的风暴，他真心实意地希望自己此时正平安地待在塔卡拉岛上，等着汽船的到来，而不是像现在这样冒着生命危险飘零在凶险的大海上。为什么无法忍耐那只有两三个星期时间的无聊生活！真是太愚蠢了！他对自己发誓，如果躲过此劫，日后绝不会再因任何诱惑而做出如此荒诞的事情了。他已不再想看书了。他的眼镜上溅满了水花，他什么都看不见，而且他的书也早被海浪浸湿了。他望着那横扫而来的浪花，远处的诸岛只剩下了一层蒙蒙胧胧的影子。

“很爽吧，大夫？”船长大声地喊道。

小帆船像软木塞一样在波涛中颠来簸去，桑德斯医生勉强挤出了一丝笑容。

“真是让人神清气爽。”船长补充道。

医生从未见他如此亢奋。他的精神高度戒备着，似乎正在享受着自己那无人能出其右的驾船技艺。没有语言可以用来形容此时此刻的他——这片波涛汹涌的大海，就像是专门为他准备的。恐惧？这个粗俗诡诈又满口谎言的男人可从来不知道恐惧两个字该怎么写。他身上没有一点儿君子之风，凡是能让人获得尊严的品质，他身上一样都没有。只要和他待上一天你就能明白，如果解决某件事情有两种办法，一种是光明正大的，另一种是走邪门歪道，那他一定会选择后者。他就是这种人。他那低劣卑鄙的脑袋里，只想着一件事，那就是不择手段地打败身边的人。这种初衷，倒谈不上邪恶，毕竟他没有做出大奸大恶的事情。他的这种恶意，更像是一种恶作剧，胜过别人赋予了他无限的满足感。而此时此刻，面对如此广阔无垠又咆哮着的大海，在这样一艘即便翻了船也全无救援可能的小帆船上，他倒是十分自在，因为他对大海有着足够的了解，这让他骄傲又自信，而且非常快乐。他似乎很喜欢如此娴熟地驾着小船穿梭在狂风巨浪之间。船对他来说，就像是身体延伸出来的一部分，他熟悉其每一块木板，每一颗螺丝，就像骑手熟悉胯下的骏马一般，知道它所有的生活习惯，任何一个小把戏，每一个一时兴起的怪念头，以及它身上的各种才能。他望着那滔天巨浪，绿豆大的狐狸眼中流露出了笑意，而当浪花如打雷般咆哮而过时，他则会一脸自我满足地点点头。医生甚至觉得，对他来说，他们也只不过是供他消遣，让他获得满足感的对象而已。

望着身后那追赶着他们而来的巨浪，医生畏缩了。他紧紧抓着桅杆，船倾侧时，整个人都顺势被甩离了甲板，随后，仿佛受他体重的影响，船身又向另一边摇晃起来，于是他的身子又被顺势甩了回来。医生不用看就知道，自己现在面色苍白，他能感觉到，自己的面部已经僵硬了。他自忖着，若船真被这凶险的风浪毁了，他们是否有机会爬上那两艘救生筏。不过这儿距离任何有人迹的岛屿至少有一百英里远，而且在这样的风浪中是找不到正确的航线的，因此即便上了救生筏，生还的机会也很渺茫。所以一旦发生任何不测，唯一能做的就是让自己迅速溺水而亡。医生并不害怕死亡本身，但是死亡的过程却让他感到痛苦。他想象着自己吞进了一口又一口的海水，随后肺部开始痉挛，然而求生的意志却仍然驱使着身体不停地绝望地挣扎着——这是一幅多么让人讨厌的画面！

这时厨子端着晚餐跌跌撞撞地沿着甲板走来。今天的晚餐只有一罐咸牛肉和一些冷土豆，但也没办法，翻天巨浪把船舱的里里外外都浸湿了，厨子一点儿火都燃不起来。

“让乌坦去掌舵！”船长大声喊道。

那个澳洲土人从船长手里接过了舵，随后船长、医生和弗瑞德便一起围着这顿勉强凑合的晚饭坐下了。

“我可是饿死了。”尼克尔斯一边兴高采烈地说着，一边大口吃了起来，“弗瑞德，胃口怎样？”

“挺好的。”

弗瑞德浑身都湿透了，但却容光焕发，双眸也炯炯有神。医生悻悻地想，弗瑞德的淡然是不是伪装出来的。他感到很害怕，这让他对自己很生气。他酸酸地看了船长一眼。

“这个你要是能消化掉，你连牛都能吃了。”

“上帝保佑！每次遇到狂风的时候，我的消化不良准不会犯，狂风就好像是一剂补药。”

“这狂风要刮多长时间呀？”

“不太喜欢它吗，大夫？”船长狡黠地笑了，“可能日落的时候就能停下来，也有可能越刮越猛。”

“不能到岛屿附近避避风吗？”

“最好待在海上。这船能抵挡得住任何风浪，我可不希望在浅海触礁撞得粉碎。”

用完餐后，尼克尔斯船长点起了烟斗。“弗瑞德，玩克里比奇牌吗？”他说。

“玩。”

“你们不是现在要玩那该死的牌吧！”医生大声惊呼道。

船长轻蔑地朝海上看了一眼。“一点儿小浪而已，没什么大不了的。船交给那几个黑人就行了。”

说着，他们便走下了客舱。医生留在了甲板上，一脸紧绷地望着大海。这个下午似乎特别漫长，时间流淌得缓慢极了。医生想起了阿凯，不知道他去哪儿了。随后，他艰难地朝船舱走去。甲板上只留下了一个船员，舱门也已经封上了。

“我那孩子在哪儿呢？”他问道。

甲板上唯一的船员指了指船舱。

“在睡觉呢，要下去吗？”

他抬起了舱门，医生艰难地爬下了舱室口。船舱里点着一盏灯，但仍然非常昏暗，而且散发着一股恶臭。一个澳洲土人正坐在地板上，身上什么都没穿，只在腰间缠了一块布。他正低头补着裤子。另一个船员和阿凯则静静地睡在床铺上。医生跌跌撞撞地走到阿凯身前，这时他醒了过来，甜美又友善地朝医生笑了笑。

“没事吧？”

“嗯。”

“害怕吗？”

阿凯摇了摇头，再次露出了他那迷人的笑容。

“继续睡吧。”医生说。

医生又爬上了舱室口，他费劲地抬起了舱门，留在甲板上的船员拉了他一把。然而正当他从舱室口爬上来，踏上甲板时，一大片浪花迎面打在了他脸上。他的心一下子沉到了水底。他愤怒地朝那片暴躁的大海挥舞着拳头，嘴里也不停地咒骂着。

“你最好到低一些的地方去。”那个澳洲土人说，“这儿都湿了。”

医生摇了摇头。他站在原地，抓住了一旁的绳索。他明白自己现在需要有人陪伴。他很清楚，整艘船上，只有他一个人在害怕，即便是和他一样对大海一无所知的阿凯，也很淡然。他一遍遍告诉自己，其实并没有什么危险，在船上就和踏在陆地上一样安全，然而每当身后的巨浪追上了他们，高墙般的波涛猛烈地撞在甲板上时，他的心都无法抑制地因恐惧而痛苦地颤抖着。海水急匆匆地冲出了排水口，他害怕极了，若非意志力支撑着他站在这里，他或许早就蜷缩在角落默默啜泣了。在恐惧的强烈刺激下，他本能地想向那个他并不相信的上帝祈求救赎，于是他只好咬紧牙关，不让颤抖的双唇挤出祷告文来。此时的情形对他来说非常讽刺。他是一个聪明人，且总是自视甚高，认为自己是高人一等的哲学家，然而现在却像个懦夫般被恐惧折磨着。他冷冷一笑，嘲笑自己竟然如此荒唐。若仔细想一想，便会觉得现在这情形着实有些让人摸不着头脑：他，一个有着敏捷的思维，丰富的知识，对生活理性的态度，面对死亡也无后顾之忧的上等人，竟然在这片海面前害怕得颤抖，而其他所有人，不管是那站在他旁边的无知的澳洲土人，卑劣的尼克尔斯船长，还是阴沉无趣的弗瑞德·布莱克，都没有被这场风浪扰乱了心绪。由此可见，只拥有智力是一件多么可怜的事情。医生因为惊恐而泛起了恶心。他问自己，到底在害怕什么。是死亡吗？他曾经直面死亡。那一次，他真真切切地决定结束自己的生命，用毫无痛苦的方式。然而最后，他还是继续过着沉闷而毫不诱人的生活，这不仅需要勇气，还需要猜忌和冷漠的思考方式。如今他非常庆幸自己当初的明智，不过他也明白，对于生活，他并没有太大的留恋。有的时候，当病魔肆虐时，他便感到自己对生命的掌控竟是如此无力，于是便心甘情愿，甚至满心欢喜地寻求解脱。痛苦？他对痛苦可是有着很强的忍耐力。毕竟，一个连登革热和要人命的牙痛都能平静对待的人，还有什么是忍耐不了的呢？然而，现在却并非是忍耐的问题。他的颤抖是一种出自本能的畏惧，而这惊惧，是一种他无法控制的情绪。他好奇地注意着自己那因恐惧而干涩的咽喉，以及颤抖的双膝，就好像它们都是身外之物一样。

“真是太奇怪了。”医生一边艰难地走向船尾，一边喃喃地说。

他看了一眼手表。上帝啊，这才三点钟。那受大风侵袭的天空异常澄净，然而却隐藏着一丝恐怖的气息。它的明亮，看着竟有些无情，就仿佛和那狂暴的大海毫无瓜葛一般。而那海，蓝得刺目又明亮，丝毫没有人情味。那毫无意义的惊人力量玩弄着他，怒吼着要把他摧毁，然而却并非出于恶意，只是将他当做一种消遣而已。

“把海滩边那风平浪静的海还给我。”医生冷冷地自言自语道。

他走下了客舱。

“无论如何都要再跟两点。”他听到了船长的声音。

他们还在玩那无聊的牌戏。

“大夫，天气怎样？”

“糟透了。”

“黎明前总是有黑暗的嘛，就像女人生孩子一样。这条船可是棒极了，就算有飓风也受得住。要是出海，我宁愿选择澳大利亚的采珠船，也不要坐什么远洋渡轮。”

“该你牛栏[①]了。”弗瑞德说。

他们坐在船长的床垫上玩着牌戏，医生换掉了湿透了的衣服，倒在了另一张床垫上。舱顶挂着的灯摇来晃去，灯光时明时灭，他没法

① Crib，牛栏，是一组弃牌，可以构成庄家的附加牌。

看书，于是便静静躺着，耳朵里传来了那单调乏味的游戏术语，不断刺激着耳膜。船舱吱吱作响，像是在呻吟，风吹了进来，从他上方呼啸而过。这时船猛烈摇晃了起来，害得医生在床垫上滚动起来。

“晃得真厉害。”弗瑞德说。

“它表现得很不错吧？十五点，两分，十五点，四分。”

弗瑞德又赢了，而船长则自始至终都牢骚不断。桑德斯医生绷紧了四肢，以图承受住那恐惧带来的痛苦。时间的流逝慢得吓人，待到太阳落山时，尼克尔斯船长回到了甲板上。

“风越来越大了。”过了一会儿他回到了舱内，说道，“我打个盹，看来今晚有的忙了。”

“为什么不泊着呢？”弗瑞德问道。

“在这样汹涌的海里将船迎风停着？先生，这可不行！只要一切都在掌握中，‘芬顿号’就平安无事。”

他爬上了自己的床垫，蜷起身子侧卧着，不到五分钟，便听到了他均匀的鼾声。弗瑞德去了甲板吹风。医生对自己很生气，因为他竟然蠢到搭上了这艘小船。船长和弗瑞德也让他憋了一肚子火，因为他们竟然一点儿都不害怕，而他自己却早已恐惧得浑身颤抖了。然而，这条小船每次都能在将要沉没的刹那起死回生，重新拨正航向，久而久之，他的心头便渐渐对这艘英勇的小帆船生出了一丝他并不愿承认的敬佩。七点钟的时候，厨子端来了晚饭，他叫醒了船长，让他起来用餐。晚餐有热的炖牛肉和热茶，原来厨子不知怎的生着了火，真是托了他的福。随后他们三人一起走上了甲板，船长接过了舵。这夜空晴朗而澄净，数不清的群星明亮地眨着眼睛。海仍旧非常暴躁，此起彼伏的波涛在黑暗中看起来就像是巨大的怪物。

“上帝啊，这可是个大个儿！”弗瑞德大声喊道。

一道蓝绿色水墙正迎面向他们奔来，那浪峰向下折着，眼看就要打在“芬顿号”上了。到那时，“芬顿号”一定无力应对，必将被这大海的怒吼打翻。船长扫视了一圈周围，然后用身子抵住了舵。他竭力打着方向，好让巨浪从船尾擦过。突然间，船尾一摆，偏离了原先的航向，随之便听到一声巨响，倾泻而下的水墙横扫过尾舷。一瞬间，他们什么都看不见了。这时舷墙跃出了海面，“芬顿号”随即猛烈地摇晃了起来，就像是狗从水中钻出来，向旱地走去时一样。接着船上的水从排水口涌了出去。

“有点儿不好办呢。”船长大声吼道。

“附近有岛吗？”

“有，要是能再坚持前进几个小时，就能到避风港了。”

“那暗礁怎么办？”

“都是小暗礁,而且月亮很快就能出来了。你们两个最好到舱里去。”

“我留在上面。”弗瑞德说，“舱里太闷了。”

“随你便吧。你呢，大夫？”

医生犹豫了。他讨厌看到那愤怒的大海，也已厌倦了自己那总是惊惧着的心情。他见过太多生死，他的情绪，早已不会再为生死而动。

“我能帮上什么忙吗？”

“你歇着就是帮大忙了。”

“记住，你运送着恺撒和他的财富。”他在船长耳边喊道。

尼克尔斯船长并未受过太多人文教育，因而并不能理解这个笑话。一想到自己也许即将陨灭，医生便决定在这最后的时刻尽情享受生命之宴。他走上前去接阿凯。阿凯跟在他后面，然后两人一道下了客舱。

“尝尝程金给的禅杜吧。”医生说，“今晚就放肆一下吧。”

阿凯点上了灯，从小提箱里拿出了鸦片。他着手为医生准备烟斗，脸上带着惯有的冷淡。医生深深地吸了一口，味道美极了，以往从没有哪次抽第一口时有这样的感觉。主仆二人轮流抽了起来。渐渐地，医生的心中充满了宁静。他的神经不再随着船只的晃动而紧张，他也不再感到痛苦，恐惧也渐渐离他远去，灵魂中的烦躁一点一点地被抹平了。待医生像往常一样抽完了六管烟斗后，阿凯便放松了身子，向后靠去，就好像任务完成了一样。

“继续。”医生轻轻地说，“今天我要抽到吃不消为止。”

渐渐地，医生不再那么厌恶船只的晃动了，他似乎掌握了其中的节律。他的身体随着那节律左右摇摆着，然而思想却早已扶摇直上，飞到了那暴风雨的上方。他尽情徜徉在无限的世界中，飘飘欲仙。不过他亦明白，在爱因斯坦面前，他便会被自己的思想束缚。他再次明白，自己只要稍微思考一番，便能轻而易举地解决那些难倒众人的大谜团。不过他不会那么做，一想到那些谜团正在那里焦虑地等着被人解决，他便会从中得到更大的快感。虽然未知感弄得他心痒痒的，然而他却也甘愿，因为虽然他的生命可能止步于任何时刻，但是贸贸然揭开那些秘密就会像强奸一样下流。他就像是一个受过良好教育的绅士，不愿意自己的太太因知道自己从来都不相信她的鬼话而蒙羞。阿凯蜷缩在医生脚边睡着了，于是医生往旁边挪了挪，不想吵醒他。他想到了上帝，想到了永恒，暗自嘲笑生命的荒谬。随后，他的脑海中便浮现出了零碎的诗句。他仿佛已经死了，而尼克尔斯船长就像是身着防水衣的冥河渡神卡戎，摇着他去往一个陌生而美好的世界。想着想着，他便进入了梦乡。

14

黎明时分，寒意绵绵。医生倏地被冻醒了，他睁开双眼，却看到舱室口的门敞开着。船长和弗瑞德睡在各自的床垫上。一定是舱室里味道太呛人，他们才敞开着舱室口的门，好散掉一些鸦片残存的气息。突然间，他发现船已不再左摇右晃了。他站了起来，脑袋有点儿发沉，昨晚抽得太多，一时还无法适应。于是他决定到甲板上去透透气。

阿凯靠着椅子睡着了，医生轻轻拍了拍他的肩。他睁开了双眼，露出了浅浅的笑容，他那年轻的脸庞因此更显清秀。阿凯伸了个懒腰，打了个哈欠。

“给我煮点儿茶。”医生说。

阿凯立刻站了起来，医生跟在他后面，也上了甲板。太阳还未升起，天幕之上还徘徊着一颗暗淡的星星，但夜色已不像先前那样浓重，变成了一派幽暗朦胧的灰色，使得“芬顿号”看上去就像是飘在云上一样。有一个船员正在掌舵，他穿着一件旧外套，脖子上围着一条围巾，一顶破旧的帽子软塌塌地搭在头上。看到桑德斯医生上了甲板，他便生硬地朝医生点了点头。此时的大海非常平静，他们正在两座岛屿之间穿行着。这两座岛相隔非常近，中间的海域很窄，就像运河一样。有一点点微风，那掌着舵的澳洲土人睡眼惺忪。曙光悄无声息地从那低矮又长满了树木的岛屿之间穿行着，庄严又肃穆，看上去非常冷静，就好像故意掩盖着内心的惶恐似的。不过，可别想从它身上找出任何掩饰的痕迹，它优雅又羞涩地临到人间，简直就像是一位纯洁的少女，神情严肃，冷淡又无情，但却动人心魄。此时的天空，就像是褪了色的古代雕像，泛着黯淡的灰白色。两边的原始森林仍旧被黑夜笼罩着，但那柔和的鱼肚白却一点儿一点儿照亮着灰黑的海面。这时，原本徐徐升起的亮光停顿了一会儿，紧接着，云破日出，新的一天微笑着来临了。医生一行穿梭在那杳无人迹的群岛之间，海面平静得像一面镜子，周围安静极了，让人不由自主地想屏住呼吸。面对如此极致的静谧，人们很容易会产生一种奇特又让人兴奋的错觉，认为这里便是世界的开端，人类从未踏足于此，而那映入眼帘的寸草寸木也是第一次迎来世人的目光。这时，一股前所未有的纯净从灵魂深处本能地涌了上来。人类那世世代代积攒下来的复杂性都消失了，灵魂中唯剩人之初的那份简单，毫无粉饰，就像直线一样直白又肃穆，让人由衷地感到喜悦。在这一瞬间，桑德斯医生体会到了神秘主义者的狂喜。

阿凯端来了一杯茉莉花茶。放任思想天马行空之后悠然地坐在安乐椅中，享受着物质带来的幸福感，这对医生来说，是十分惬意的事情。空气中有些清冷，但却散发着一股柔和的芬芳。此时此刻他别无所求，只愿能永远坐在这样平稳的小船上，畅游于绿色的岛屿之间。

医生静静地坐了一个小时，怡然自若。这时从舱室口传来了脚步声。弗瑞德·布莱克也走到了甲板上。他穿着睡衣，头发蓬乱着，看起来非常年轻。睡眠抹掉了他的倦容，他满脸洋溢着年轻人醒来时该有的容光，而不像桑德斯医生，睡醒后脸上仍旧铺满了那因岁月而滞留的皱纹。

“起得很早啊，大夫。”弗瑞德看到了医生手边的空茶杯，说道：“我在想，能不能也给我泡一杯茶呢？”

“问阿凯。”

“行了，我只要乌坦给我浇几桶水就好了。”

他向前走去，对其中一名船员吩咐了几句，随后那名澳洲土人便用绳子降下了一只水桶到海里。弗瑞德脱掉了睡衣，全身赤裸地站在甲板上，另一名船员舀起桶中的水往他身上泼去。然后船员又把水桶降到海里，弗瑞德则转过了身子。他长得很高大，肩膀宽阔，腰很纤细，漂亮的倒三角身材。他的手臂和脖子晒成了小麦色，身上其他地方却非常白皙。他擦干了身上的水，穿上了睡衣，又走到船尾。他双眼炯炯有神，唇角微扬，勾勒出一丝浅笑。

“你这个小伙子长得很不错啊。”医生说。

弗瑞德无所谓地耸了耸肩，然后倒在了医生旁边的坐椅里。

“你知道昨晚我们损失了一条船吗。”

“不知道。”

“那风简直就是魔鬼，船首三角帆没了，被撕成了碎布条。我可以告诉你，虽然逃到了避风岛，但是尼克尔斯可是一点儿都不高兴。说实话，我真以为要完了。”

“你一直在甲板上？”

“是的，因为我想，如果沉船了，还是待在开阔的地方比较好。”

“不过也活不下来。”

“是的，我知道。”

“你不害怕吗？”

“不害怕，是祸躲不过，若天意如此，那也没办法。”

“我可是吓坏了。”

“尼克尔斯说你已步入午后了，他觉得这个好笑极了。”

“是年龄问题。年纪大的人总是比年轻人容易惊慌。我忍不住想，你还年轻，往后的日子还很长，和你比起来，我算是个糟老头了，但我竟然比你更害怕，这真是太滑稽了。”

“都怕成那样了，还能思考？”

“我的身体在害怕，但不影响我的头脑进行思考。”

“你也是个人物啊，大夫。”

“这我倒不知道。”

“之前你说希望我们载你一程的时候我挺不仗义的，真是对不起。”他犹豫了一会儿说道，“我身体不好，你也知道的，所以有点儿神经过敏，我倒不是抵触陌生人。”

“没关系。”

“我不希望你认为我是个混蛋。”他看了一眼四周静谧的风景。他们已经驶出了夹在两座岛屿之间的狭窄的港湾，进入了一片像是内海的水域，水面就像瑞士的湖泊一样平静而澄蓝。水域四周围满了地势低洼的小岛，岛上铺了一层厚厚的植被。“和昨晚相比，真是天壤之别，等到月亮升起来后暴风雨就更猛烈了。我一直想不通你怎么能睡得着，要知道那风雨声可是响得震死人。”

“我抽了鸦片。”

“你和中国男孩一起下去的时候尼克尔斯就说你会去抽鸦片。我一点儿都不信，不过等我们下去的时候，天哪，那味道呛得人头都炸了。”

“你为什么不相信？”

“我没法想象像你这样的人竟会如此自甘堕落。”

医生哧哧地笑了起来。

“对于别人的恶习，应该多宽容些。”他平静地说。

“我没有责怪任何人。”

“尼克尔斯还说我什么了？”

“其实……”他停顿了一下，这时阿凯走了过来，取走医生用完的茶杯。他穿着一身白色的衣服，十分整洁，身形苗条而优雅，“这也不关我的事。他说你因为某些事情被除名了。”

“准确地说，是把我的名字从名册上抹掉了。”医生平静地打断了弗瑞德的话。

“他还说你一定蹲过监狱。这也情有可原，像你这么聪明，又在东方声名远播的人竟然在那么一个污秽的中国城市定居，是谁都会浮想联翩的。”

“你为什么认为我聪明？”

“我能看得出来，你受过良好的教育。我不希望你认为我是个恶棍。我身体没垮之前，是学会计的。我以前不是过现在这种日子的。”

医生微微笑了。没有谁比弗瑞德·布莱克看上去更健康了。他那宽阔的胸膛，健壮的体格，全然戳穿了他患上了肺结核的谎言。

“愿意听我说说吗？”

“如果你愿意和我分享的话。”

“不是关于我的事情。我很少谈论自己，医生稍微保持些神秘感可没什么错，这样病人才会更相信我。我只是想凭着经验说几句体会。当某件事故摧毁了你为自己规划的事业时，不管是荒唐事也好，犯罪也好，或者是灾祸，反正不能就此认为自己完了。说不定这正是你好运来临的契机。若干年后回首往事，你便会觉得，多亏了那场灾难，才能有现在的新生活。若再要你过回原来那种无趣又无聊的生活，那是万万不愿意的了。”

弗瑞德垂下了头。

“为什么对我说这些？”

“我想也许有用。”

年轻人轻轻叹了口气。

“人可真是难懂。我一直认为，人不就是分为白种人和黄种人吗，不过现在对我来说，紧要关头时根本无从得知别人会做什么。我见过很多坏透了的恶棍，没人能比得上尼克尔斯。他宁愿卑鄙也不愿磊落。他的话，一句都不能信。我们也相处了一段时间了，我可是看清他了。要是有机会，他连自己兄弟都能害。他身上没一点儿正派的地方。你应该看看他昨晚的表现，说真的，昨晚可真是千钧一发，差点儿就完了。不过他倒是冷静得脸都不带一点儿红。你要看到准会惊讶的。就我看来，他分明是陶醉其中。他对我说：‘弗瑞德，祷告吧，要是现在不能突破到岛边，过一会儿等暴风雨来得更猛后，明早咱们都要喂鱼了。’他这么说的时候，那张丑陋的脸上堆满了坏笑。不过最终都平安无事。我在悉尼港的时候也航过海，从来没见过有谁能像他那样把船驾得如此得心应手，真是不得不佩服。我们现在能在这儿说话，都是他的功劳。昨晚他可是够有胆识的。不过如果给他二十镑，让他摆咱俩一道，你以为他会犹豫吗，绝不可能。所以，你对此怎么看呢？”

“我不知道。”

“不过你不觉得很滑稽吗，一个天生的骗子竟然能那么有种。我总是听人说，那些恶棍平时口出狂言，恃强凌弱，可是一遇到危机，就怂得不成样子。我讨厌那家伙，不过昨晚我还是忍不住崇拜他。”

医生微微笑了，但并未做出回答。眼前的小伙子如此直白地坦言自己对人性复杂性的困惑，这让医生感到了一阵愉悦。

“而且他很逞能。我们玩克里比奇牌，他从头到尾都在自以为是，我一直赢，不过他还是照旧。”

“他对我说你手气很好。”

“俗话说，情场得意，牌场失意。这玩意儿可不是靠运气。我玩了一辈子牌了，可是绝对有一手。这也是我后来读会计的原因之一，我就是有那种脑子。这可不是运气，手气好坏要看当时顺不顺，我是懂牌的，从长远看，只有玩得好的才能做常胜将军。尼克尔斯认为自己很聪明，不过跟我玩牌，他一点儿胜算都没有。”

他们没有再聊下去，只是相邻坐着，舒适又自在。过了一会儿尼克尔斯船长醒了，随后走上了甲板。他穿着脏兮兮的睡衣，澡也没洗，胡子拉碴，满口蛀牙，再加上平日因不修边幅而留下的邋遢样，简直让人感到恶心。他一脸怒容，脸色在晨光中看起来灰蒙蒙的。

“大夫，它又来了。”

“什么？”

“消化不良。昨晚睡觉前我吃了点儿东西，我也知道睡前不应该进食，可我饿极了，一定要吃点儿什么才行。现在好了，我胸口难受极了。”

“我来想想办法。”医生说着，微笑着站了起来。

“就算是你，也没辙的。”船长沮丧地说道，“我了解自己的毛病，每次遇上恶劣的天气它就一准儿要犯，就像我叫尼克尔斯一样没的商量。真是残忍至极。我掌了八个小时舵，论谁都会以为吃点儿冷香肠，外加一小片奶酪没什么大事。结果呢，真他妈的见鬼！人又不能不吃饭。”

15

桑德斯医生打算在神田－梅里埃岛和船长一行道别。那是神田海上的双子岛，荷兰皇家轮船公司的船舶经常在那儿停靠。医生想，大概过不了多久，便能驶来一艘开往合他心意的地方的船。先前的狂风将他们吹离了航向，接下来的二十四小时里，帆船又因为无风而无法航行，直到第六天清早才刮起了一点儿风，虽然不强，但刚好能鼓起船帆。没过多久，他们便能看到梅里埃岛火山了。镇子在神田岛上。九点钟的时候他们已靠近海港入口了，从航海指南上看，要在这个海港泊船并不容易。梅里埃是一座高耸的锥形山，山上覆盖着茂密的丛林，山顶都几乎被盖住了。一缕形状酷似巨大伞松的浓烟从火山口升了上来。两岛之间的海峡很窄，据说还有来势汹汹的潮流。海峡的某些地方非常狭窄，只有半条缆绳宽，还有很多浅滩，上面只汪着薄薄一层水。不过尼克尔斯船长可是一等一的水手，他自己也很清楚这一点，所以一旦有炫一把船技的机会，他是绝不会放过的。他穿着艳丽的条纹睡衣，顶着一顶软塌塌的遮阳帽，一个礼拜未刮的白胡子堆在脸上，看上去又脏又臭，非常邋遢。然而正是这个衣冠不整的尼克尔斯，有板有眼地驾着“芬顿号”驶进了海港。

小镇渐渐映入眼帘。“看起来不坏。”船长说。

沿岸散落着一些货栈和用架子支起来的，顶上盖着茅草的地方民居。浑身赤裸的孩子们在清澈的水中嬉戏着。一个戴着宽檐帽的中国人正坐在独木舟里钓着鱼。海港一点儿也不拥挤，只泊了两艘平底帆船，三四艘大的三角帆船，一艘摩托艇，还有一艘废弃了的纵帆船。镇子外面是一座山丘，顶上竖着一根旗杆，上面软绵绵地飘着一面荷兰国旗。

"不知道这里有没有旅馆。"医生小声嘀咕道。

尼克尔斯船长掌着舵，医生站在他的旁边，弗瑞德站在船长的另一边。

"肯定有的。以前这儿可是个繁华的地方，是香料等贸易的中心，盛产肉豆蔻。我没来过这儿，听说还有大理石宫殿，不过也不清楚到底是怎么一回事。"

港口有两个伸入海中的码头，一个干净又整洁，另一个是木头做的，已经被腐蚀得摇摇欲坠了，褪色也很严重，非常有必要刷一层新漆。木制的码头要比另一个短一些。

"我猜长的那个是荷兰公司修的。"船长说，"我们用另一个。"

他们靠了岸，哗啦哗啦地把主帆降了下来，然后捆了起来。

"好了，大夫，你到了，行李什么的都准备好了吗？"

"你们不一起上岸吗？"

"弗瑞德，你觉得怎样？"

"当然了，再待在船上我就要发疯了。而且得再弄一艘救生筏。"

"还有船首三角帆。我去整理整理，随后就来。"

船长走下了客舱。没过多久他就追上了弗瑞德和桑德斯医生，整理仪容对他来说是很简单的事情，只要脱下睡裤，套上一条卡其色的裤子，贴身穿件卡其色的外套，赤脚伸进网球鞋里就行了。他们摇摇晃晃地爬上了码头，顺着它向前走去。周围一个人也没有。不一会儿他们便走到了埠头，犹豫了一会儿后选择了一条看上去像主街道的路。四周什么都没有，非常安静。他们一边并肩在路中央走着，一边环顾着四周。在船上待了那么久后，能散散步舒展下身体是非常愉悦的。而当双脚踩在坚实的土地上时，内心涌出的安全感也抚平了前几日紧张的神经。马路两边各种多立克式和科林斯式的柱子撑起了平房那向外伸着的，又高又尖的茅草屋顶，形成了一道道宽阔的游廊。这些建筑透露出一种古老的富庶的气息，然而墙上的石灰粉已经变得斑斑驳驳，一派陈旧的模样。房屋门前的小花园杂草丛生，散发出阵阵恶臭。他们去了几家店铺，出售的货物都是一样的，无非是些棉布、马来群岛土人穿的围裙，以及罐头食品。街上死气沉沉，有的店里甚至都没有店员，就好像没打算有客人光顾一样。零星有几个路人走过，不是马来人就是中国人，他们步履很轻，就像是怕惊扰了山林女神一样。空气中时不时飘来一股肉豆蔻的香味，直钻鼻腔。桑德斯医生拦下了一名路过的中国人，询问他旅馆怎么走。那个中国人告诉他们一直往前便是了。过了一会儿他们就来到了旅馆门口，进门后却发现里面一个人也没有。他们就着游廊里的桌子坐了下来，用拳头敲了几下桌面，随后一个穿着土著围裙的妇女便走了出来。她看着他们，然而当桑德斯医生和她说话时，她却又走开了。这时出来了一名混血儿，穿着白色的单排扣立领外套，领口扣得严严实实。医生问他是否还有空余的房间，他一脸茫然，随即医生又用中文问了一遍，他却用荷兰语做了答。见医生摇了摇头，他微微一笑，好像在说请诸位稍等片刻，随即走下了台阶，去了街对面。

“我猜是去接什么人。”船长说，“他们居然不说英语，真是太稀奇了。我算是明白为什么这个地方需要开化了。”

几分钟后，混血儿带着一名白人走了过来。当混血儿将医生一行指给他看时，他的眼中充满了好奇。然后他走上了台阶，礼貌地摘下遮阳帽，行了个礼。

“早上好，先生们。”他说，“有什么需要我帮忙吗？范吕克听不懂你们的话。”

他的英语说得很标准，但却带着外国口音。他很年轻，二十多岁，很高，至少有六英尺三英寸，肩膀宽阔，孔武有力，不过身形很笨拙，以至于虽然看上去力大无穷，但仍掩饰不了笨拙的本质。他穿着干净又整洁的帆布裤子，每粒扣子都扣上的紧身上衣口袋里别着一支钢笔。

“我们刚进港，船就泊在岸边。”医生说，“请问在下一班汽船来之前，这儿有空余的房间吗？”

“当然有。这儿没什么游客。”

他转向混血儿，流利地转达了医生的要求。他们二人简单说了几句后，他又用英语向医生说道：

“他会为你准备一间很不错的房，包膳食，合下来八块钱一天。经理去巴达维亚了，现在旅馆是范吕克在打理，他会让您感到宾至如归的。”

“喝一杯怎么样？”船长说，“来点儿啤酒吧。”

“你也一起来点儿吗？”医生礼貌地问到。

“非常感谢。”

年轻人坐了下来，摘下了遮阳帽。他的脸又宽又平，鼻子也是扁塌塌的，颧骨倒是很高，眼睛很小，乌溜溜的。他皮肤灰黄而光洁，双颊并不红润。他长着一头漆黑的头发，剪得很短。他的眼神温和而又友善。他的相貌可是一点儿都不好看，不过一看便知道是个好人，让人不得不喜欢。

“荷兰人？”船长问。

“不是，我是丹麦人，我叫埃里克·克里斯汀森，是一家丹麦公司的常驻代表。”

“在这儿很久了？”

“四年了。”

“我的上帝啊！”弗瑞德·布莱克吃惊地大声说道。

埃里克·克里斯汀森哈哈笑了起来，简单得像个孩子，眼神中充满了和善。

“这儿很好，是东方最浪漫的地方了。他们本来想把我调走的，但我坚持要留下来。”

这时一个男孩拿来了瓶装啤酒，这个身形高大的丹麦人举起了自己的酒杯，说道：

“先生们，祝你们健康！”

桑德斯医生觉得很奇怪，为什么眼前的这个陌生人竟然如此吸引自己的眼球。倒不是因为他的热诚，因为在东方，热情是非常普遍的品质。医生隐隐感到，这个丹麦人身上藏着某种讨人喜欢的个性。

“这儿看上去很萧条啊。”尼克尔斯船长说。

“辉煌早已不再。靠回忆为生，这便是这座岛的特色。在以前这儿可常常被挤得水泄不通，海港里泊满了船，根本没有空余的位置，新到的船只只能在港外候着，等到有船离开腾出了泊船位后再进港。真希望你们能多待几天，我可以好好地带你们四处逛逛。这儿很迷人，隐藏在遥远的大海深处有一座不为人知的小岛。”

医生竖起耳朵听着，埃里克的话像是从哪里引用来的，但医生一时又无法想起到底出自哪里。

“这是哪里的句子？”

“刚才的？布朗宁的《皮帕走过了》。”

“你竟然看过这个？”

“我看过很多书，你也知道，我有的是时间。我最喜欢英文诗歌，还有莎士比亚。”他温柔亲切地看了弗瑞德一眼，宽大的嘴巴上挂起了一起笑容，紧接着便背诵了起来：

一个像印度人一样糊涂的人，
会把一颗比他整个部落所有财产更贵重的珍珠随手抛弃；
一个不惯于流妇人之泪的人，
可是当他被情感征服的时候，
也会像涌流着胶液的阿拉伯胶树一样两眼泛滥。[①]

埃里克念诵着，带着浓重的外国口音，听起来非常奇怪又生硬，就好像卡在了喉咙里一样。不过更让人匪夷所思的是，这个年轻的丹麦人竟然对着尼克尔斯船长那样诡诈的无赖和弗瑞德·布莱克那样木讷的家伙朗诵起莎士比亚的剧本来。看着这样的画面，桑德斯医生隐隐觉得好笑。船长朝他使了个眼色，明明白白是在表示，这人真是个怪人。而弗瑞德·布莱克脸上染上了一团红晕，看起来羞涩极了。丹麦人并未意识到这一点，他迫不及待地继续说道：

“以前香料贸易昌盛的时候，荷兰商人可是富得流油，钱多得都

① 此段出自《奥赛罗》的第五幕，第二场。

不知道该怎么花。没货可运的时候，他们就运回来一些大理石盖房子。要是你们不赶时间的话，我带你们逛逛我家，那是某位种植园主留下来的。冬天的时候，他们有时会运一船冰块回来，很稀奇吧？这是他们最终极的奢侈。想想看，从荷兰不远万里运一船冰块到这儿来，路上怎么也得花六个月。他们都有自己的马车，晚上天气凉爽，他们便坐着马车沿着海岸到街区一圈又一圈地溜达。真的，应该把这些故事都记录下来，这简直就是荷兰版的《天方夜谭》。你们上岛的时候看到那个葡萄牙要塞了吗，我下午就带你们去那儿。要是还有什么要我帮忙的，一定要告诉我，我乐意之至。”

“我得去拿行李，”医生说，“这两位先生非常好心地载了我一程，我非常过意不去，所以不想再打扰他们了。”

埃里克·克里斯汀森赞许地看着船长和弗瑞德，说道：“所以我喜欢东方，每个人都那么友好，什么都愿意帮忙，一点儿也不觉得麻烦。你都没法想象那些素不相识的陌生人给了我怎样的帮助。”

随后四人一道起身，准备离开。丹麦人告诉混血儿，桑德斯医生一会儿便带着行李和随从回来。

“你们应该在这儿吃午饭。今天是 reistafel[①]日，他们做得非常好吃，我一会儿还会过来。”

“你们俩还是和我一起吃午饭吧。”医生说。

“reistafel 对我来说就是死刑。”尼克尔斯船长说，“不过我不介意坐在一旁看你们吃。”

埃里克·克里斯汀森神情严肃地与其他三人握了握手。

---

① Reistafel，印度尼西亚的一道菜，混合了各种味道、食材和烹饪方式，有辣有咸，有肉有菜，有的是炖的，有的则是炸的。

“很高兴能遇见你们。这儿不常有陌生人来，而对我来说，能遇到英国绅士实在是太好了。”

他们在台阶底下相互道别，埃里克对着船长一行礼貌地鞠了一躬。

“非常伶俐的小伙子，”他们走了一会儿后船长说，“立马就能看出我们是绅士。”

桑德斯医生看了他一眼，神情淡然，丝毫没有讽刺的痕迹。

16

几个小时后，桑德斯医生在旅馆内安顿了下来。他和船长还有弗瑞德坐在旅馆的游廊里，一边品着荷兰杜松子酒，一边静候吃午餐。

“东方和原来不一样啦！”船长摇着头说，“当我还是小伙子的时候，在荷兰旅馆里，不管是午饭还是晚餐，桌上都放着好几瓶杜松子酒，客人可以随便喝，完全免费，而且喝完后只要叫一声伙计，就能立马再给你拿来一瓶。”

“那店家可得赔本儿了。”

“怪就怪在一点儿也不会。几乎没有人故意多喝几瓶占小便宜。这就是人性。你要是对一个人好些，那他肯定也会善待你。我是相信人性的，一直如此。”

这时，埃里克·克里斯汀森走上了台阶，看到他们坐在那里，便脱帽行了个礼，然后便朝旅馆里面走去。

“来一起喝一杯吧。”弗瑞德提议道。

“乐意之至，不过我得先进去冲个澡。”

然后他便进了旅馆。

“啊哟，你是怎么了？”船长一边说一边淘气地冲弗瑞德挤眉弄眼，“我还以为你不喜欢陌生人呢。”

“要看情况，他看上去是个十足的好人，现在的人大多喜欢多管闲事，可他从来都不问我们是什么人，来这里做什么。”

“他天生就懂礼貌。”医生说。

这时那个丹麦人回来了，加入了他们。“喝点儿什么？”弗瑞德问道。

“和你一样。”

他把自己那笨拙又肥大的身躯勉强塞进了椅子里，然后便聊起天来。他说的话，既不动听，也不引人发笑，但言谈举止中流露出一股诚恳，非常讨人喜欢。看着他，内心就会充满自信。桑德斯医生从不轻率地做出任何判断，他不相信自己的直觉，然而这一次，他却无法忽视埃里克那因健康快乐而容光焕发的脸庞，那是一种惊人又让人愉悦的诚恳。很显然，弗瑞德·布莱克很喜欢这个大个子丹麦人。在这之前，桑德斯医生从未见过弗瑞德如此轻松地与人交谈。

“我说，咱们得互相认识一下。”过了一会儿后，他说，“我叫布莱克，弗瑞德·布莱克，这位医生叫桑德斯，这位是尼克尔斯船长。”

埃里克·克里斯汀森站了起来，逐一与他们握了手，这看上去难免有些怪诞。

“我很高兴能认识大家。”他说，“真希望你们能多住几天。”

“你们还是明天就起航吗？”医生问。

“事情都办完了。今天早上已经找到救生筏了。”

他们一起走进了饭厅。饭厅里很凉爽，灯光也很昏暗。一个小男孩摇着一把薄葵扇，在空气中断断续续地扇起一阵阵微风。饭厅里摆着一张长桌，桌子对面坐着一个荷兰人，旁边是他那混血的太太。她非常胖，穿着一件用垂褶布做的宽松的浅色衣服。旁边还坐着另一个荷兰人，皮肤黝黑，体内应该也流淌着当地的血液。埃里克·克里斯汀森礼貌地和他们打了招呼，他们也相应地问候了埃里克，然后冷淡地看着那三个陌生人。这时下人们端来了 reistafel。他们的盘子里堆满了米饭、咖喱粉、煎鸡蛋、香蕉，以及一种源源不断送上桌的奇怪的混合物。当一切都就绪时，他们每个人面前都堆了一座小山。尼克尔斯船长看着自己面前那一大堆食物，胃口全无，而且内心还生出了深深的厌恶来。

“吃完这个我就得死了。”他严肃地说。

“那你别吃。”弗瑞德说。

“不吃哪来的力气？那天遇到暴风雨的时候，要不是靠我硬挺了过来，你们现在在哪儿都不知道呢。我不是为了自己吃饭，是为了你们。我从不接完不成的活儿，哪怕是我的头号敌人也不能说我没有尽心尽力。”

船长面前的那堆小山一点点矮了下去，最终，尼克尔斯顽强地吃光了盘子里的食物。

“上帝啊，我们已经好几周没有吃过这样像样的一顿饭了。”弗瑞德说。

食物很对他胃口，他狼吞虎咽地吃着，胃口好极了，就像是发育期的男孩子一样。他们还喝了点儿啤酒。

“如果吃完这顿我不难受，那太阳可从西边出来了。”船长说。

用完餐后，他们一起坐在游廊了喝了杯咖啡。

“你们最好睡一觉，”埃里克说，“等天凉快些时我再过来，带你们四处看看风景。真可惜你们没法再住几天，火山顶上的风景可是漂亮极了，几英里内的海域和岛屿都可以一览无遗。”

“我们干吗不住几天，等大夫走了之后再出发？”弗瑞德说。

“正合我意。”船长说，“在海上和暴风雨搏斗，辛苦地漂了那么久后，能在这儿休息一阵那可真是运气太好了。我想起来了，不知道喝点儿白兰地能不能解决刚刚吃下去的 reistafel。”

“你们是做买卖的？”丹麦人问道。

“我们是来勘察珍珠贝的，”船长说，“得找块新的养殖区，这种生意，就是看运气。”

“你们这儿有报纸吗？”布莱克问，“我指英文报。”

“没有伦敦的报纸，不过弗里斯那儿有澳大利亚的报纸。”

“弗里斯？那是谁？”

“是个英国人，每次邮差都给他带来一捆《悉尼简报》。”

弗瑞德的脸色苍白得很诡异，但是谁又能知道到底是什么让他如此惊慌呢。

“能让我看看吗？”

“当然可以。我明天带过来，或者现在就带你去。”

“最早的是什么时候的报纸？”

“很早之前的了，邮差是四天前来的。”

17

下午晚些时候，气温降了下来，正午时分的炽热已逐渐退去。埃里克做完了自己的工作后便前往旅馆接弗瑞德一行。旅馆里只有桑德斯医生和弗瑞德两个人，船长已经回到小帆船上去了。他的消化不良又犯了，这次可真是要人命。剧烈的疼痛消耗光了他所有的观光兴致。埃里克三人一齐漫步去了镇上，和早上相比，街上的人多了些。他们时不时便遇到那个荷兰人，皮肤晒得黝黑，旁边跟着他那又矮又胖、百无聊赖的太太，每每这时，埃里克总是脱帽向他们致意。几乎没什么中国人。中国人只会出现在贸易繁忙的地方。岛上有许多阿拉伯人，有的戴着漂亮的阿拉伯小帽，穿着整洁的帆布衣服，有的则裹着白色的头巾，围着土著围裙。他们个个皮肤黝黑，大大的眼睛闪烁着光芒，举手投足间像极了提尔和西顿的闪米特商人。岛上还有一些马来人、巴布亚人和混血儿。四周非常安静，让人感觉很不自在。空气中满是困倦，让人感觉沉重。街上有很多旧式种植园主留下的大房子，现在却成为一群乌合之众的住所。正因为这群东方（从巴格达到新赫布里底群岛）的乌合之众，那壮阔堂皇的房子就像是交不出房租的体面人一样满脸羞愧。这时他们来到了一堵长长的白墙面前。这儿原本是葡萄牙的一座修道院，然而现在墙体已支离破碎。接着他们又走到了一座废弃的堡垒前。里面横七竖八地躺着大块灰色砖石，杂树丛生，乱糟糟的灌木丛正开着花。它前面有一大片宽阔的空地，面朝大海，里面挤满了巨大的古树，据说是葡萄牙人种的，有常绿乔木、爪哇橄榄，以及野生无花果。正午过后，天气略微有些凉爽时，当地人总喜欢来这里散步。

桑德斯医生和同伴们一起登上了山。他略微有点儿胖，时不时地就得喘口气。山顶上伫立着一座灰色的要塞，光秃秃的什么也没有。这儿是海港的指挥室。要塞四周围着一条深深的壕沟，唯一的入口离地面很远，必须得用梯子才能进去。坊墙里面便是堡垒的核心部分。里面非常宽敞，被均匀地分割成了一个个小隔间，从窗子和门道的式样来看，有点儿文艺复兴后期的韵味。长官和守备队就住在这里。而从瞭望口向外望去，一望无际又壮阔的大海便尽收眼底。

“很像特里斯坦[①]的城堡。”医生说。

日光缓缓消逝，此时的大海泛着上等红酒般的深红色，就仿佛是奥德修斯[②]曾经航行过的那片海。远方的岛屿被平静又波光粼粼的海面围裹着，呈现出一种浓郁的翠绿。那种如同西班牙大教堂藏宝室中的祭衣的颜色，复杂又浓烈，夸张得让人直以为是一种艺术，无法相信那竟然是自然之色。

“就像是绿色的阴影里那绿色的思想。”年轻的丹麦人喃喃地说。

“从远处看，那些岛都挺好的。”弗瑞德说，“但是一走近……上帝啊！一开始我一直想上岸看看，毕竟从海上看，这些岛美极了，我常常想，就在这样的岛上度过余生吧，远离人群，悠闲自在地打打渔，

---

① Tristan，特里斯坦，《特里斯坦与伊索尔德》中的主人公。

② Odysseus，希腊西部伊塔卡岛之王，曾参加特洛伊战争。

养养家禽。尼克尔斯知道后笑掉了大牙，他说那些岛龌龊极了。不过我坚持要去看看。我们大概去了六个这样的岛，之后我便完全打消了念头。等到上了岸才发现，岛上什么都没有，除了一望无际的树，满地横行的蟹，还有成群的蚊子，多得能从指缝间钻来钻去。”

埃里克眉开眼笑地看着弗瑞德，眼神非常温柔。他的笑容里满是亲切，看着非常甜美。

“我能理解。”他说，“凡事都是这样，远观尚可，亵玩就会大跌眼镜。就好像是蓝胡子城堡里那个上了锁的房间一样，只要不去探究那就相安无事，但是一旦打开了门，那就要做好震惊的准备了。”

桑德斯医生静静地听着两个年轻人的谈话。他或许愤世嫉俗，或许并不为那些悲悯众生的不幸感到苦恼，但他对年轻却有一种特殊的情怀。或许是因为年轻太短暂，但又承载了太多的期许。对他来说，当残酷的现实粉碎了当年的壮志，当年少的心第一次懂得了竟然还有一些事比身患重症更加可悲时，是多么的心酸而苦涩。

虽然弗瑞德言语笨拙，但医生仍能理解他的意思，于是向他投去了一丝赞同的微笑。弗瑞德坐在那里，柔和的日光笼罩在他身上。他穿着汗衫，卡其色裤子，没戴帽子，蜷曲的黑头发好看极了。这时的他帅气逼人。他的英俊有一种动人之处，竟让一直认为他只是个木讷的年轻人的桑德斯医生也突然产生了一丝好感。也许是受他那俊朗外表的蛊惑，也许是因为有埃里克·克里斯汀森在一旁，不管怎样，在那一瞬间，医生感到弗瑞德的内心隐藏着某种自己从未猜到过的东西，而这个东西，也许正是探索他灵魂的昏暗的入口。想到这儿，医生不禁笑了起来。现在他的内心因惊讶而略微受到震撼，就好像一直以为枝丫上的是一根嫩枝，结果却突然看见那“嫩枝”扑棱着翅膀，一下子飞走了一样。

“我几乎每天傍晚都来这儿看夕阳。”埃里克说，“对我来说，这儿就是全部的东方。不是那个充满了故事的东方，也不是那个到处都是琼楼玉宇和装饰着雕塑的寺庙的东方，更不是那个属于率领着成群勇士的征服者的东方，而是那个作为世界之初的东方，是伊甸园之东。在那里，人口不多，大家都过着简单、谦逊又原始的生活。此时，整个世界都在静候，就像是空荡荡的花园等着消失的主人一样。”

这个丑陋又朴素的年轻人说话的时候，天生带着一种充沛的情感，若不了解这些话对他来说，就像是珍珠贝、椰子干和海参一样寻常，那一定会被他那动人的辞藻和神情吓得惊慌失措。他的豪言壮语确实有点儿荒唐，即便引人发笑，也是充满了善意。他坦诚得让人觉得不可思议。他们坐在了那座废弃了的荒凉的葡萄牙要塞里，外面的景色美妙极了，好像能融化一切，就连埃里克那夸张的腔调，也并不会让人觉得有什么不合时宜。他举起厚实的大手，轻轻搭在了巨大的石块上。

“这些石块见证了这座岛的荣辱变迁，但是人们对它们却知之甚少。你永远都别想发现其中的秘密，你能做的，只是猜测而已，而可猜测的内容又是那么少，没有人知道这儿到底发生过怎样的故事。下次我回欧洲的时候，一定要去一趟里斯本，看看能从那些曾经在这儿住过的人身上挖出怎样的秘密。”

当然，这儿也一定有过传奇，只是这故事太过模糊，于是在无知的怂恿下，人们的脑海中便只能浮现出一幅朦胧的画面，就像是冲洗失败的照片一样模糊不清：葡萄牙上校正是站在那些塔上，或是监视着大海，寻找那即将为他们带来故土喜讯的里斯本船只，或是忧虑地看着荷兰船从远方驶来对他们展开进攻。那些肤色黝黑的勇士，身着腹甲和锁子甲，生命于他们来讲，就是一场随时都会结束的冒险。然而他们只是鲜活在你的想象中，否则便只是大军压境时那一片死气沉沉的阴影。要塞旁还有一处小教堂的遗迹。在那里，曾经每天都举行神奇的变体仪式[①]。在某次围剿中，身着祭服的牧师来了，为那些躺在城墙上濒死的士兵施最后的傅油礼。这样的场景，即便只是想象，也仍旧让人战栗不已。那朦胧的危险感、残酷感，那不屈不挠的勇气，那自我牺牲的壮烈，都足以震慑后人的灵魂。

“你难道一点儿都不思乡吗？”这时，弗瑞德问道。

“我经常想起老家。那是一个小村子，那儿有黑白的奶牛和绿色的牧场。我也常想起哥本哈根。哥本哈根的房子上都装着平面窗，就像是那些面容光洁但又眼大无神、目光短浅的女人一样。而那些宫殿和教堂，就像是童话中的一样。不过对我来说，这些都只是舞台上的一幕场景而已，虽然非常清晰，也能逗人发笑，但我可不想登台表演。我宁愿坐在顶层楼座上那隐于黑暗中的座位上，远远看着台上那一切。”

“不管怎样，人只能活一次。”

“我也是这么认为的。不过生活是靠自己创造的。我也许只是一个办事员，若执著于这一点，生活就该更困难了。所以我就想，在这儿，有着一望无垠的大海，茂密的丛林，蜂拥而至的回忆，以及来来往往的马来人、巴布亚人、中国人和迟钝的荷兰人，再加上我的那些书，我简直就是一个能尽情享受闲暇的百万富翁——天哪，还有比这更好的生活吗？”

弗瑞德·布莱克看着他，那与众不同的想法让他不禁皱起了眉头。

---

① Transubstantiation，宗教中的变体仪式，面饼和葡萄酒经祝圣后变成了基督的身体和血液，只留下面饼和葡萄酒的外形。

而当他终于明白丹麦人的意思时，他的声音中不自觉地流露出无法掩饰的惊讶。

“可是你说的这些都是虚构的呀。”

“这是唯一的现实。”埃里克笑着说。

“我不知道你这么说指的是什么，现实是有所行动，而不是凭空幻想。人只能年轻一次，应当及时行乐。每个人都想出人头地，都渴望像金钱、地位这样的东西。”

“噢，当然不是这样。要这些有什么用？当然了，一个人必须得工作养活自己，但温饱解决后，余下的努力便只是为了满足自己的妄念。你在海上看到那些岛屿时，内心充满了喜悦，而当你上岸后，却发现是一片令人失望透顶的丛林，告诉我，哪个才是真实的岛？哪个岛给了你更多的感动，哪一个岛又会被你珍藏在回忆里？”

弗瑞德微笑地看着埃里克那热切又温柔的双眸。

“老兄，这可真是一派胡言。只考虑事物的表象并没有什么好处，因为人最后终究会回归事实，到那时便会失望透顶。逃避事实是无法向前迈步的。你若以为那表面的光鲜便是全部，那就太狭隘了。这样的你最后会到达哪里呢？”

“天国。”埃里克微笑着说。

“在哪儿？”弗瑞德问。

“在我心中。”

“我不想打搅你们交流哲学，”医生说，“但我真的渴得难受极了。”

埃里克笑了起来，支起硕大的身子站了起来，离开了原本坐着的矮墙。

“太阳很快就下山了，我们下去吧，到我家喝一杯。”他指着远处那背向西边的火山，在逐渐变暗的天空的映衬下勾勒出了一个清晰的锥形轮廓，对弗瑞德说："明天能否赏光一起爬山呢？山顶上的风景非常迷人。"

"去去也无妨。"

"那就一定得早点儿，否则天就热了。天亮前我就去小帆船那儿接你，这样就肯定不会来不及了。"

"没问题。"

他们慢慢溜达下了山坡，不一会儿便回到了镇上。

埃里克的家就在早上他们登陆后沿街闲步时看到的那群破落了的房子中间。荷兰富商曾经在这儿住了一百多年，后来这里便被他现在所效力的公司完全买了下来。房子外面有一排高耸的石灰墙，墙粉早已剥落得斑斑驳驳，很多地方也因受潮而生出了点点绿色的霉斑。高墙里圈是一个小花园，杂草丛生，一片荒芜。花园里种着玫瑰花和果树，繁茂的藤蔓缠成一片，还有开着花儿的灌木丛、香蕉树，以及两三株高耸入云的棕榈树。野草随处可见，将整个花园塞得满满的。夜里，微弱的月光倾洒下来，笼罩着园子，升腾出一股神秘的荒凉感。园子里亮着点点亮光，那是萤火虫在来回起舞。

"很抱歉，这儿很杂乱。"埃里克说，"有时我也想找几个小工把这儿都收拾干净，不过我喜欢它现在的样子，总让我的脑海中浮现出这样的画面：荷兰商人安逸地坐在这儿乘凉，身旁坐着他那臃肿的太太，正不急不忙地摇着扇子。"

他们走进了客厅。这是一间长廊式的房间，四面全是窗户，但都拉上了厚厚的帘子。一个小男孩走了进来，爬上了一把椅子，点燃了悬在顶上的油灯。房间里铺着大理石，墙上挂着油画，但色泽早已晦暗，根本无法分辨画里的内容。房间中央摆着一张大圆桌，圆桌四周则是一套高背椅，椅子上套着绿色印花天鹅绒椅罩。这个房间乏味又让人感觉别扭，但正是这种怪异，反而为其增添了一种独特的魅力。它描绘了一幅栩栩如生的画面：原来十九世纪的荷兰富人，过的便是这种富丽堂皇的庄重生活。当那一脸严肃的商人拆开了不远万里从阿姆斯特丹运来的家具时，心中一定溢满了骄傲。然后，每一件家具都整整齐齐地放到了特定的位置，满屋子都是奢华的味道——它们都是他身份的象征。这时男孩儿端来了啤酒。埃里克走向一旁的小桌子，在留声机里放上了唱片，瞥见了桌上的一捆报纸。

“这是给你的报纸。我请人给你拿来了。”

弗瑞德从椅子里站了起来，接过报纸，坐在了大圆桌旁的椅子里，借着顶上油灯的光看了起来。因为之前在葡萄牙要塞的时候，医生提到了特里斯坦，于是埃里克特意放上了《特里斯坦与伊索尔德》最后一幕的开场曲。悠扬的曲调总是让人想起过往，而就着回忆，这乐曲便更显沉重了。当那牧羊人痴痴地望着海面，却等不到一丝帆影时，他轻轻举起了芦笛。奇妙又温柔的音符缓缓流淌而出，但却因为那破灭了的希望而充满了哀伤。然而，撞击着医生心脏的，却是另一种痛楚。他想起了那时的考文特花园。他仿佛又看到那时的自己，穿着晚礼服，坐在剧院正厅通道旁的座位上，包厢里坐着的都是颈上戴着珍珠项链的，身份高贵的女士。国王坐在对面的豪华包厢里，他身材臃肿，脸上挂着巨大的眼袋，正在俯瞰着恢弘的管弦乐队。梅耶男爵和夫人也在那儿，夫人看到了他，便朝他欠了欠身子，以示尊敬。人人脸上都透露出安逸富足的神情，一切都那么隆重，又那么秩序井然，没有人愿意改变这种生活。里克特正在指挥。那是一首多么热情澎湃的曲子啊！每个音符都壮丽地饱满着，成千上万个音符聚成了美妙的旋律，经由人们的感官，像一幅画卷一样徐徐展开。然而他尚未仔细聆听，一首像规模宏大的自助餐一样粗糙喧闹又有些低俗的曲子便分散了他的心神。当然，这曲子非常华丽，但却有些沉闷。他的耳朵早已习惯了中国乐曲的繁复而细腻与和谐而娴雅，而现在冲击着他耳膜的曲子却太过直白，所有的意思被一股脑儿倒了出来，略微震撼了他那挑剔的品味。一曲结束，埃里克起身为唱片换面，桑德斯医生看了一眼弗瑞德，想看看那些旋律在他身上留下了怎样的痕迹。音乐是一样很奇特的东西，它和人类的其他成就似乎都毫无关联，一个平日极其普通的人也可能有着过人的乐感和敏锐的音乐神经。他开始认为，弗瑞德·布莱克并不像他一开始认为的那样普通，他的体内隐藏着什么尚未觉醒、就连他自己也并未意识到的东西，就像是一朵不幸长在石缝中的花儿，热切地寻求着阳光。这种可怜的姿态，深深唤起了医生内心的同情和好奇。但是弗瑞德的耳朵里没有飘进任何音符。他呆呆地望着窗外，置身于周遭环境之外，就好像是在另一个世界里。热带的黄昏非常短暂，不一会儿天色便完全暗了下来。夜就这样来临了，深蓝色的天空上已升起了一两颗星星。然而弗瑞德的眼神却并未落在那闪烁的明星之上，他凝滞的眼神似乎正陷落在某个思想的深渊中。头顶上的油灯在他脸上投下了一片怪异的阴影，就像是为他戴上了一个无法辨认神情的面具。不过他的身体倒是很放松，就好像不安突然从中被抽离出去了一样，就连他那伏在棕色肌肤下的肌肉也因放松而松弛下来。他感觉到了医生冷静的视线，于是勉强向医生挤出了一丝微笑，但这微笑却带着淡淡的苦涩，充满了哀伤，莫名的触动人心。他手边的啤酒一口都未喝过。

“报上说什么了？”医生问道。

弗瑞德的脸刷的一下变得通红。

“没什么，选举结束了。”

“哪儿的选举？”

“新南威尔士。工党上台了。”

“你是工党吗？”

弗瑞德犹豫了一会儿，眼中露出了警惕。这种小心翼翼之前也曾出现过一两次。

“我不关心政治，”他说，“那些事我一点儿都不懂。”

“我想看看那报纸。”

弗瑞德从那一捆报纸中抽出了一份，递给了医生。但医生却并未伸手。

“是最新的吗？”

“不是，这份才是最新的。”弗瑞德一边回答一边将他的手压在了自己刚刚阅读过的那份报纸上。

“如果你看完了，那就让我看那份吧。我不太喜欢太旧的新闻。”

弗瑞德犹豫了一会儿。医生和善地微笑着，但眼神却十分坚定，不容弗瑞德说不。很显然，弗瑞德一时也编不出什么花言巧语拒绝如此自然的请求。于是他将报纸递给了医生，医生接了过来，倾身向前，凑着灯光看了起来。弗瑞德并未从那捆报纸中抽出其他《简报》，他静静地坐着，假装不经意地看着桌面。医生看穿了弗瑞德的佯装，便借着眼角的余光密切地观察着他。很显然，弗瑞德一定在报上看到了什么，使得他现在陷入了深深的担忧。医生哗啦哗啦地翻着报纸。报上登出了很多条关于选举的新闻，还有一封伦敦函件，大量来自美国和欧洲的电报新闻，以及很多地方新闻。他翻到了警方新闻版块。选举造成了一些动乱，法庭已经做出了回应；纽卡斯尔发生了一起入室抢劫案；有一个家伙因诈骗保险金而被判入狱；两个汤加群岛人之间发生了一场激烈的口角。尼克尔斯船长认为，之所以急着安排弗瑞德逃亡，是因为他犯下了谋杀罪，于是医生寻找着有关谋杀案的消息。编辑用两栏的空间报道了一起发生在蓝岭某个农庄里的谋杀案，起因是兄弟二人发生了争吵，后来杀人犯向警方自首，并且申辩自己是正当防卫。不过这是发生在尼克尔斯和弗瑞德离开悉尼后的事情了。除此之外还刊登了一份验尸报告。死者是一名妇女，自杀身亡。此时此刻，医生不禁犹豫了起来，怀疑这样一份具有文学倾向的周报是否真的能提供他想了解的信息。简明扼要并不是《简报》的风格，为了迎合那已从日报上了解过事件详情的读者群，它采用了一种回顾来龙去脉的报道手法。就报道看，那名自杀的妇女在几周前谋杀了自己的丈夫，不过官方并未掌握针对该女子的有力证据，于是只能对她进行一遍又一遍的审讯。警察的纠缠，丑闻的压力，以及邻里间的冷言冷语，让她一时精神错乱，最终了结了自己的生命。验尸官表示，随着她的死亡，帕特里克·哈德森谋杀案也就无果而终了，警方侦破该案的最后一丝希望就此破灭。桑德斯医生又仔细看了一遍这则报道。这则新闻很蹊跷，但因为行文太短，他也无法得知更多的信息。这名自杀的妇人现年四十二岁，看起来和弗瑞德这样的青年并无关联。不过尼克尔斯的论断也只是凭空猜测，并没有依据，弗瑞德是一名会计，他也有可能贪污了公款，或者迫于经济危机的压力伪造了假支票。如果他和某位政要有牵连，这些罪行也足够让他外出躲一阵子了。医生放下了报纸，一抬头便迎上了弗瑞德的目光。医生朝他微微一笑，意图打消他的顾虑。医生的好奇心并不是出于私欲，而他也不会为了满足这种好奇心而让自己身陷麻烦之中。

“回旅馆吃晚饭吗，弗瑞德？”医生问道。

“我本想邀请你们留下来吃一顿便饭，”丹麦人说，“不过我得和弗里斯一起吃晚饭。”

“没关系，我们正好散散步。”

医生和弗瑞德在漆黑的街道上并肩走着，彼此都没有说话。

“我不想吃晚饭，”弗瑞德突然说，“我今晚不想看见尼克尔斯，我要去找个妓女爽爽。”

桑德斯医生尚未答话，弗瑞德便转过身去疾步走开了。医生无奈地耸了耸肩，不疾不徐地向旅馆走去。

18

晚饭前，当尼克尔斯船长信步走上旅馆台阶时，医生正坐在游廊里喝苦杜松子酒。他洗了个澡，刮了胡子，穿了一件卡其色的单排扣立领外套，斜戴着遮阳帽，看起来非常整洁，让人联想起了一个儒雅的海盗。

“晚上感觉好多了，”他边说边坐了下来，“而且饿极了，我现在就算吃下一对鸡翅也没什么大不了的。弗瑞德呢？”

“不知道，大概去了哪儿吧。”

“找姑娘去了？我可不是怪他，不过在这种地方能有什么好货色呢？他真是胆大。”

医生为他要了一杯酒。

“我年轻时很有一套，可是很多姑娘的梦中情人。后来我结婚了，这可真是个天大的错误。如果能重来……大夫，你都不知道我那婆娘有多么糟。”

“知道，你说得够多了。”医生说。

“这不可能。除非我从现在开始一直说到明天早晨，否则你是不会理解的。如果说，有魔鬼披着人皮，那肯定就是我那婆娘。我问你，她那样对我公平吗？她对我的消化不良要负直接责任。这可完全是实话，就像现在我正坐着和你说话一样，绝对是事实。真是太伤自尊了，就是这么回事。我都惊讶自己竟然没有杀了她，我也想那么做，但是只要我一有动作，她就会对我说：'船长，把刀放下。'然后我就乖乖地放下了刀。大夫，你说这自然吗？然后她就开始数落我，如果我向门走去，她就会说：'等一下船长，先待在这儿听完所有我要对你说的话，我说完的时候，会告诉你的。'"

船长和医生一起吃了晚饭。席间医生一直同情地听着船长喋喋不休地诉说着自己那不幸的婚姻。吃完晚饭后他们又回到了游廊，抽着荷兰雪茄，就着咖啡喝着杜松子酒。在酒精的作用下，船长变得满腔柔情，情不自禁地怀旧起来。他对医生讲述了自己年轻时在新几内亚海岸的见闻，还绘声绘色地描述了那些散落在大洋中的小岛。他的话中常带着嘲讽，但却得很幽默。听他说话非常有意思，因为他从不会因为虚荣心而为自己添油加醋。对他来说，一个人如果有机会欺骗别人，却在这机会面前犹豫不决，那简直是不可思议的事情。每当他那低劣的把戏成功的时候，他的内心便充满了一种巧妙又大胆地走了一步棋后大获全胜时一样的满足感。他就是个流氓，但是流氓得很勇敢。医生想起了那晚与风暴相搏时船长那了不起的自信，顿时感到船长话中充满了乐趣。在那风急雨骤的夜晚，他不得不为尼克尔斯的从容、机敏和冷静所折服。

过了一会儿，医生找到了插话的机会。他一直想向船长求证一件事，但都找不到合适的时机。这件事已经在他嘴边徘徊很久了。

"你认识一个叫帕特里克 · 哈德森的家伙吗？"

"帕特里克 · 哈德森？"

"他以前是新几内亚常驻地方法官，已经死了好多年了。"

“那可真是太巧了。我不认识他，别误会。不过悉尼也有一个叫帕特里克·哈德森的人，横死了。”

“哦？”

“嗯，是我们出发前没多久的事情，新闻闹得漫天都是。”

“你说的那个人和我说的那个人也许有什么关联。”

“他是那种外粗内秀的人。据说以前是一个铁路工人，后来一路爬了上来，还搞起了政治什么的。听说他入了党派，肯定是工党。”

“他怎么死的？”

“中了枪，是他自己的枪，如果我记得没错的话。”

“自杀？”

“不是，他们说他不可能那么做。我那时不在悉尼，搞不清楚到底是怎么回事。不过那件事确实轰动一时。”

“他结婚了吗？”

“嗯，很多人认为是他老婆干的。不过也没证据。她去了照相馆，回来便看到他躺在那儿，屋里有打斗的痕迹，家具东倒西歪，一片狼藉。我从来都不认为是他老婆干的。照我说，他们就是不会那么轻易放过你，只要有可能，就得让你活着，你要是解脱了，他们就没乐子耍了。”

“不过确实有很多女人谋杀了自己的丈夫。”医生反驳道。

“那纯粹是意外而已。众所周知，意外专挑那些最遵纪守法的家庭。有的时候她们就是不小心，然后一失手，那可怜的畜生就死了。但她们不是故意的，最起码不是故意想害自己丈夫。”

19

桑德斯医生身上有一些很糟糕的恶习，例如吸鸦片。要是在世界其他地方，早就被当成犯罪而受到了惩罚，不过幸运的是，即便如此，早上醒来的时候，他还是能保持清醒的头脑和愉快的心情。他很少舒展着身子慵懒地赖在床上，他总是愿意喝上一杯芬芳的中国好茶，再美美地抽上早晨的第一口烟。他并不会满心欢喜地对接下来的一天有所期盼。在荷属东印度群岛的旅馆里，早餐都上得很早，而且千篇一律：番木瓜、煎鸡蛋、冻肉，还有红波奶酪。不过不管你再怎么按时就餐，鸡蛋永远是冷的。它们像是两只铺在薄薄的白色盘子表面上的一对橙黄的大眼睛，直直地盯着你，就好像是从深渊中某只淫秽的怪物脸上挖下来的一样。咖啡是早餐的精华，可以加一点儿雀巢炼乳，冲上热水，调成恰当的浓度。吐司干巴巴的，有的地方没有烤透，有的地方却带着焦味。在神田旅馆的餐厅里，每天都会端上这种早餐，而那些一言不发的荷兰人总是匆匆将它们塞进肚子，然后便赶着去办公室。

不过第二天早上桑德斯医生却并没有早起。待他起床后阿凯便将他的早餐送到了外面的游廊里。他喜欢番木瓜，也喜欢鸡蛋从煎锅中刚刚盛出来时的模样。他满心欢喜地品着香茗。活着多么美好啊！此刻的他，别无他求，不嫉妒任何人，也没有任何悔恨。清晨那清新的气息还在，淡淡的日光勾勒出了万物那清晰的轮廓。露台下面长着一棵高大又枝繁叶茂的香蕉树，骄傲自得地向炎炎烈日炫耀着自己那华丽的树叶。桑德斯医生忍不住思索了起来。他认为生命的价值并不在于辉煌，而在于辉煌之余是否能够沉心静气，让灵魂不受滚滚红尘侵扰，让自己就如同打坐的佛祖一样超脱。医生在煎蛋上撒了很多胡椒粉和盐，还有一些伍斯特辣酱。吃完了这些，再吃一小片蘸满了黄油的面包——这便是整顿早餐中最美味的一口。这时，弗瑞德·布莱克和埃里克·克里斯汀森步履轻快地从街上走来，他们三步并作两步地上了台阶，在医生旁边坐了下来，迫不及待地唤着旅馆的小工。天还没亮时他们就爬火山去了，现在可是饿坏了。旅馆的小男孩赶紧为他们端来了番木瓜和一盘冻肉，没等煎蛋送来，他们就狼吞虎咽地将盘子里的食物一扫而光了。他俩兴致高昂，年轻的热情让昨日刚刚认识的两人已然成为好友，埃里克亲切地叫他弗瑞德，弗瑞德也亲切地称他埃里克。攀爬火山并不容易，剧烈的运动让这两个年轻人兴奋不已。他们说着无关紧要的废话，莫名地大笑着，就像是两个大男孩。医生从来没有见过弗瑞德如此开朗，很显然，他很喜欢埃里克，也因为身边这个比自己略微年长的伙伴而放开了拘束，就像重新回到了青少年时期一样充满了活力。他看起来是那么年轻，让人无法相信他已是一个成年人。他的嗓音深沉又响亮，听起来滑稽极了，直让人发笑。

“你知道吗，这家伙壮得跟牛一样！”弗瑞德说着，崇拜地看了埃里克一眼，“有一段山路很危险，碰巧一根树枝折断了，我脚下一滑，照理说我肯定摔得狼狈极了，断个腿什么的，结果埃里克单手就抓住了我，把我拉了上来，帮着我重新站稳，天知道他是怎么做到的！要知道，我可是有一百五十四磅呢！”

“我一直都很强壮。”埃里克微笑着说。

“我们来掰手腕吧！”

弗瑞德和埃里克一同把手肘立在了桌面上，然后握住了对方的手掌。弗瑞德用尽了吃奶的力气，想把埃里克的手臂扳倒，但埃里克却纹丝不动。这时那个丹麦人嘴角微微上扬，同时手上发力，只见弗瑞德的手臂一点点倒了下去。

“我跟你比，显得我像个孩子一样幼稚。”弗瑞德笑着说，“天哪，你要是一拳挥上去，那被打的家伙可是凶多吉少。以前打过架吗？”

“没有，为什么要打架？”

埃里克吃完了盘子里剩余的食物，点上了一支方头雪茄。

“我得去上班了，”他说，“弗里斯想问问你们，下午要不要去他那里，他想和你们一起吃晚饭。”

“我没问题。”医生说。

“叫船长一起来，我大约四点的时候来接你们。”

弗瑞德目送着他离开。

“真是个完美的小伙子。”他转向医生说道，嘴角挂着微笑，“我觉得他不太正常。”

“哦？此话怎讲？”

“他说的话很奇怪。”

“他说什么了？”

“我也不知道，反正就是很疯狂。他跟我讨论莎士比亚，我对莎士比亚了解得很少，我跟他说我在学校的时候，某个学期选读了《亨利五世》，然后他就开始滔滔不绝地背诵台词。之后又聊到了《哈姆雷特》和《奥赛罗》，鬼知道都是些什么！他熟记其中的每个场景，我都没法把他的话逐句转述给你。我从来没听人说过这些。不过有意思的是，尽管他说的都是废话，我却不想让他赶紧闭嘴。”

他那率真的蓝眼睛中逗留着一丝笑意，然而脸部的神情却很严肃。

“你去过悉尼吗？”

“没有。”

“我们那儿有一个规模相当的文艺团体，虽然跟我那行没什么关系，但我有的时候也情不自禁去看看。你知道的，那儿大多数都是女人，她们喜欢谈谈书，不过你还没搞清楚自己在哪儿，她们就迫不及待想和你上床了。”

“一个对文艺无知的人是不会举止得体的，他不会在‘i’上加点，也不会在‘t’上加横，这几乎是肯定的。”医生想了一会儿说道，“他要是看到钉子，就会用头撞上去。”

“看来你很不喜欢他们。不过，我不知道该怎么说，埃里克说话的时候，感觉很不一样。他不是在炫耀，也不是为了让我刮目相看，他想说就说了，也不管我是不是觉得无聊。他对此非常痴迷，也许从来没有在这上面被难倒过。该死的，我可是一点儿也不关心这些，他说的话有一半我听不懂，不过很奇怪，不知为什么我总觉得他说得很有意思，你明白我的意思吧？”

弗瑞德说着，就好像是将那些在花园里挖坑播种时从地里挖出来的石头一个接一个堆在一边一样。他感到非常困惑，于是一直不停地挠着头皮。桑德斯医生则冷静又敏锐地观察着他。他一时有些语塞。通过那混乱的话语而发现此时他正努力想表达的东西，是一件让医生觉得非常有趣的事。评论家把作家分成两类，一类是有话可说但不知如何表达，另一类是知道该如何表达，但却说不出有价值的话来。男人以及盎格鲁撒克逊人也是如此，对他们来说，说话是一件很费劲的事。当一个男人言语流利时，那只能说这些话他已经说得非常熟练了，从而也就失去了原本的意义。而当一个男人费力地想着句子，试图将自己那毫无头绪的想法表达出来时，他的话才是最重要的。

弗瑞德淘气地看了医生一眼，就像是个顽皮的孩子。

“你知道吗，他把《奥赛罗》借给了我。我也不知道为什么自己竟然会说读读也无妨。我猜你肯定看过。”

“三十年前的事情了。”

“当然，我很有可能一时头脑发热，但当埃里克满怀激情地说着那些的时候，听上去非常激动人心。我不知道该怎么说，和这样一个人在一起时，一切都不一样了。我知道他疯了，不过也希望多一些像他那样的人。”

“你很喜欢他，对吗？”

“想不喜欢都难，”弗瑞德说，脸上闪过了一阵羞涩，“他就像是钢铁模具一样正直，我绝对信任他，他不会欺骗任何人。不过奇怪的是，虽然他是个笨重的大个子，壮得跟头牛一样，我却有一种想要照顾他的想法。我知道这很蠢，但我止不住想，不能把他一个人放着，得看着他不让他陷入麻烦。”

凡事都带着一种怀疑的心态置身事外的医生此时正默默地在心里琢磨着眼前这个澳大利亚人那笨拙的词句中暗含的意义。他感到很惊讶，也略微为那份让弗瑞德害羞又笨拙地搜肠刮肚的情感而感动了。弗瑞德那并不新颖的语句中流露出了震惊，震惊自己因为直面了那惊愕的真相而对丹麦人萌生出了崇拜。那个高大丑陋的丹麦人举止奇怪，但他点燃了自己全部的真诚，将那近乎奢侈的热情化作了魅力，实现了自己的理想主义，而正是在这样的灵魂里，燃烧着温暖的、包容一切的、纯粹的善良之焰。年轻的弗瑞德看到了这一点，为之着迷，又为之困惑。他的内心因此受到了触动，羞涩席卷而来。他的自信被撼动了，心底深处生出了卑微来。在那一刻，这个普通又英俊的男孩体验到了一种他从未想象过的心灵之美。

“他怎么可能会有麻烦呢？”医生说道。

相较弗瑞德，医生对埃里克·克里斯汀森的感情则淡然了很多。他对埃里克很感兴趣，只是因为他有点儿与众不同。首先，能在马来群岛遇到一个熟知莎士比亚并且随口便能流利地背诵出大段篇章的商人本身就是一件很有意思的事情。在医生眼里，这只不过是一个附庸风雅的造诣而已。闲来无聊时他便自忖埃里克到底是不是一个称职的商人。他并不喜欢理想主义者，因为在这样一个平常的世界里，要想让自己的职业理想和现实生活和睦相处是非常困难的，而他们又总是敏锐地把崇高的理念和谋利混为一谈，这让人非常难堪。在这里，医生总是能有所消遣。那些理想主义者总是容易轻视那些态度实际的人，但也不反对通过勤勉而发家致富。他们就像是野百合，既不做苦活也不纺纱织布，反倒认为别人应该为自己做这些杂活，并把这当做是自己的权利。

“今天下午要拜访的弗里斯是个什么样的人？”医生问道。

“是一个种植园主。他种肉豆蔻和丁香，是个鳏夫，现在和女儿一起生活。”

20

他们坐上一辆老式福特车，驶向了弗里斯的家，他家距旅馆有三英里远。道路两旁密密麻麻长满了高大的树木，地上铺着一层厚厚的蕨类植物和匍匐植物。小镇郊外便是原始丛林。一路上，时不时跳出一间破烂的茅草屋，衣衫褴褛的马来人在游廊里闲荡着，无精打采的孩子们则在桩下的猪群中玩耍着。天气潮湿又闷热。这时他们来到了一座某位种植园主留下的庄园面前。庄园大门上涂着灰泥，样式赏心悦目，气势也恢弘，但却早已破旧不堪。拱门上方嵌着一块门牌，上面刻着屋主的姓名和庄园的建造日期。他们沿着一条土路颠簸着向里开去，路面坑坑洼洼，到处是小土堆和车辙印子。土路尽头便是一个独栋房屋。这是一座规模宏大的方形建筑，屋顶采用了马来式的亚答屋顶[①]，但却是砖石结构，而非桩承结构。房屋周围是一个废弃的花园。他们向大门开去，马来司机用力地按着喇叭，之后屋内出来了一名男子，朝着他们挥手。他就是弗里斯。他站在通向游廊的台阶口，当那几个陌生人走上台阶时，他热情地喊出了他们的名字，并一一与他们握手。

“真高兴见到你们，我有一年没见到英国人了，快进来喝一杯。”

---

① 用像芭蕉叶一样肥大密实的亚答树叶铺成的屋顶，是南洋传统的建筑风格。

弗里斯个子很高，长得很胖，一头灰白的头发，上唇留了一小撮灰白的髭须。他头发稀疏，头顶微秃，额头非常宽大。他的脸圆圆的，没有一丝皱纹，面色通红，因汗水的浸润而显得容光焕发，乍一看上去就像是一个大男孩。他的嘴巴正中嵌着一颗摇摇欲坠的黄色大门牙，仿佛稍一用力就能拔出来似的。弗里斯穿着一条卡其色的短裤，一件敞开领口的网球衫，走起路来明显跛足。他领着一行人进了一间宽敞的房间，这里既是会客厅又是餐厅。房间墙上装饰着马来武器、鹿角和野牛角，地上则铺着一张破旧的虎皮，看着像是被虫蛀过，上面还有一些霉斑。

他们一进房间，一个小个子老头便从椅子上站了起来。他没有上前迎他们，只是站在原地盯着来访的三位陌生人。他腰驼背曲，饱经风霜的脸上布满了皱纹，看上去已非常年迈。

“这是斯旺，”弗里斯说着，随意地点了一下头，“他是我的岳父。”

眼前的老头有着一双浅蓝色的眼睛，眼睑红红的，里面光秃秃什么都没有。然而透过这双眼睛看到的，却是满满的狡诈，而他看你的时候眼珠子转来转去，就像是猴子一样灵活。他一言不发地和三位陌生人握了握手，接着便转向弗里斯，张开了他那因掉光了牙齿而干瘪的嘴唇，说起了谁也听不懂的语言。

“斯旺先生是瑞典人。”弗里斯解释道。

那老头一个接一个地打量着他们，眼神中带着明显的怀疑，还有一种不加隐瞒的直白的蔑视。

“五十年前，我跟着一艘帆船出了海，从此再没有回去过，也许明年就能回去了。”

“先生，我也是航海的。”尼克尔斯船长说道。

然而斯旺先生却对他一点儿都不感兴趣。

“我年轻的时候干过很多行当，都做得非常好。”他继续说道，“我当过纵帆船的船长，做奴隶贸易。”

“黑鸟勾当，”尼克尔斯船长打断了他，“在过去做这个确实能赚不少钱。”

“也做过铁匠、贸易商，还开过种植园，大概没什么我没做过的行业了。那些人一直想杀掉我，我有胸疝，就是和所罗门当地人发生争斗时留下的伤口引起的，他们是真想弄死我，因为我那时有很多钱。对吧，乔治？”

“我是这么听说的。”

“飓风把我的家产都毁了，店也没了，什么都没了，不过我也不在意，现在只剩下了这个庄园，也没关系，反正足够吃喝了。我有四位太太和数不清的孩子。”

他声音非常嘶哑，说的英语带着浓重的瑞典口音，使得你不得不全神贯注地听他说话。他语速很快，就像是在背诵课文一般。他说完后笑了起来，笑声中也透露出龙钟之态，好似在说，他经历过太多变迁，早已看透世事，一切对他来说都已经没什么意义了。他远远地观察着世人和世事，但却不是用那种站在奥林匹克山上俯瞰的姿态，而是那种鬼鬼祟祟地躲在树后，每过一会儿便一步跳到另一棵树后，探出脑袋，消遣着世界。

这时一名马来仆人端来了一瓶威士忌和一根虹吸管。弗里斯为客人们斟上了酒。

“斯旺，来一点儿苏格兰酒吗？”他向那老头建议道。

“你为什么问我这个？”他声音颤抖地说道，“你知道我受不了它的，给我来点儿朗姆酒和水。苏格兰是太平洋上的废墟，我从瑞典出来时，没人喝苏格兰酒，都是喝朗姆酒，要是他们坚持喝朗姆酒，坚持航海，事情也不会变得像现在这样，差太远了。”

“我们来的时候遇到了非常恶劣的天气。”尼克尔斯船长说道，想创造一个海员与海员的聊天氛围。

“恶劣的天气？现在哪儿还有什么坏天气。你该看看我年轻时候遇到过的坏天气。记得有一次我驾着自己的一艘纵帆船，正准备从新赫布里底群岛带一批劳工往萨摩亚驶去，结果被飓风困住了，我让那群野蛮人赶紧上船，然后就出航了，我三天没合眼，捡了一条命回来，但丢了帆，主桅也折了，救生筏也没了。坏天气！别跟我提坏天气，年轻人。”

“我没有冒犯的意思。”尼克尔斯船长咧嘴一笑，露出了他那被虫蛀得不成样子的小牙齿。

“没关系，”老斯旺咯咯笑了起来，“给他倒点儿朗姆酒，乔治。他要真是个水手，那是不会喜欢你们喝的讨人厌的威士忌的。”

过了一会儿埃里克建议大家去庄园里走走。

“他们还没见过肉豆蔻园呢。”

“乔治，带他们去转转。这儿是整个岛上最好的地段了，有二十七英亩，”老头说，“三十年前用一包珍珠买来的。”

他们起身走向外面的花园，留下斯旺一个人。他像一只奇怪的秃鹫，耸着肩、弓着背地喝着朗姆酒和水。花园尽头没有明显的标志，走着走着便来到了庄园。夜晚很凉爽，空气也很干净。高大的爪哇橄榄树成排站着，就像是《天方夜谭》中清真寺里的石柱一样高耸入云。在它们的树荫下则种植着胖胖的摇钱树——肉豆蔻。地上并没有蜿蜒缠绕的下层丛林，倒是覆着一层枯叶，像铺了地毯一样。庄园里有很多鸽子，你能听到它们咕咕的叫声，还能看到它们起飞时呼呼地扑棱着翅膀。成群的小绿鹦鹉忽的一下尖叫着掠过了肉豆蔻树，就像是一颗颗活的珠宝投到了温柔地闪烁着星光的夜空中。桑德斯医生感到非常安宁，觉得自己简直就像是一个脱离了肉体的灵魂一样自由自在。他的脑海中闪过一幅又一幅的画面，他愉快地享受着想象带来的乐趣，一点儿也不觉得疲惫。医生和弗里斯以及船长三人并排走着，弗里斯正在详述肉豆蔻贸易，不过他却一个字也没听。空气中弥漫着一种慵懒的气息，浓重得就好像能亲手触摸到一样，让人想起了柔软而饱满的纤维。弗瑞德和埃里克并肩跟在他们后面。太阳渐渐西落，金黄色的余晖穿过了爪哇橄榄树那高大的枝丫，照耀在肉豆蔻树的叶子上，那浓郁而华丽的绿色闪闪发光，就像是一枚枚亮锃锃的铜币。

他们沿着一条曲径悠然地踱着步子，这儿本没有路，走得多了，便也成了路。这时他们看到有一个姑娘正迎面朝他们走来。她垂着头，就像在沉思着什么。她听到了他们的脚步声，这才抬起头，停了下来。

“这是我女儿。”弗里斯说。

你也许会想象着，在看到陌生人的一瞬间，她会尴尬地停下脚步，然而她却没有如你想象的那样惊慌地跑开，反而静静地站在那里，注视着朝她走去的男子，冷静得惊人。这种冷静透露出的，不是自信，而是一份淡然的冷漠。她只穿了一件爪哇蜡染布制成的纱笼，棕色的底上有一些白色的花纹。她赤着脚，纱笼紧紧地裹在她的胸前，刚好及膝。看到这几个陌生人后，一丝微笑停留在了她的嘴角。她很自然地摆了摆头，甩松了头发，将手伸进头发里，以指当梳，捋了几下她那垂在背上的长发。而除此之外，她身上便再也没有什么痕迹能表明她注意到眼前这群陌生人了。那一头秀发如云雾般笼罩在她的颈后肩头，非常厚重，柔亮得竟泛着灰白色的光泽，让人误以为那是一头银色的长发。她沉着地站在那里，纱笼紧紧地裹着她的身体，凸显出了她的曼妙身材。她很苗条，腰部窄小纤细，双腿修长，乍一看个子很高。她的皮肤被晒成了一种蜂蜜般浓厚的金棕色。通常医生是不易受美色诱惑的，他总是认为女人那为了满足男人生理需求而生的身材是没什么美感可言的。如同桌子就应该结实宽大高度适中一样，女人就应该波涛汹涌，臀宽而丰润，但是在这两种情况下，美也只是实用的附属，或许有人会认为一张结实宽大高度适中的桌子是美的，但对桑德斯医生来说，那永远只是一张结实宽大高度适中的桌子而已。眼前的姑娘慵懒地站着，散发出一种沉静淡然的美，再加上她腰间的纱笼叠着皱褶，医生联想到了曾在美术馆里见过的某位女神像，具体是哪位女神他已记不起来了，不是希腊之神就是罗马之神。她和那些广州花船上的中国姑娘一样，有着一种暧昧的纤细。年轻的时候，他不时能从她们身上感受到那种置身事外的旁观的乐趣。弗里斯的女儿就像花朵一样优雅，她的美貌为这片热带的土地带来了一种异国风情，整个园子都显得熠熠生辉。她让医生想起了那苍白又团团簇簇拥挤在一起的绣球花。

“他们是克里斯汀森的朋友。”她的父亲说道。

随后弗里斯向她一一做了介绍，先是桑德斯医生，接着是船长。她没有伸出手，而是优雅地朝两位陌生人轻轻点了点头。她冷静地观察着眼前的二人，眼神中带着质疑，然后很快做出了判断。医生注意到她那棕色的手瘦而纤长，眼睛是蓝色的，五官精致而对称，她无疑是一位非常漂亮的年轻小姐。

“我刚在池子里洗了澡。”她说。

这时埃里克和弗瑞德走了过来，她一看到埃里克，便露出了一个甜美而友好的微笑。

“这是弗瑞德·布莱克。”他说。

她微微转过头，看到弗瑞德的一瞬间，她的目光停滞了，嘴角的微笑也散去了。

“很高兴遇到你。”弗瑞德说着，伸出了右手。

她的目光仍旧停留在他身上。她的神情既不是傲慢无礼，也不是厚颜无耻，而是带着一丝惊讶，让人以为她曾遇见过弗瑞德，而现在正搜肠刮肚地想着到底是在哪儿见过这张熟悉的面孔。然而她犹豫的时间很短，以至于当她握住弗瑞德伸出的手时，没人意识到她曾犹豫过。

“我正准备回房间穿衣服。”她说。

“我陪你去。”埃里克说。

埃里克站到了她身旁，这时大家才发现，她个子并非初见时那么高挑，只是她四肢颀长，身材苗条，举止优雅，让人误以为她身高过人。

“那个年轻人是谁？”她问道。

“我不清楚，”埃里克说，“他和那个阴沉的瘦子是一起的，听说是来找珍珠贝的，想找一块新的养殖场。”

“他长得很好看。”

“我猜你会喜欢他，小伙子人很不错。”

其他人则继续参观着庄园。

21

参观完了庄园，一行人便回到了弗里斯的客厅。房间里只有埃里克一个人陪着斯旺。那年迈的老头正在喋喋不休地讲着自己年轻时在新几内亚岛的经历，一会儿用瑞典语，一会儿用英语，听上去很奇怪。

“路易丝呢？”弗里斯问道。

“我帮她摆好了餐具，她在厨房忙了一会儿，现在去换衣服了。”

他们坐下来又喝了一杯，聊了些无关紧要的事情，就和那些互不了解底细的人们在一起时一样。老斯旺有些累了，于是当那几个陌生人进来后他便陷入了沉默，默默地用他那双满是炎性分泌物的眼睛敏锐地观察着他们，就好像眼前这几个人引起了他高度怀疑一样。尼克尔斯船长告诉弗里斯，自己深受消化不良之苦。

“我的胃倒没什么事，一直都很好，”弗里斯说，“折磨我的是风湿。”

“我有个朋友也被风湿害得不轻。他在布里斯班，是最好的飞行员，结果因为风湿瘸了，现在只能拄着拐杖走路。”

“每个人都有本难念的经啊。”

“相信我，没什么比消化不良更要人命了。要不是这病，我现在早就发迹了。”

“钱不是一切。”弗里斯说。

“我不是这个意思，我只是说，如果不是因为消化不良，我现在早就是有钱人了。”

“钱对我来说没什么大意义。只要头顶有一片遮风挡雨之瓦，一日三餐有着落，那就够了。安逸才是最重要的。”

桑德斯医生听着他们的对话，他感到无法定义弗里斯这个人。他说起话来像是一个受过教育的人，虽然五大三粗、衣衫褴褛、胡子拉碴，基本看不出有什么过人之处，但却让人觉得他一直在和体面的人物打交道。不过可以确定的是，他不属于老斯旺和尼克尔斯船长那个阶层。他的举止很从容。他礼貌地招待了他们，分寸拿捏得恰到好处，既不怠慢，也不像没有教养的人接待陌生客人时那样用尽各种烦琐的礼节，他仪态自然，温文尔雅又胸有成竹。桑德斯医生料想弗里斯就是那种以前在英国被称为绅士的人。医生的好奇心油然而生，他为什么会来到这个偏僻的小岛呢？医生从椅子里站了起来，在房间里闲逛起来。屋子里有一个长长的书橱，书橱上方摆放着一排相框。医生惊讶地看到了剑桥大学八人赛艇对抗赛的照片。靠着照片下方的名字缩写，他一眼就认出了年轻的弗里斯。其余照片则是一些与孩子们的合影。照片里的弗里斯比现在年轻很多，被那些土生土长的男孩儿们包围着。这些照片有的是在马来联邦的帕拉克照的，有的是在沙捞越的古晋照的，大概弗里斯离开剑桥后便来到了东方做校长，教书育人。书橱里凌乱地堆放着书籍，书页上随处可见霉湿的斑点和白蚁留下的蛀洞，医生带着无目的性的好奇心，这儿抽出一本书，那儿抽出一本书，随手翻看着。书橱里还有很多用皮革扎起来的奖章，从中可以看出弗里斯曾经在一所较小的公立学校就读，是个勤奋的孩子，而且还才华横溢。书架上还摆放着他在剑桥用过的教科书，很多小说以及几卷诗歌，看上去像是在很久之前被翻阅了无数遍。然而，虽然这些书已经被翻旧了，书里很多地方还用铅笔做了注解，但是却散发出一股发霉的味道，就好像已经好几年没有被翻阅过一样。不过最让医生吃惊的，是弗里斯竟然收藏了两架子关于印度宗教和印度哲学的书籍。其中有《梨俱吠陀》和《奥义书》的英译本，还有各种在加尔各答或者孟买出版的平装书。这些书不但作者名字很古怪，连书名也是神神秘秘的。这对一个远东的种植园主来说，可是一项与众不同的收藏。桑德斯医生试图从这些书中得到一些关于弗里斯的蛛丝马迹，他问自己，到底是怎样的人才会看这些书？他手里翻着一本斯瑞尼法撒·艾杨格写的《印度哲学导论》，这时弗里斯一跛一拐地向他走来。

“去我的图书馆看看吗？”

“好的。”

弗里斯看了一眼医生拿着的书卷。

“很有意思。这些印度人，他们可真是太伟大了。他们对哲学有一种与生俱来的敏锐，在他们面前，我们所有的哲学家都要相形见绌。他们那精妙的奥义实在是太惊人了。我认为只有普罗提诺[①]能和他们相提并论。”他把书放回了架子上，继续说道，“婆罗门教是唯一一个理性的人也可以信奉而不用疑虑的宗教。”

医生斜着眼瞥了他一眼——他长着一张圆脸，脸色通红，长长的黄色大门牙摇摇欲坠，头顶微秃，一点儿也看不出是一个对精神世界有所研习的人。因而当他谈论起这些时，医生难免有些惊讶。

“当我想到宇宙，想到那数不清的各种世界，以及那浩瀚无垠的星际时，我没法相信这一切都是那位创世者的杰作。如果是这样，那又

① Plotinus，罗马帝国时代最伟大的哲学家。

是谁创造了那个创世者呢？吠檀多派认为，在世界之初，有一种真实的存在，不过这种真实的存在是哪里来的呢，是从不存在中衍生出来的吗？那真实的存在叫做真我，它是生命的本源，世界的本质，也叫做梵我，而我们所处的可感知的世界就是从中幻化而来的。若你求教东方的智者，为什么梵我要幻化出如此千变万化的风景，他会告诉你那是为了解闷。梵我是完整又完美的存在，不受目的也不受动机驱使。目的和动机都暗示了潜在的欲望，而作为一个完整又完美的存在，梵我不需要任何改变，因此它的行为都是没有目的的，就像是王子作乐和孩子玩耍一般，是一种无意识的欢腾。世界是它的游乐场，灵魂也是一样。”

“这样的解释倒不会让我完全反感，”医生微笑着低声嘀咕道，“不过讽刺的是，它其实什么都没有说明白。”

但是他警惕而疑虑。他意识到对于弗里斯刚才说的话，他应该表现得更尊重一些的。只见弗里斯露出了苦行僧般严肃的神情，他脸上不见了先前的神采奕奕，换上了一副因思考而痛楚的面容。不过能以貌取人吗？德高望重的学者或圣人也可以窝藏着一个粗俗轻浮的灵魂。苏格拉底相貌丑陋，塌鼻子、凸眼、厚嘴唇，笨重的肚子，看起来就像是森林之神西勒诺斯，然而却充满了智慧，并且洁身自好得令人敬佩。

弗里斯轻轻叹了口气。

“有段时间我迷上了瑜伽，不过它也仅仅是数论派分裂出去的一支旁系。它的唯物主义毫无逻辑可言。那些苦修简直是太愚蠢了。瑜伽的目的在于充分了解灵魂的本质，而那些不带感情，抽象又僵直的动作并不会比宗教仪式让人受益更多。我做过很多笔记，等我有时间一定要好好整理一下，出一本书。这件事我想了二十年了。”

“你不是还有时间在这儿晒太阳吗？”医生冷冰冰地说道。

“要做的事情太多了。过去四年我一直在翻译《卢吉塔尼亚人之歌》，卡蒙斯写的。我真想念几章给你听听，这儿没有人对诗歌有鉴赏力，克里斯汀森是个丹麦人，我可信不过他的耳朵。”

“之前不是有过译本吗？”

“是啊，伯顿译过，其他也有很多人译过。但可怜的伯顿并不是诗人，他的译本真是让人无法忍受。每一代人都会重新翻译伟大的作品，我的目标不仅仅是翻译出原著的意思，更是要保留原著的节律和乐感，要翻译出诗歌的韵味来。”

“你是怎么想到这个的？”

“这可是最后的宏伟史诗。毕竟，我的书在吠檀多教内只能争取到一小批特殊的读者，为了女儿，我认为应该翻译一些被更多人所熟悉的作品。我一无所有，这栋房子是老斯旺的，我翻译的《卢吉塔尼亚人之歌》就是我女儿的嫁妆，我会把这本译作所赚的每一分钱都给她做嫁妆。不止如此，我也会因为这本书而名留青史，我的名声也是她的嫁妆。”

桑德斯医生没有说话。眼前这个男人竟然想通过翻译一本几乎没有人愿意买回去阅读的葡萄牙史诗而赚得金钱和名声，这实在有点儿匪夷所思。医生宽容地耸了耸肩。

“很多事情都是莫名其妙就发生了的，”他继续说道，脸色凝重而严肃，“现在想来简直不敢相信当初是出于偶然我才接手了这个工作。你知道的，卡蒙斯也来过这个小岛，他是一个命运的斗士，也是一名诗人。他一定也和我一样曾站在要塞里瞭望过大海。可我是一个校长，为什么要到这儿来呢？我离开剑桥的时候，正好遇到了一个来东方的机会，我立刻就接受了，因为东方是我儿时的梦想之地。然而我却应付不来学校的日常事务，而且也没法忍受那些不得不相处的人。我那时是在马来联邦，于是我想，去婆罗洲是不是能好一些，结果也一样。最后我实在是受不了了，就辞职了。我曾在加尔各答市坐过办公室，后来在新加坡开了一间书店，但却没能盈利。我又在巴厘岛开了旅馆，但是还没赚钱，我就已经连糊口都难了。最后我像卡蒙斯一样漂到了这里。凑巧的是我的太太也叫凯瑟琳，卡蒙斯的挚爱也是这个名字，那首伟大的史诗就是为了她而写的。当然，如果说有什么让我最终下了决心，那便是印度教所说的轮回。我有时在想，也许当年那燃烧在卡蒙斯灵魂中的火焰轮回到了我体内，正燃烧着我的灵魂。我在读《卢吉塔尼亚人之歌》的时候，常常会感到那些诗句很熟悉，就像很久之前接触过一样，我都不敢相信自己是第一次读到。佩德罗曾说过，《卢吉塔尼亚人之歌》有一个缺陷，它既不短小精悍让人很容易便能熟记于心，又没有长得足以无疾而终。”

他露出了不以为然的笑容，就像是被过于夸张地恭维了一样。

“噢，路易丝来了，”他说，“看来晚饭已经准备好了。”

医生转过头去。路易丝穿着一件绿色丝绸制成的纱笼，上面用金线织着繁复的花纹。整条裙子泛着柔亮又炽烈的华彩。这是一件爪哇式样的纱笼，像是苏丹的嫔妃们在日惹参加国家庆典时穿的盛装。裙子非常合身，紧紧地裹住了她那娇嫩的乳头和纤小的臀部，将她的胸口和修长的腿裸露在外面。她穿着一双绿色高跟鞋，配着上身的纱笼，更显妩媚。她那金得有些发白的头发高高挽起，盘了一个简单的发髻，在淡雅的绿金色纱笼的映衬下，漂亮得让人惊艳。她美得让人窒息。这件绿色的纱笼一定是放在香料中熏洗过，抑或是她在身上洒上了香水，她走到他们身边时每个人都能闻到一股淡淡的莫名的芬芳。这香味迷惑着人的神经，一种懒洋洋的感觉涌遍了全身。这是岛上某个王侯的宫殿里的秘方——每个闻到这气味的人都会如此猜想。

“哪里来的这么漂亮的裙子？”弗里斯问道，摇摇欲坠的门牙晃动了一下，浅色的眸子中带着微笑。

“埃里克那天送了我这条裙子，我想今天正是穿它的好机会。”

她友善地朝埃里克微微一笑，再次表达自己的谢意。

“这条裙子有些年头了。”弗里斯说，“一定花了不少钱吧，克里斯汀森，这孩子要被你宠坏了。”

“是拿来抵一笔呆账的，我没法拒绝，我知道路易丝喜欢绿色。”

一名马来仆人端来了一大碗汤，放在了桌子中央。

“路易丝，让桑德斯医生坐在你右边，尼克尔斯船长坐在你左边怎么样？”弗里斯威严地说道。

“干吗让她坐在两个老头中间？”老斯旺突然说道，“让她坐在埃里克和那个孩子中间。”

“我没看出有什么不遵守文明社会的惯例的理由。”弗里斯一派威严地说道。

“你是想出风头吗？”

“大夫，你愿意坐在我旁边吗？”弗里斯说道，并不理会老斯旺，“尼克尔斯船长应该不会介意坐在我的左边。”

老斯旺摇摆着身子一骨碌爬上了他常坐的位置，弗里斯舀出了汤。

“在我看来，他们是一双骗子。”老头说着，朝船长和医生投去了锐利的一眼，“埃里克，你从哪里弄来的这些人？”

“你这样说太卑鄙了，斯旺先生。”弗里斯说着，脸色阴沉地递给了他一盘汤。汤沿着桌子传到了老斯旺手中。

“我并没有恶意。”斯旺说。

“没关系，”尼克尔斯船长大度地说，“还没有人能这么快就说我看起来像骗子，一般都说我像蠢驴。我肯定，换了医生，他也会这么说。当有人叫你骗子的时候，其实是什么意思？这表明他承认你比他聪明，就是这样，斯旺先生，我问你，我说的对不对？”

“谁是骗子我一眼就能看出来，”老斯旺说，“年轻的时候见得太多了，我自己有时就是个骗子。”

他咯咯地笑了起来。

“谁又不是呢！”尼克尔斯说，擦了擦嘴角，他喝汤的时候不修边幅，总是弄得满嘴都是，“我常说，生活是怎样的，就怎样接受，顺其自然。要学会妥协，就是这么回事。路上随便找个人，问他大英帝国是如何走到今天的，关键就是妥协。”

弗里斯敏捷地抬了抬下嘴唇，嘬掉了留在他那灰白髭须上的汤。

“我想这就是性格问题。我对妥协不感兴趣，我还有其他要紧事要做。”

“我打赌最后还是要给别人做。”老斯旺说道，哼地笑了一声，“你天生就是个闲人，乔治，年轻的时候做过很多工作，最后一样都没有坚持下来。”

弗里斯宽容地朝医生笑了笑，好似在说，对一位用二十年时间潜心研究高度抽象的印度教奥义，并且很可能是一位著名葡萄牙诗人的转世的学者来说，这样的指控实在是太荒唐了。

“我的一生都在追求真理，而真理是无法妥协的。欧洲人会问，真理有什么用途，但对于一个印度的白铁匠来说，它不是一种手段，而是一个终点。真理是生命的目的。很多年前，我追逐着那个现在已经被我遗弃的世界，我去荷兰酒吧，看到带插图的报纸，上面有伦敦的照片，我的心就痛了。不过现在我明白了，只有隐士才能明白人类文明的真谛。经过很多苦恼后我终于明白，其实是我们这些背井离乡的人获益最多。因为知识是唯一的道路，这条路会带你去往任何地方。”

这时，仆人端来了三只骨瘦如柴，色白而无味的鸡，他站了起来，拿起了切肉用的餐刀。

“这是主人的职责和礼节。”他快活地说道。

老斯旺一言不发，佝偻着背窝在椅子里，就像是一尊土地神。他大口地喝着盘中的汤，突然间，他用他那嘶哑的声音说道：

“我在新几内亚待了七年。真的，我会说那儿的所有语言。你去莫尔兹比港打听打听杰克·斯旺，准有人记得我。我是第一个徒步穿越全岛的白人。莫顿后来也尝试过，什么武器都没带，只拿了根拐杖，不过他带着护卫，而我是一个人。所有人都以为我死了，我回到镇里的时候他们还以为我是鬼。我还和一个同伴一起猎杀过极乐鸟，他是新西兰人，以前是银行经理，后来惹了麻烦，就不干了。我们有自己的快速帆船，从马老奇沿着海岸出海，能捕到很多鸟。那些鸟可值一大笔钱。我们对当地人很友好，时不时就请他们喝一杯，给他们烟抽。有一天我划着小船一个人去捕鸟了，回来后正当我朝快速帆船那儿划去，准备冲我搭档吼一嗓子让他来接我时，我看到帆船上有几个当地人。我们从来不让他们上船的，当时我就想肯定出事了。我藏了起来，站那儿看着，真的，我一点儿也不喜欢那样子。我蹑手蹑脚地上了船，看到我的小船已经被他们拉上了岸，有几个本地人正往快帆船这儿游，我搞不清他们要做什么。这时我撞到了一样东西，天哪，我的心脏都要跳出来了。你知道是什么吗，是我朋友的尸体，头被砍下来了，还有一大摊从伤口涌出的血。我不敢再停留，要是被他们抓到了，我也是这样的下场。他们之所以在快帆船上，就是为了等我，我得赶紧逃命才行，越快越好。逃亡路上也有故事。真的，我的经历足可以写一本厚厚的书了。我遇到了一个老头，是一个大村子的族长，他很器重我，想认我做儿子，给我娶一大堆老婆，还说要把族长的位子传给我。我年轻的时候手很巧，做过水手之类的，我见多识广，没什么是我做不到的。我在那儿待了三个月，可惜当时是个楞头青，否则就应该一直待下去，他是一个很有权力的族长，我本来有机会做国王的，食人岛的国王。”

像之前一样，他说完后便尖声笑了起来，然后再次陷入了沉默。但这次的沉默很奇怪，因为他似乎注意到了身边发生的一切，但仍旧我行我素。这突如其来的回忆和先前的谈话毫无关系，就好像是一部机器，由一个看不见的钟掌控着，每隔一段时间就会自动蹦出一串喋喋不休的唠叨来。桑德斯医生观察着弗里斯，感到看不透这个人。弗里斯说的话，倒也不是无趣，对医生来说，有的时候那确实很新鲜，但他的举止仪表却让人在听他说话时不由自主地谨慎起来。他看上去很诚恳，他的腔调甚至显得高贵，但他心里藏着什么东西，这让医生感到困惑。很奇怪，老斯旺这样的行动派和弗里斯这样将毕生心血花费在冥想上的人竟然能够最终一起在这孤零零的小岛上共度余生。不管各自有过怎样的经历，最后的结局却是相同的。探险家历经的千难万险尽头，便是舒适而体面的生活，就像是哲学家奋斗一生终于拥有了高贵的思想一样。

弗里斯将盘中的鸡分成了七份后，满意地坐了下来，吃起了煮土豆。

“婆罗门的理念一直很吸引我。它认为人应该在青年的时候上下求索，在壮年的时候承担起作为一家之主的责任和礼节，而到了晚年便沉心静气地冥想和思索绝对。”他转向桑德斯医生说道。

他看了一眼老斯旺，只见他正佝偻着背窝在椅子里，费劲地啃着鸡腿。然后他的目光又落到了路易丝身上。

“过不了多久我就能从壮年的职责中解放了，到时我就可以收拾行囊走向世界，去寻找可以通往一切意义的真理。”

医生的目光跟随着弗里斯的目光，掠过了老斯旺和路易丝，并且在路易丝身上停留了一会儿。她坐在长桌尽头，被两个年轻人围绕着。总是缄默的弗瑞德现在却口若悬河。此时的他，脸上的阴郁一扫而光，神情宁静而直率，无忧无虑，就像个孩子一样。他妙语连珠，喜形于色。他的眼神中泛出了柔和又动人的光泽，流露出他想虏获芳心的渴望。桑德斯医生微笑地见证了弗瑞德是多么富有魅力。面对女人时，他并不羞涩，他知道如何取悦她们。而姑娘举手投足间那份轻松愉快那份活泼热忱就足以说明，她已被弗瑞德深深吸引了。医生听着他们的对话。他们聊到了兰域的各种比赛、曼利海滩的日光浴、电影院、悉尼之美，总之是那些年轻人愿意聊的话题，因为对他们来说，新鲜的见闻都是那么有趣。身材笨重，顶着一个巨大的四方头的埃里克坐在一旁，他那丑陋但又不惹人讨厌的脸上挂着一丝友善的微笑。看到自己带来的客人表现得如此出色，他忍不住感到高兴。弗瑞德那四射的魅力让他感到了一丝温暖的自我满足。

吃完晚饭后，路易丝走到了老斯旺面前，把手放在了他的肩膀上。

“外公，你得去睡觉了。”

“让我把朗姆酒喝完，路易丝。”

“那赶快喝吧。”

老斯旺那狡诈而浑浊的老眼盯着面前的玻璃杯，路易丝为他倒上了一大杯酒，然后再掺进一点儿水。

“埃里克，在留声机上放首曲子吧。”她说。

那个丹麦人照她的吩咐做了。

“你会跳舞吗，弗瑞德？”他问。

“谁不会呢？”

“我不会跳舞。”

弗瑞德站了起来，看着路易丝，屈身做出了邀请的姿势。她莞尔一笑。他接住了她的手，挽着她的腰，两人随着音乐翩翩起舞。他们两人真是天作之合。医生和埃里克一起站在留声机旁，他惊讶地发现弗瑞德竟然是一个跳舞高手。他的舞步优雅得让人觉得不可思议。而且他有本领让自己的舞伴看起来跳得和他一样好——不是比他逊色，也不是比他出色，而是刚刚和他的舞步相融合。他有一种天赋，能把她的舞步变成自己的舞步，这样一来她便能自然而然地跟上他的动作，整支舞也因此行云流水般流畅起来。他们跳的狐步舞因为他而成为一种优雅的美的享受。

“年轻人，你舞可跳得真好啊。”一曲结束时医生说道。

“我就只会这个。”弗瑞德回答道，嘴角挂着微笑。

他很清楚自己那过人的天赋，把它当成了一件理所当然的事，因而赞美对他来说并没有什么意义。路易丝垂着头神情严肃地看着地板，突然她似乎想起了什么。

“我得去照顾外公睡觉了。”

她走向了老斯旺。他抱着空酒杯，仍旧想要再喝一杯，路易丝倾身靠着他，连哄带骗，终于让他离开了座位。他挽着外孙女的手臂，迈着比路易丝更小的步伐，摇摇晃晃地和她一起走出了房间。

“玩桥牌怎么样？”弗里斯问道，“先生们会玩吗？”

“我会。”船长说，“不知道医生和弗瑞德会不会。”

“如果是三缺一的话我就补上。”桑德斯医生说。

“克里斯汀森也玩得很好。”

“我不玩。”弗瑞德说。

“没关系。”弗里斯说，“我们人数够了。”

埃里克拿来了一张桥牌桌，上面的绿色毛毡打了补丁，被磨损得厉害。弗里斯拿来了两袋滑腻腻的牌。他们拿来了四把椅子，分了组，切好牌。弗瑞德站在留声机旁，非常警醒，就好像站在弹簧上，有节律地颤动着，然后逐渐静止下来。路易丝回来的时候他并没有移动，但是眼神中却带着善意的微笑。这温暖的眼神中蕴藏着一种熟悉感，既不冒犯，又让她感到好像已经熟知了他很多年。

“我可以再放一曲吗？”他问道。

“不要了，他们会生气的。”

“我一定要和你再跳一支舞。”

“爸爸和埃里克玩桥牌的时候很认真的。”

他陪着她向牌桌走去。他在尼克尔斯船长身后站了一会儿。船长不自在地看了他几眼，当打了一手臭牌后，他暴躁地转过身，说道：

“不要在我后面站着，束手束脚！什么都做不成！没什么比这更坏我心情了。”

“真是抱歉了，老年人。”

“我们出去吧。”路易丝说。

这间客厅通向游廊，他们一起走了出去。在明亮的星光下，隐约可见小花园外那高耸的爪哇橄榄，在它们下方，那一丛浓密的深色植物，便是翠绿的肉豆蔻。他们走到了台阶口。在他们一侧长着一大丛灌木，萤火虫在里面来回穿梭，整丛灌木也因此而明亮起来。萤火虫成群结队地飞着，温柔地散发着淡黄色的光，就像是寂静的灵魂散发出的光辉一样。他们肩并肩地站了一会儿，凝视着夜色。然后他牵起了她的手，拉着她走下了台阶。他们沿着小路走着，一直到了庄园口。她任他将自己的手握在他的掌心，就好像这是一件极其自然的事情一样。

“你不玩桥牌吗？”她问道。

“当然玩了。”

“那为什么不和他们一起呢？”

“我不想。”

肉豆蔻树下一片漆黑。栖息在枝丫上的白鸽也进入了梦乡，黑暗中寂静无声，唯一的声响便是鸽子不知为何扇动翅膀时发出的扑棱声。空气中一丝风也没有，混合着朦胧的香味，柔和得让人仿佛能感受到空气正在触摸着全身的每一个毛孔，就好像游泳的时候感受到水的环绕一样。萤火虫在小路前方盘旋着，沿着之字形飞着，就像是醉汉在空无一人的大街上跌跌撞撞地走路一样。他们静默着走了一会儿。然后他停了下来，轻轻将她拥入怀中，吻住了她的唇。她没有震惊，身体没有因为惊讶而僵硬，也没有露出羞涩的神情。她没有本能地向后退去，她接受了他的拥抱，就好像这是应该发生的一样。她倚在他的怀中，柔软但不柔弱，他的臂膀让她投降，但却投降得心甘情愿。他们逐渐习惯了黑暗，他望着她的眼睛，那湛蓝的海之色变成了深不可测的黑色。他的手停在她的腰上，另一只则围着她的脖子。她安适地将头靠着他的手臂。

“你真漂亮。”他说。

“你也非常英俊。”她回答道。

他再次吻了她。温柔的唇落到了她的眼睑上。

“吻我。”他低声说。

她微微一笑，双手捧起了他的脸，将自己的唇压到了他的唇上。他握住了她那瘦小的乳房，她轻轻叹了口气。

“我们要进去了。”

她牵起他的手，慢慢地肩并肩往回走。

“我爱你。”他低声说。

她没有回答，但手却紧紧地握了他一下。他们看到了屋子里透出来的灯光，踏着这光亮进了屋，一瞬间感到炫目。埃里克抬起头，对路易丝微微一笑。

“去池子了？”

“没有，太黑了。”

她坐了下来，拿起了一份带插图的荷兰报纸，看着上面的图片，然后又将报纸放在了一旁。她那凝视的目光停留在了弗瑞德身上。她注视着他，陷入了沉思，然而脸上却没有任何表情，就好像是在盯着一件没有生命的物什一样。弗瑞德的目光时不时地扫向她，当他们视线交会时，她向他浅浅一笑，随后便站了起来。

“我得去睡觉了。”她说。

她向他们道了晚安。弗瑞德坐在医生身后，看他们玩牌。决胜局后他们便休战了。那辆破旧的福特车已来接他们回去，四人一道钻进了车内。车子开到了镇上后先将医生和埃里克送回了旅馆，接着便带着剩余的人驶向了海港。

22

“你困吗？”埃里克问。

“不困，还早呢现在。”医生回答道。

“那到我那儿喝杯夜酒吧。”

“好的。”

医生这两晚都没有抽大烟，他本打算今晚抽的，不过再等一会儿也无妨。等待得越焦急，快感才会越强烈。他陪着埃里克走过了荒芜的街道。坎德拉的居民都睡得很早，街上连个人影都没有。医生步子迈得很快，他走两步才抵得上埃里克的一步。站在这样一个跨着大步前进的巨人旁边，医生那短小的腿和突出的大肚子便显得有些滑稽。从旅馆到丹麦人那儿不到两百码，然而到了埃里克家门口时，医生已经气喘吁吁了。门没锁。在这样一个岛上，既无法逃跑，又无法恰当地处置赃物，所以并不用担心小偷。埃里克推开了门，走了进去，点上了灯。医生挑了一张最舒服的位子坐了下来，等着去取玻璃杯、冰块、威士忌和苏打水的埃里克。在煤油灯摇曳的灯光下，医生那短短的灰头发，那短平又上翘的鼻子，以及颧骨那一抹红色，让人不由自主地想起了年长的大猩猩，他明亮的小眼睛则像猴子一样闪烁着精光。要是有人认为这双眼睛没法看穿表象，那就太愚蠢了。不管对方多么不善言辞，医生的那双眼睛仍能看到隐藏在笨拙背后的真诚。若有人能洞察这一点，那便是明智了。对于人们的花言巧语，不管多么动听，他也不会轻易受到蛊惑——仅仅从人们嘴角那一抹顽皮的微笑中，他便能够看出端倪来。而对于那些真话，不管有多天真，以及那些真实的感受，不管有多凌乱，他都会报以同情，虽然这种感同身受略微带着些讽刺和消遣的意味，但却是充满了耐心和善意。

埃里克为他的客人倒了一杯酒，给自己也倒了一杯。

"弗里斯夫人呢？"医生问，"死了？"

"是的，一年前死的，心脏病。她是个非常好的女人，母亲是新西兰人，不过你要是看到她，准会以为她是纯正的瑞典人。典型的斯堪的纳维亚长相，身材高大，皮肤白皙，就像是《莱茵的黄金》[①]里的女神一样。老斯旺一直说，她小时候比路易丝还要好看。"

"路易丝确实是个漂亮的姑娘。"医生说。

"弗里斯太太对我来说就像是妈妈一样。你都没法想象她人有多么好。我以前一有空就去她那儿，要是有几天我怕太打扰他们，而没有过去，她就会亲自来接我。我们丹麦人，你也知道的，不喜欢荷兰人，认为他们无趣又笨拙，所以能有这样一个去处，实在是上天保佑。老斯旺以前总喜欢和我讲瑞典语。"埃里克笑了起来，"他已经忘得差不多了，他一半是瑞典语，一半是英语，有时候也会蹦出马来话来，还有零星的几句日语。一开始要想听懂他的话很困难。你说一个人怎么会忘记自己的母语呢，真是太奇怪了。我一直都很喜欢英语，所以和弗里斯聊久了也没问题，说实在的，在这种地方，像弗里斯这样教育背景的人真是可遇不可求。"

---

① 瓦格纳的四联神话歌剧《尼伯龙根的指环》中的第一部。

“我很好奇他怎么会到这儿来的。”

“他是在一本古老的游记上看到这儿的，他说在他小的时候就一心想来这儿。奇怪的是，他就认定了这儿是他唯一想居住的地方。不过更离奇的是，他不记得岛的名字，也找不到那本游记，他只知道那是一座坐落在西里伯斯岛和新几内亚岛之间的双子岛，在那儿，海风是香的，岛上满是宏伟的大理石宫殿。”

“听来来更像是《天方夜谭》里的地方，而不是游记里的岛屿。”

“在很多人眼里，东方就是这样的。”

“确实。”医生喃喃地说道。

他想起了福州那宏伟的横跨岷江的大桥。岷江上总是挤满了往来的各色船舶，有船首画着眼睛，寓意着让船上的人们看清前方道路的中式帆船，有以藤编的遮罩做船顶的乌篷船，有纤弱的舢板，还有突突前进着的汽船。驳船上住着喧闹的船上人家。在河中间，有一只竹筏，筏上站着两个人，什么都没穿，只在腰间缠了一块布，正在用鸬鹚捕鱼。这样的景象，每次都能让你驻足一个小时。只见那渔夫将鸟投入水中，鸬鹚潜了下去，捕到了鱼，然后浮出了水面。这时渔夫一把拉住系在鸬鹚脚上的绳子，将它拎到了船上，然后当它生气地扑棱着翅膀时，他便卡住它的喉咙，逼着它交出了刚刚捕到的鱼。毕竟，鸬鹚也只是一个用不同方式捕鱼的“渔民”，只是对它来说，每一次捕鱼都是一场冒险。

丹麦人继续说道：“他二十四岁的时候就到东方来了，花了十二年才到这儿。他逢人就问有没有听说过这个地方，不过你也知道的，在密克罗尼西亚联邦和波尼欧，人们不大了解这些地方。他年轻的时候居无定所，总是从一个地方飘到另一个地方。你也听到老斯旺的话了，我觉得是实话，不管是什么工作，他从来都做不长。最后他来到了这儿，是一艘荷兰船的船长告诉他的，这儿和他找的地方虽不是完全吻合，但这儿是群岛里唯一一个和他的描述有相似之处的岛屿，于是他就想来看看。他来的时候，除了书和身上穿的衣服，几乎没有其他任何行李。一开始他并不相信这儿就是他的梦中之地，你也看到那些大理石宫殿了，你现在待的，也是其中一座。”埃里克环顾四周，笑了起来，“这么多年以来，他为自己描绘了一个人间仙境，将它想成是大运河边的琼楼玉宇，不管这儿到底是不是他要找的地方，除了这儿，他不会再找到什么了。然后他转换了角度，迫使现实符合他的想象，如果你明白我的意思的话。最后他得出结论，这儿就是他要找的地方。因为那些房子确实铺着大理石，还有涂着灰泥的柱子，于是他认为它们就是大理石宫殿。”

“你口中的他比我以为的更智慧。”

“他在这儿有份工作，那个时候的贸易要比现在多些，然后他爱上了老斯旺的女儿，然后娶了她。”

“他们在一起幸福吗？”

“是的。斯旺不是很喜欢他。老斯旺那会儿还很活跃，一会儿想出这个计划，一会儿想出那个方案，但从来没让弗里斯插过手。不过他女儿很崇拜弗里斯，认为他棒极了。后来斯旺年纪大了，她接手了庄园，料理着各种事情，家里也收支平衡。你知道的，有些女人就是这样。她一想到弗里斯坐在书房里，手里捧着书，或阅读，或写作或做笔记的样子，内心就涌出满足感。她觉得他是个天才。她认为自己为他做的一切都是值得的。她是一个非常好的女人。”

医生的脑海中浮现出了一幅非常有趣的画面：在肉豆蔻庄园中有一栋没落了的独座房屋，房屋四周都是巨大的爪哇橄榄。在这片一屋檐下，共同生活着三个各不相同的人。一个是来自瑞典的老海盗，残忍又反复无常，不可否认的是，他同时也是那征服了无趣沙漠的伟大的探险家。另一位则是爱做白日梦的不切实际的校长，受着东方那海市蜃楼的引诱，就像是在公园获得自由的小贩的毛驴一样，漫无目的地在精神的乐土徜徉着，随心所欲地汲取着知识。还有一位是伟大的金发妇女，长得好像维京的女神。她作为一个连接点，将一切融合在了一起。她用自己的爱和诚恳，当然还有宽容的幽默感，驾驭着引导着保护着那两个互不相容的男人。

“当她知道自己快不行时，便让路易丝发誓照顾弗里斯和老斯旺。庄园是斯旺的，即便是现在，收入也足够他们生活了。她担心自己死后老头会把弗里斯赶出去。”埃里克犹豫了一会儿，说道，“她也要我答应照顾路易丝，毕竟这一切对她来说并不容易，可怜的孩子。斯旺是个狡诈的捣蛋鬼，喜欢胡来。他的脑子和以前一样好使，说谎，搞阴谋，就为了对你耍些愚蠢的花招。他很溺爱路易丝，她是唯一能对他为所欲为的人。有一次，为了好玩，他将弗里斯的手稿撕成了碎片。等到找到他的时候，他身边到处都是雪花一样的碎纸屑。”

“我想，对世界来说，那也不是什么大损失。”医生微笑着说，“但对于一个辛苦奋斗的作者来说，是要被气死的。”

“你认为弗里斯不好吗？”

“我还不了解他。”

“他教了我很多东西。我一直对他很感激。我来这儿的时候还是个孩子。我念过哥本哈根大学，在家的时候我们经常讨论文化。我父亲和乔治·布兰迪斯[①]是朋友，还有霍尔格·德拉克曼[②]，那位诗人，

---

① Georg Brandes，乔治·布兰迪斯，丹麦批评家。

② Holger Drachmann，霍尔格·德拉克曼，19世纪丹麦重要作家。

他们经常来我家玩，就是在布兰迪斯的启蒙下，我才开始读莎士比亚的，不过当时我无知又狭隘，是弗里斯教我理解了东方之美。你也知道，人们到这儿来，发现什么都没有。全在这儿了？他们会这样想，然后就回家了。昨天我带你们去看的要塞，虽然现在只剩下了破旧的灰墙和蔓延的野草，但我永远都忘不了弗里斯第一次带我去那里的情形。他的描述重新筑起了坍塌的墙垣，城垛也因此重新装上了武器。他告诉我，那时，一连好几个礼拜，总督天天在要塞里焦虑地踱着步子，都快急出病来了，因为在那群未卜先知的当地人中，流传着葡萄牙将有大灾难的预言。总督望眼欲穿地等着报信的船只，最后船终于来了，随之而来的是斯巴斯蒂安国王和众多贵族朝臣在阿尔卡塞尔保卫战中被歼灭的噩耗。他看着手中的信，老泪纵横，不仅仅是为了他的国王而悲伤，而且他已预见到，因为这场失败，他的国家将失去自由，而这个富庶的东方，这个被我们发现又被我们征服的世界，这些因为葡萄牙强大的国力而掌握在少数勇士手中的数不尽的岛屿，都会流入外国人之手。不管你信不信，听到这儿，我非常难受，喉咙里像是堵了块铅似的，视野也变得模糊起来，眼中噙满了泪水。不止如此，他还和我说到了满是黄金的果阿，伟大的东方之都，在亚洲的掠夺让他们富得流油，他还提到了马拉把海峡、澳门以及巴士拉和霍尔木兹海峡。他让那段岁月变得历历在目，直到那一天我才第一次透过历史审视东方。对于我这样一个丹麦农村孩子来说，竟然能亲眼看到这些奇迹，实在是三生有幸。每当想到那些祖国并不比我的丹麦大，浑身晒得黝黑的年轻人时，我就想，要是能成为一个凭着自己不屈不挠的意志，无畏的精神，以及热烈的想象力而占有半个世界的人，那是多么伟大的一件事啊。不过这些都是过去了，他们说现在的果阿就是一个穷困潦倒的村子。如果只有灵魂能永存，那么某种程度上说，当年的帝国梦，那不屈不挠的意志和勇气将继续存在下去。”

“弗里斯先生给你那颗年轻的心灌下的迷药，有点儿猛啊。”医生低声说道。

“是的，我沉醉其中。”埃里克微笑着说，“不过这种醉第二天早晨可不会让我头疼。”

医生没有回答。他想，这迷药的影响，可不仅仅只是醉人，也许日后会有更大的危害。埃里克啜了一口威士忌。

“我小时候是路德教徒，上了大学后，我变成了一个无神论者。这在当时是一种风尚，再加上我当时年轻气盛，所以当弗里斯向我宣扬婆罗门教时，我朝他耸耸肩。我们在庄园口的游廊里一坐就是几个小时，我、弗里斯和他的太太凯瑟琳，弗里斯总会口若悬河，凯瑟琳话很少，但用心听着，一边听一边崇拜地看着弗里斯。我会和弗里斯争论，因为那实在是太抽象了，很难理解，但你也知道，他很会说服别人，而且他所信仰的东西有一种雄浑的美感，很适合银辉漫漫的热带之夜，那遥远的星辰，以及低鸣着的大海。我于是忍不住地想，他的宗教中是否真的有什么普世的奥义，因为在瓦格纳和莎士比亚的喜剧，还有卡蒙斯的诗歌中也有和它相符合的东西，如果你明白我意思的话。不过有的时候，我变得很不耐烦，我对自己说，这家伙就是一个空谈家。你知道的，他很贪杯，热爱美食，一旦要他工作，他总有借口，不过凯瑟琳很相信他。她并不是傻瓜，如果他真的是个冒牌货，她不会和他过了二十年而浑然不知。真的很奇怪，他外表那么邋遢，但思想境界却那么高。他说过一些话，我这辈子都不会忘记。有的时候，他翱翔在那片神秘的精神世界里——你懂我的意思吗——那是你无法企及的高度，你只能站在地上仰视着他，不过内心却也能充斥着狂喜。你知道吗，他总能做出让人出乎意料的事情。老斯旺撕掉了他的手稿，整整两章《卢吉塔尼亚人之歌》，那可是他一年的成果啊。凯瑟琳看到那堆碎纸屑后放声大哭，他却只是叹了口气，然后就出门散步了，回来的时候还给老斯旺带了瓶朗姆酒。得逞后的老斯旺虽然窃窃自喜，但心里也是有些害怕的。然而弗里斯却说：'没关系，岳父，你只是撕了几打纸而已，上面只是些幻象，谁要是看它第二眼，谁就是傻瓜。事物的真相是无法被摧毁的，永远在那里。'然后第二天，他便开始伏案重新翻译那两个章节。"

"他说要念几段给我听听。"医生说，"我想他大概是忘了。"

"他会记得的。"埃里克说道，脸上带着笑，笑容中透出一股温和的严肃。

桑德斯医生很喜欢他。不管从哪个方面来说，这个丹麦人都很诚恳。他确实是个理想主义者，但他的理想主义和幽默调和在一起，并不讨人厌。他让人觉得他的性格甚至比他那孔武有力的身躯更有力量。他也许并不聪明，但却很可靠，而他那简单又诚实的脾气很好地弥补了他那外表丑陋的缺陷。医生突然想，他很有可能被某个女人深深爱上，而他也并非像白纸一样全无心机。

"我们看到的那位小姐，是他们唯一的女儿吗？"

"凯瑟琳嫁给弗里斯之前是一个寡妇，和前夫育有一子，后来也和弗里斯生了个儿子，不过那两个孩子都在路易丝小时候夭折了。"

"她妈妈死后是她照料着一切吗？"

"是的。"

"她还很小啊。"

“十八岁。我刚来岛上的时候，她还只是个孩子。他们把她送到了当地的教会学校，然后她母亲认为应该送她去奥克兰，后来凯瑟琳病了，就叫她回来了。女大十八变，短短一年时间，她就长成了一位亭亭玉立的少女，她走的时候还只是个会坐在我膝盖上玩的孩子呢。”他向医生投去了一抹羞怯的浅笑，“我偷偷和你说，我们订婚了。”

“噢？”

“不是正式的，所以你也不要提。老斯旺是很愿意的，但她爸爸说她还太小了。这我也知道，不过这不是弗里斯拒绝我的真正原因，我恐怕他觉得我配不上她。他总是幻想着某位英国贵族乘着自己的游艇来到这儿，然后疯狂地爱上她。不过目前为止，只有乘坐采珠帆船来的年轻的弗瑞德。”

他咯咯笑了起来。

“我不介意再等几年。我知道她还小，所以我之前也没有向她求婚。你知道，我自己也花了点儿时间接受她已不再是个小姑娘这个事实。当你像我爱路易丝那样爱上一个人几个月后，再等一两年都是无关紧要的，以后在一起的日子长着呢。结婚后和现在肯定是不一样的，我知道那时我们一定非常非常幸福。不过真的得到了，便不会再有所憧憬了。人们得到的都是些会失去的东西。是不是觉得我很蠢？”

“没有。”

“当然，你今天才见到她，你不了解她。她很漂亮，对吧？”

“非常。”

“和她的其他品质相比，美貌算是最说不上的了。她非常有头脑，和她妈妈一样务实。有的时候看到这个可爱的孩子——毕竟她还是个孩子——井井有条地管理着庄园的劳力时，我就觉得好笑。马来人知道和她要花招是没用的，毕竟她从小生活在这儿，耳濡目染，你都不知道她有多精明，那真会让你吓一跳。她对她外公和弗里斯也很有手段，她就是他们肚里的蛔虫，了解他们所有的毛病，不过她一点儿也不介意，仍旧深深地爱着这两个男人。他俩原本是怎样，她就怎样对待，就像对待其他所有人那样。我从来没见过她对他俩中的任何一个人不耐烦，你也知道，听老斯旺讲五十遍相同的故事是很需要耐心的。”

“我猜正是靠她，一切才都顺利地继续下去的。”

“大家都会这么想的，不过旁人猜不到的是，她的美貌、聪慧和好心肠之下掩饰着一颗纤细敏锐又微妙的心。掩饰这个词并不恰当，掩饰就意味着有所隐瞒，而隐瞒则代表着谎言，而路易丝根本不知道隐瞒和谎言是什么。她非常漂亮，人很善良，又很聪明，这些都没错，但是她的内心还有着另一种东西，一种只有我和她已故的母亲察觉到的虚幻的灵魂。我不知道该怎么说，它就像是身体内缠着的鬼魂，精神世界中的灵魂，如果你能想象的话。它如同那燃烧在每个人体内最最深处的火焰，是人最最根本的东西，外界看到的一切品质，都只是这团火焰散发出的东西。”

医生扬了扬眉毛。对他来说埃里克·克里斯汀森似乎有点儿词不达意。不过医生并不讨厌听他说话，他现在正深陷爱河，而对于这样的年轻人，桑德斯医生的心是柔软的，虽然这柔软中还带着几分嘲讽。

“你看过安徒生的《海的女儿》吗？”埃里克问道。

“当然，很早以前。”

“对我来说，我用灵魂而非眼睛感受到的路易丝体内那火焰般的灵魂就像小美人鱼一样。在与人类的纠缠中，它并不自在，它总是淡淡地怀念着海，它并不完全属于人类。路易丝是很甜美，很温和，很温柔，但是她总透着一种冷漠，刻意与人保持着一种距离。这对我来说很珍贵也很美好。我不嫉妒，也不害怕，这是无价的珍宝，而我是如此爱她，以至于想到她总有一天会失去这些就感到惋惜。我认为她为人妻为人母后，那团火焰就会熄灭，到时不管她的灵魂多么美好，那也是不一样的了。这团火焰是独立的存在，是宇宙的一部分，也许我们人人心中都有这样一团火，不过在路易丝身上，它是可以被感觉到的，你只要稍微敏锐些，就能清楚地洞悉到它的存在。她是那么纯净，而我已不是一张白纸，这让我羞愧难当。”

“别犯傻了。”医生说。

“这怎么傻了？当你爱上路易丝这样的人后，便会无法容忍自己曾经躺在陌生的臂膀中，亲吻过花钱买来的艳丽的红唇。我为她感到不值，我至少应该给她一个干净而完整的身体。”

“可怜的孩子。”

在桑德斯医生眼里，这个年轻人满口胡话，不过他不想和埃里克争辩。天色渐晚，他的烟瘾已在召唤他。他饮尽了杯中的酒。

“我从来都不赞同禁欲主义。智者应该将肉体的快感和精神的享受结合在一起，从两者中得到更大的满足。我在生活中学到的最有价值的一件事便是不要留有遗憾。生命是短暂的，自然是充满敌意的，人类是不可理喻的。不过有趣的是，大多数不幸都是带着补偿的，所以只要带着一点儿幽默感，多一点儿常识，人便能战胜一些并不严重的后果，把事情做好。”

说完这些，他便起身离开了。

23

第二天早上，医生正惬意地坐在旅馆的游廊里，跷着腿，捧着一本书。他刚从轮船办公室了解到，翌日将有一艘去往巴厘岛的船经过这儿，于是他便想借此机会去看看那个魅力十足的小岛。而且从巴厘岛去苏腊巴亚是很便捷的。他已沉醉在假期中，全然忘记了无所事事、没有目的的快乐。

“不必工作的空闲之人。”他自言自语道，“上帝啊，别人都要以为我是位绅士了。”

这时弗瑞德·布莱克从大街上漫步而来，朝他点了点头，然后坐在了他身旁。

“你收到电报了吗？”他问。

“没有，怎么可能有我的电报。”

“我刚在邮局，一个男人问我是不是叫桑德斯。”

“这太奇怪了，没有人知道我在这儿，也没有谁会急到不惜把钱浪费在电报上也要联系上我。”

然而医生的心中却埋下了疑惑的种子。一个小时后，一个年轻人骑着自行车来到了旅馆门口，经理随后走了出来，然后便带着那个小伙子来了游廊，将电报递给了桑德斯医生，请他签收。

“这太奇怪了！”他大声说，“即便是程金都不一定猜得到我在这儿，还有谁能寄到这儿来呢！”

然而当他打开电报时，却又惊呆了。

“这也实在是太愚蠢了！”他说，“竟然是密码信，上帝作证，谁会做这种蠢事？我怎么知道该怎么破译？”

“能让我看看吗？”弗瑞德说，“如果是世界知名的密码，我也许能帮你。这儿肯定有常见的密码本。”

医生将电报递给了他。这是一份由数字密码写成的电报，字或者词组都是以数字的形式出现，每组末尾都用一个“0”来做句号。

“商业密码是用一些虚构的单词组成的。”弗瑞德说。

“我什么都不懂。”

“我以前研究过密码，算是一种爱好吧，你介意我破译试试吗？”

“一点儿也不。”

“他们说，破译密码只是时间问题，英国军队里有一个家伙，据说不管是多复杂的密码也能在二十四小时内解出来。”

“进入主题吧。”

“我去里面弄，得有纸笔才行。”

医生突然想到了什么，伸手拿回了电报。

“让我再看一下。”

弗瑞德递给了他，他找到了发送地。墨尔本。医生没有把电报还给弗瑞德。

“会不会是给你的电报？”

弗瑞德犹豫了一会儿，然后笑了。当他想哄骗什么人时，嘴巴可是能够变得非常甜。

"其实，是这样的。"

"为什么要寄给我？"

"因为我住在'芬顿号'上嘛，邮局有可能不愿意送过来，或者要身份证明什么的，所以我想，寄给你的话能省好多麻烦。"

"你还真是大胆。"

"我知道你够朋友。"

"那么在邮局被询问是不是桑德斯的事情呢？"

"纯属瞎编，老头子。"

桑德斯医生咯咯笑了起来。

"你怎么就知道我不会因为破译不出来而把它撕掉呢？"

"我知道电报今天才能到，他们昨天才拿到的地址。"

"谁是'他们'？"

"发电报的人。"弗瑞德回答道，嘴角带着笑容。

"那么说你并不是完全因为想要找我做伴才来这里的咯？"

"是的。"

医生将那张薄薄的纸片还给了弗瑞德。

"你真是长了张魔鬼的脸。拿去，我猜密码本就在你口袋里。"

"是在我脑子里。"

弗瑞德走进了旅馆。医生继续刚才的阅读，然而却无法集中精力，不由自主地想着刚才发生的事。这件事让他觉得有趣极了，他再次自忖着弗瑞德到底卷入了怎样的事端中。那个年轻人非常谨慎，没有留下一点儿能让人追踪的线索，真是让医生一点儿头绪也没有。医生耸了耸肩，毕竟，这些都和他无关。他假装一点儿也不在乎，以此来驱散心中那困扰着他的好奇心，并且努力地强迫自己继续阅读手中的书。

然而过了一会儿，弗瑞德便回到了游廊里。

“喝一杯吗，大夫？”他说。

他的眼睛闪着光，脸也兴奋得通红，不过同时，脸上也带着几分疑惑的神情。他非常激动，他很想放声大笑，但是因为此时并无欢喜的理由，于是他竭力控制着自己的情绪。

“好消息？”医生说。

突然间，弗瑞德再也抑制不住了，爆出了一阵笑声。

“这么好的消息？”

“我不知道是好消息还是坏消息，不过实在是太有意思了。要是能和你分享就好了。真的，非常奇怪，让我感觉很反常，我都不知道该怎么办好，真的，得花些时间适应才行。我现在都不确定自己是双脚着地还是倒立着。”

医生看着弗瑞德，陷入了沉思。眼前的这个孩子似乎被重新注入了活力，先前他的神情中总是掩藏着某种令他羞愧的东西，他那姣好的相貌也因此蒙上了阴影，然而现在，他看上去很坦诚，也没有什么秘密藏着掖着，就好像肩头的重担终于被卸了下来似的。这时酒端了上来。

“借此杯酒悼念我那已故朋友。”弗瑞德握住了酒杯，说道。

“谁？”

“史密斯。”

他一饮而尽。

“我必须得问问埃里克下午有没有什么地方能去，我特别想出去走一走，运动一下对我有好处。”

“你什么时候出海？”

“不知道，我喜欢这儿，多待一阵也无妨。你真应该看看那火山口的风景，就是昨天我和埃里克一起爬的那座火山，我跟你说，真是美极了。这个世界原来并不只是一个古老而恶劣的地方，对吧？”

一匹瘦瘦的小马拉着一辆轻便马车吱嘎吱嘎地沿着马路摇摇摆摆地跑来，扬起了一片尘土，然后停在了旅馆门口。路易丝驾着车，她的父亲则坐在旁边。他走下车，走上了旅馆的台阶。他的手里拿着一个捆绑着的牛皮纸小包。

“昨天晚上我忘记我答应过给你看手稿了，所以现在给你送来。”

“你真是太体贴了。”

弗里斯解开了绳子，拿出了一小沓打字机纸。

“当然，我需要的是坦诚的意见。”他不确定地看了医生一眼，“如果你现在没什么事，我就给你读几页。我一直认为诗歌是要大声朗读出来的，而只有诗人本身能对此做出公正的判定。”

医生叹了口气，感到无能为力，因为他想不出有什么理由能拒绝弗里斯的要求。

“就让你的女儿在太阳下等着吗？”他冒失地说。

“她还有事，她可以办完事后再回来接我。”

“先生，我可以和她一起去吗？”弗瑞德·布莱克问道，“我正好闲着。”

“我想她会很高兴的。”

他走了回去，和路易丝说了几句话。医生看到她严肃地看着他，接着脸上浮现了一丝笑容，并向他说着什么。她穿着一件白色棉布裙子，戴着一顶本地的大草帽。草帽下的脸庞泛着金色，透露出一股冷静。弗瑞德上了车，坐在她身旁，然后她便驾着马车驶远了。

“我给你朗读第三章吧。”弗里斯说，“我很得意于那一章的译文，节律非常好，大概是我最好的作品了。你懂葡萄牙语吗？”

“不懂。”

“那太可惜了。我是字对字翻译的，本来还想让你感受一下我对原诗的节律、乐感还有意境的重现。事实上，对一首伟大的诗歌来说，这些都是缺一不可的。当然，有什么意见尽管提，我迫不及待想听听你的想法，不过我很确信这就是最终的译本，说真的我不相信还有什么能取代它。”

他朗读了起来。他的嗓音很动听。这是一首八行诗，节律优美鲜明。桑德斯医生聚精会神地听着。整首诗流畅平和，然而这有多少是因为弗里斯那抑扬顿挫气势恢宏的朗读，又有多少是因为诗歌本身的优美，医生对此并不确定。弗里斯的朗读非常生动，但却只停留在语音的华美上，并未将这生动带到诗歌的内涵中，于是那文字背后的意义便逐渐逃离了听众的耳朵。他太过强调节律，这让桑德斯医生想起了一列在劣质铁轨上哐啲哐啲晃悠的火车。而每当耳朵里飘进规律出现的韵母时，医生便感到浑身一颤。他的注意力开始游走起来。那浑厚又单调的嗓音继续一下又一下地锤下来，医生感到睡意一阵阵地袭来。他用力地盯着弗里斯，但眼皮却不由自主地慢慢合上了，接着他微微睁开眼睛，蹙着眉，和睡意做着斗争。突然，他浑身一激灵，感觉到他的头像小鸡啄米般猛地撞到了胸上，这时他才发现，自己已经睡着了。弗里斯正在朗读着那些缔造了葡萄牙帝国的伟人们的丰功伟绩，他的嗓音随着那些英勇事迹而高昂，亦随着那死亡和不幸的命运而颤抖，而低沉。突然间，桑德斯医生发现弗里斯的声音不见了。他睁开了眼睛，并未看到弗里斯，坐在他面前的是弗瑞德·布莱克，他那英俊的脸上挂着一抹淘气的微笑。

“睡得好吗？”

“我没打盹。”

“你的鼾声可响了。”

“弗里斯呢？”

“回去了。我们坐着轻便马车回来了，然后他们一起回去吃晚饭了。他让我不要打扰你。”

“我知道他怎么回事了。”医生说，“他有梦想，而如今梦想实现了。梦之所以美好就是因为遥不可及，当我们得偿所愿时，老天便会嘲笑我们。”

“我不知道你在说什么。”弗瑞德说，“你还没醒透呢。”

“一起喝一杯啤酒吧，不管怎样，酒最真实。”

24

当晚十点钟左右，医生和尼克尔斯船长在旅馆的客厅里玩着皮克牌。游廊上满是被灯光吸引而来的飞蚁，他们不得不转移到室内。这时埃里克·克里斯汀森走了进来。

“你一天都去哪儿了？”医生问。

“去了上次我们路过的庄园，岛另一端的那个。我以为能早点儿回来的，不过那儿的经理刚喜得一子，正在开宴会，我走不了。”

“弗瑞德在找你，他本想出去走走的。”

“早点儿知道就好了，我就带他一起去了。”他在一张椅子里坐了下来，叫了一杯啤酒，“我走了十英里，那是最漂亮的一段路，然后就得划着船回去了。”

“玩 chouette[①]牌吗？”

“不了，我很累了。弗瑞德呢？”

“在床上爽着呢吧，我猜。”

“这儿可没什么姑娘啊。”埃里克敦厚地说。

“别这么肯定。他那张脸，你也知道的，姑娘们可是喜欢着呢。在马老奇的时候我有一份很特殊的工作，就是帮他摆脱姑娘们。我们私

---

① 西洋双陆棋的一种。

下说说，他昨晚肯定彻底成功了。”

“和谁？”

“那儿的一个姑娘。”

“路易丝？”

埃里克笑了，这对他来说非常荒谬。

“具体我也不知道，不过今天早上她和他一起来船上看了看。今晚他可是精心打扮了一下，刮了胡子，梳了头发，穿上了干净的衣服。我问他这是去干吗，他让我别多管闲事。”

“弗里斯早上来这儿了。”桑德斯医生说，“也许今晚叫弗瑞德去吃晚饭了。”

“他在‘芬顿号’上吃过晚饭了。”尼克尔斯说。

他理了理牌，继续刚才那一局。埃里克坐在一旁看着他们，一边抽着一大支荷兰雪茄，一边小口啜着啤酒。船长时不时地斜眼瞟他一眼，眼神中带着一种不满，让人背脊一阵哆嗦。他那双眼距很近的小眼睛中充满了坏心思，但却因此快活得炯炯有神。过了一会儿埃里克看了看手表。

“我要上‘芬顿号’了，也许弗瑞德愿意明天早上和我一起去钓鱼。”

“他不会在那儿的。”船长说。

“为什么？他不可能在斯旺家待到这么晚的。”

“你怎么知道？”

“他们十点就上床了，现在已经过了十一点了。”

“也许他也上床去了。”

“瞎说。”

“你要问我的话，我觉得那个姑娘也是个明眼人，要是他俩现在舒适地裹在一起，我一点儿也不会惊讶的。多美好啊，我要在场就好了。”

埃里克站了起来，俯视着坐在桌边玩牌的两人。他的脸色苍白，攥紧了拳头，就好像想要揍船长一顿一样。他含糊地咆哮了一声。船长看着他，咧嘴笑了。桑德斯医生看着他们，尼克尔斯可是一点儿都不害怕，埃里克那大拳头砸下来，准能将他击倒在地，他是个卑鄙小人，但却不缺胆量。医生看到，埃里克正竭尽全力地控制着自己的情绪。

“臆断别人确实没什么大不了。”他的声音颤抖着，“但是一个卑鄙的无赖没有这样的资格。”

“我的话冒犯到你了吗？”船长问道，“我不知道那位小姐是你的朋友。”

埃里克怒视着他，脸上写满了对眼前这个男人的厌恶，以及那让人无地自容的鄙夷。他转过身，走出了旅馆。他的每一步都重重地落在了地板上。

“船长，你想找死吗？”医生干涩地问道。

“这种大个子我见多了，感情用事，他们就是这样。不会攻击比自己弱小的人，他们脑子不灵光，总的来说有点儿蠢。”

医生咯咯笑了起来。他转而便明白了一点——眼前的这个流氓狡猾地利用别人正派的情感来满足自己那邪恶下流的趣味。

“你这是在冒险。要是他脑子一发热，那么他会在明白自己做了什么之前就把你一拳打倒在地了。”

“他那么紧张做什么？他喜欢那个姑娘？”

桑德斯医生觉得，没有必要将埃里克和路易丝·弗里斯订婚的消息告诉船长。

“有的人不愿意自己的女性朋友被人诟病。”医生回答道。

“得了吧，大夫，别对我来这套，不适合你。男人喜欢轻浮的姑娘，因为既然别人也能上她，那自己也就有机会。合情合理。”

“你知道吗，你是我见过的最卑鄙的混蛋。”医生客观地说。

“从某种角度看，这是一种褒奖，对吗？不过有趣的是，你不会因为我是一个混蛋而少喜欢我几分。就我看来，这正说明你自己也不是圣人。跟你明说也无妨，我也在各种地方听说了你的很多事。”

医生眼神闪烁。

“船长，今晚消化不良折磨你了吗？”

“我要说是那便是说谎。我是不舒服，但是不痛，听着，我只是不舒服而已。”

“得慢慢来，不能指望才治疗了一周就能吞下一磅铅。”

“大夫，我没想自己康复得那么快，连假装想想都没有，听着，我不是在抱怨，也不是说你的治疗对我没用，很有用，不过我还有好长一段路要走呢。”

“我跟你说过了，把那蛀牙拔了，留着完全没有用处，而且天晓得有多难看。”

“我会拔的，我保证，这次航行一结束就拔。我觉得去新加坡挺好，那儿肯定有好的美国牙医在。结果现在那孩子说要回巴达维亚。”

“是吗？”

“嗯。他今早收到了一份电报，我不知道讲了些什么，但是他现在一心只想在这儿待几天，然后就回巴达维亚。”

“你怎么知道他收到了电报？”

“我在他裤子口袋里找到的。他上岸的时候换了套干净的衣服，脏裤子就扔在那儿，真是个邋遢的讨厌鬼，一看就知道不是水手，水手永远都是整洁的，没办法。那份电报就像天书一样，我完全看不懂，都是些数字。”

“我猜你没注意这封电报是寄给我的吧？”

“给你？真没注意。”

“回去再看看。我给弗瑞德让他去破译了。”

切断尼克尔斯船长的线索让医生觉得非常有趣。

“那他为什么突然之间就改了主意？他一直都避开大城市，我很自然地认为是为了躲避警察。不管怎样，我都要去新加坡，否则我就弄沉这艘该死的船。”尼克尔斯船长探身向医生倚去，真挚地直视着医生的双眸，让人无法忘怀，“我在想，你知不知道对于一个十年来一口腰子布丁和牛排都不能吃的人来说，一个听话的胃意味着什么。拿姑娘来说吧，假设我占尽世上万千美女，然而只要能让我吃一块沾满了蜜糖，涂满了奶油的牛油布丁，没有哪个姑娘是我不愿给的。这就是我心中的天堂，你可以在猴子藏坚果的地方放上你的黄金竖琴。”

25

埃里克走向了海滩。他缓慢地迈着步子，看起来就如同丈量板球场一样丈量着脚下的土地。他已冷静下来，不再为船长那无耻的嘲讽而耿耿于怀。这件事让他觉得恶心，就好像是喝了一口令人作呕的药水一样，于是他吐了口唾沫。不过他也并非缺乏幽默感，一想到船长那无耻的谬论时，他便忍不住感到好笑。弗瑞德还是个孩子，他无法想象会有女人愿意看他第二眼。他非常了解路易丝，她是绝不会对他有什么想法的，一丁点儿也不会。

海滩上没有人影，大家都入睡了。他沿着码头走着，然后停了下来，朝“芬顿号”大声地喊了起来。“芬顿号”泊在一百码之外的水域，它的灯亮着，就像是落在平静的海面上的一双坚定的眼睛。他又喊了一声，仍旧没有人回答。然而在他身后却传来了一阵含糊的瞌睡声，原来是坐在救生筏中等着尼克尔斯船长的澳洲土人发出的声音。埃里克走下了台阶，看到救生筏正系在护栏下的横木上，船上的澳洲土人睡眼惺忪。看到有人走来，他便站了起来，打了一个大大的哈欠。

“是‘芬顿号’的救生筏吗？”

“是的，你有什么事吗？”

那澳洲土人本以为来人是船长或者弗瑞德·布莱克，发现不是后不由得一阵恼怒，并且对眼前这个大个子产生了怀疑。

“带我到船上去，我找弗瑞德·布莱克。”

“他不在船上。”

“你确定？”

“除非他是游过去的。”

“好吧，晚安。”

船员不满地嘟囔了一声，坐了下来，继续睡起觉来。埃里克沿着寂静的马路走了回去。他想弗瑞德一定是去了那幢独栋房屋，被弗里斯留下来聊天。这孩子会如何理解那个英国佬神神叨叨的哲思呢？一想到这儿，埃里克便微微笑了。他喜欢弗瑞德身上的某种气息。在弗瑞德那世故的外表下，在那份谈论着赛马、板球、舞蹈和搏击的闲情背后，是一种简单又招人喜欢的本性。埃里克并非完全不明白弗瑞德对自己的情感。崇拜，没错，就是崇拜。不过这也没什么坏处，总会过去的。他是个很正派的孩子，要是有机会，准能做一番大事。和他交谈是很愉快的，而且能感觉到，他即便不知道你在说什么，也仍会努力地去理解。就好像你在一片肥沃的土壤里播下了一颗种子，然后看着这颗种子慢慢地萌出芽来。埃里克继续迈着重重的步子朝庄园走去，希望能遇上弗瑞德。要真是这样，那他俩就能一起走回去，到他家小坐一会儿，吃些奶酪和饼干，再喝点儿啤酒。此时的埃里克精神抖擞，一点儿也不犯困。在这个岛上，能和他说话的人很少，与老斯旺和弗里斯在一起时，他更多的是倾听，在这样的夜里，能和什么人推心置腹地聊聊，那是再美好不过的事情了。

“让太阳也厌倦了我们的谈话，”他自言自语地背诵着赫拉克利特的诗，“逃离了天幕。”

埃里克对于自己的私生活一向是持谨慎态度的，然而他却决定告诉弗瑞德自己和路易丝订婚的事。他希望弗瑞德能知道。有的时候，他心中的爱满得就要溢出来了，要是不找个人倾诉倾诉，那他的心脏都要炸开了。而医生年纪大了，是不会理解这种激情的，只有对着弗瑞德，他才能说出那些无法对医生启齿的事情。

海滩离庄园有三英里远，埃里克边走边思考，并未注意这段距离，因而当他到达庄园门口的时候，自己也吓了一跳。奇怪的是，他并没有遇到弗瑞德。于是他想，弗瑞德一定是在他去海滩的时候去了旅馆。真蠢！怎么没有想到这一点。现在折回去也无济于事了。不过既然埃里克来到了这儿，那不如进去坐一会儿再走。虽然他们都睡觉了，但他是不会打搅任何人的。他以前也常常这样做，待他们都睡着后便去庄园里坐一会儿，静静地思考些什么。游廊下面的花园里有一把摇椅，老斯旺有时会在凉爽的夜晚坐在那儿乘凉。那张椅子就放在路易丝的房间前面。很奇怪，当他坐在那儿，望着路易丝的窗户，想象着她正平静地睡在蚊帐里时，他的心就宁静了下来。她占据了他的脑海，他想象着她灰金色的头发铺在枕头上，侧卧着，睡得很熟，稚嫩的胸膛有规律地起伏着。每每这时，他的心就变得柔软极了。有的时候，一想到这无暇的优雅终会减毁，那苗条又美丽的身躯终将因死亡而僵硬，他就感到悲伤。如此尤物竟然也逃不过死亡的命运，这实在是太糟糕了。有几次，他呆呆地坐着，直到芬芳的空气中传来了一丝微弱的寒意，树上的鸽子发出沙沙的声响，他才发现天快亮了。而在他坐着的几个小时里，他感受到了无与伦比的平和与魅惑人心的宁静。有一次他正坐在那儿，突然间推窗慢慢地打开了，随后路易丝出现了。也许她热得睡不着，也许是被什么梦惊醒了，想要出来透透气。她赤着脚穿过游廊，手放在了栏杆上，仰头望着满天繁星。她腰间缠了一件纱笼，上身赤裸着。她抬起手，拨了拨她那浅色的头发，让那浅金色的瀑布飞下了肩头。银色的月光倾泻在她身上，在房子那黑色阴影的映衬下显出了曼妙的轮廓。她看起来不像是一个有血有肉的女人，更像是童话里的精灵少女。受那古老的丹麦传说的蛊惑，此时的埃里克几乎就要以为他的女神即将变成一只可爱的白色鸟儿，飞向那传说中的的日出之地去了。他躲在黑暗中，纹丝不动地坐着，四周寂静极了。她轻轻叹了口气，那微弱的气息是如此清晰，就仿佛她正躺在他的怀抱里，两颗心紧紧靠在一起一样。她转过身回到了房间，关上了推窗。

埃里克沿着通往房子的土路走着，然后在正对路易丝房间的那把椅子上坐了下来。屋子里黑漆漆的。房屋周围笼罩着深深的寂静，就好像里面的人们不是睡着了，而是死去了一般。然而这寂静中并没有恐惧，而是蕴藏着一种细腻的平静，安抚着人们躁动的灵魂。这样的夜晚非常惬意，就像是抚摸着少女那平滑的肌肤一样让人心旷神怡。埃里克若有所思地轻轻叹了口气。一股悲伤落在了他的心头，虽然这悲伤中已经不再有痛苦，但终究，亲爱的凯瑟琳·弗里斯已经不在了。他第一次来岛上时，还是个羞涩又乳臭未干的少年，他永远都不会忘记凯瑟琳是如何友善地对待他的。他憧憬着她。那时她四十五岁，然而那健硕的体格却一点儿也没有受到生育或者辛勤劳动的影响。她很高，胸脯丰满，有着一头华美的金发。她也为自己骄傲，大家都以为她能活到一百岁。她是有个性、有胆识、有谋略的女人，她取代了他心中那个被他留在丹麦某所农舍中的母亲的位置。她也爱他，像爱自己那早夭的儿子一样爱他，不过他却认为，他们之间的关系远比亲生母子更为亲密。若他们真是母子，那便永远都不可能像现在这样开诚布公地谈心，也不可能因为彼此的相伴而从内心深处感到一股宁静的满足感。他爱她，景仰着她，他知道自己也是被她爱着的，这让他感到非常幸福。他隐约地感到，也许某一天他会倾心于某位姑娘，但是那种爱和他对凯瑟琳·弗里斯那纯粹的依恋是不同的，永远也不会带给他相同的宁静和安慰。她并不是一个博览群书的女人，但却懂得很多，你会说，她就像是一座未开采的矿，世世代代从那无止境的竞争中积聚着力量，厚积而薄发，因此她完全能应对你的那些书本知识，也能保持和你站在同一水平线之上。她是那种能让你觉得自己说得棒极了的人。与她说话时，各种想法便会源源不断地涌向你，而在这之前，你从未想过自己竟能如此才思敏捷，口若悬河。她为人实际，有一种精明的幽默感。一听到荒唐事，她便会立刻进行嘲笑，然而她实在是太温柔了，以至于竟让人甘愿受她嘲讽。对埃里克来说，她身上最美好的品质便是真挚。她那完美无瑕的诚恳就像是一团火焰，笼罩着她，让每个与她交谈的人心中都能感受到那光亮。

好人一生平安，凯瑟琳的一生是幸福的，这让埃里克感到一丝温暖和感激。她和乔治·弗里斯的婚姻就是一首优美的田园诗。弗里斯第一次来到这个偏远又美丽的小岛时，她已守寡好些年了。她的第一任丈夫是新西兰人，是一艘纵帆船的船长，在岛上做贸易，死于一场特大飓风。那场风暴也毁了她父亲，卷走了他一生的积蓄，让那个胸口有伤不能做重活的老斯旺破了产。然后他们一起搬进了庄园。老斯旺凭借着那敏锐的斯堪的纳维亚人的直觉，多年来一直留着这个庄园，以便一无所有时还能有个落脚之处。她和那个新西兰丈夫育有一子，不过早夭于白喉。她从来没有见过乔治·弗里斯这样的人，他说话的方式真是太与众不同了。他顶着一头乱蓬蓬的深色头发，面容憔悴但又充满了柔情。她爱上了他。就好像她的现实，她世俗的本能，在这个满口崇高事物的神秘流浪者身上都转变成了柔情。她对他的爱，和她对她那粗鲁直率的水手丈夫的爱并不一样，她对他有着一股款款的深情，她想要保护他守卫他，她对他的爱，甚至让人感到有一丝好笑。她觉得他是高高在上的，她敬畏着他那不可思议又鼓舞人心的智慧，她相信他的善良，相信他是天才。埃里克想，纵使弗里斯并不招人喜欢，但对他，自己总是存着好感，因为凯瑟琳是如此全心全意地爱慕着他，而他也回报了她那么多年的幸福。

凯瑟琳是第一个表示希望他娶路易丝的人。那时的路易丝还是个孩子。

“亲爱的，她永远不会像你一样美丽。”他微笑着说。

“她会比我更美的，你还不能预见这一点，但是我能。她会和我很像，但是又和我完全不同，她会比我长得更漂亮。”

“如果她和你一模一样，我就娶她，我不需要她与你不同。”

“等她长大了你就会发现，她是一位苗条又年轻的小姐。”

如今，想起这段对话仍能让他感到愉悦。一瞬间，他面前那黑漆漆的一片竟略微明亮了些，他惊愕地以为天快破晓了，然而回头一看，只见那半弯明月不知何时浮上了树梢，微微倾斜着，就像是一只随波逐流的空木桶，暗淡的月光倾泻在了沉睡着的房屋上。埃里克友好地向月亮招了招手。

后来凯瑟琳莫名地得了心脏病，当那强壮健硕又活力满满的女人被剧烈的疼痛折磨得不断抽搐时，她明白自己已时日不多了。她再次希望埃里克能够照顾路易丝。而此时的路易丝正在奥克兰上学，虽然已经叫她回来了，但她得过一个月才能到达，从奥克兰到这儿，得绕一个大圈子。

“过几天她就十七岁了，我相信她是有头脑的，但是要扛起所有的担子，她还是太年轻了。”

“你为什么认为她会愿意嫁给我？”埃里克问道。

“她小的时候就很崇拜你，总是跟着你，像个小跟屁虫。”

“那只是小姑娘的狂热而已。”

“实际上，你是她唯一了解的男人。”

“但是凯瑟琳，如果我不爱她呢？你也不希望我娶一个我不爱的姑娘吧。”

她给了他一个甜美而风趣的微笑。

“当然，不过我忍不住认为，你会爱上她的。”她沉默了一会儿，然后又说了些其他的，但他并不理解。

“我想，即便我不在了，我也会很开心的。”

“不要这样说。不过为什么呢？”

她没有回答，只是拍了拍他的手，咯咯笑了起来。

一想到凯瑟琳当年的预见是多么正确，他的心头就蒙上了一层忧伤。将死之人总是能奇怪地预见未来，凯瑟琳大概也是这样吧。路易丝回来的时候，他着实吓了一跳。她已经长成了一个漂亮的大姑娘，那么甜美，那么友善，那么深情款款。然而她对他，已没有了孩提时代的崇拜，她也不再羞涩，和他相处时非常自然。当然，她仍旧很喜欢他。只是，他感觉到，她虽然并不非难他，但称赞他的时候却很冷淡。他虽不至于因此而尴尬，但总有些局促不安。她和她母亲一样，眼睛里流露出诧异又风趣的神情。然而凯瑟琳的眼神是温暖人心的，因为那里面饱含着爱，而路易丝的眼神却让人惶恐，因为你不知道她是不是在嘲笑你的荒唐。埃里克终于明白为什么自己在见到她时大吃了一惊，因为不仅仅是外表，她的内心也改变了。她像以前一样开朗，一样随和，他们像以前一样一起漫步、游泳、钓鱼，他们一起谈天一起开怀大笑，就好像仍旧是他二十二岁、她十四岁那样。然而他却隐约感到她对他多了一份冷漠。她的灵魂以前像玻璃一样透明，现在却蒙上了一层神秘的薄纱，他明白，在她内心深处，藏着什么他不了解的东西。

凯瑟琳死得很突然。她的心绞痛复发，当混血医生赶到时，已经无力回天了。路易丝一下子崩溃了，这些年培养的成熟一瞬间都不见了，她又变回了一个小女孩，不知道该怎么对待自己那无法抹去的忧伤。她的心碎成了千瓣，她坐在埃里克腿上，躺在他怀里哭了很久很久，就像孩子一样，她不明白悲伤是无法安抚的，也不相信它终会成为过去。她没办法应对那样的情境，她只是照着他的话来做。弗里斯也崩溃了，没有了一点儿理智。他成天喝着加水的威士忌，剩下的时间便用来哭泣。老斯旺则絮絮叨叨地念着他的孩子们，他一遍遍地叙述着他们是如何一个接一个地死亡的。孩子们都对他很坏，丢下可怜的老头儿孤身一人无人照顾。他们中有的逃走了，有的抢劫了他，有了嫁给了他不认识的人，剩下的则都死了。他们都认为，在老父亲需要人照顾时，总会有人受孝心驱使，愿意回来照顾他的。

埃里克处理了一切后事。

“你就像个天使。”路易丝对他说。

他看到了她眼中那爱恋的火焰，然而他却只是拍了拍她的头，告诉她不要犯傻——仅仅如此，他便已满足了。他不想利用这个时机，不愿意在她情绪低落，内心一片荒芜，充斥着无助感的时候向她求婚。她还很年轻，这样对她不公平。他爱她爱得发狂，不对，他的爱是理智的，他默默在心中纠正道。他用尽所有值得信赖的智慧爱她，用尽孔武有力的四肢中所蕴藏的一切力量爱她，用尽自己灵魂中全部的诚恳爱她。他爱她不仅因为她那纯洁无瑕的身躯，更因为她那日益凸显的性情，那无瑕的灵魂的纯净。爱情灼烧着他的自信，他感到自己无所不能。然而，当他想到她的完美时——她拥有的，不仅仅是健全的体魄和灵魂，在她那曼妙的身躯里，完美地融合了一个纤细敏感的灵魂——他便从内心深处生出卑微来。

现在一切都定下来了。弗里斯的犹豫不足为虑，他是可以被说服的，即便不讲道理，但最终也会因为不停的劝诱而妥协。而斯旺年事已高，活一天少一天了，因而他们有必要等他去世后再结婚。埃里克干起活来很有效率，他的公司不可能让他永远留在这个岛上，早晚要将他调往仰光、曼谷或者加尔各答市，最后哥本哈根也会需要他。他不会像弗里斯一样满足于庄园那靠贩卖丁香和肉豆蔻而勉强度日的生活。路易丝身上也没有她母亲的那份平和，她是不会愿意在这样一个美丽的小岛上过闲云野鹤的生活的。他最崇拜凯瑟琳的一点是，她竟然能用那些简单的元素，例如每天的日常生活，对畜牧业的操劳，一颗平和安宁风趣又知足的心，便创出了一种只属于她的细致完整的美。路易丝不一样，她的内心比她的母亲躁动许多。虽然她平静地接受了周遭的环境，但是她那躁动的灵魂却并未安定于此。有的时候，他们一起坐在旧葡萄牙要塞的墙垣上遥望大海，他总是能感觉到她的灵魂跃跃欲试，渴望着历练。

他们常常讨论蜜月旅行。他希望能在春天的时候回到丹麦，那时树木经历冗长而严酷的冬天后，都一一爆出了新芽。在那样的北方之国，那新鲜的绿色有着一种别样的温柔，是热带地区的人们永远都不能理解的。牧场上歇着一头头黑白相间的奶牛，而那建在树林之间的农庄整洁又美丽，让人感觉就像是回到家一样。他们要去哥本哈根，那里的马路很宽阔，车水马龙。路旁的房子整齐划一，派头十足。每栋房子都有数不清的窗户，多得让人惊讶。克里斯蒂安国王建造的教堂和诸多红色的宫殿就像是从童话中走出来的一样。他还想带她去埃尔西诺尔，正是在那城垛之上，哈姆雷特的父亲对他显了灵。夏天的海湾非常壮观，平静的海面有时呈现出灰色，有时是奶蓝色；那里的生活充满了音乐和欢笑，惬意极了；而在那北方特有的漫长黄昏中，随处可见愉快交谈着的人们。除了丹麦，他们必须得去英格兰，他们俩谁也没有去过那儿。那里有伦敦，那个有着伦敦国家美术馆和大英博物馆的伦敦。他们还要去埃文河畔斯特拉特福，亲眼看看莎士比亚的墓冢。当然，还有巴黎，那是人类文明的中心。她可以在卢浮宫购物，他们可以开车驶入布洛涅森林，也可以手挽手在枫丹白露森林散步。他们还要坐在凤尾船中欣赏着月光下的意大利和威尼斯运河。为了弗里斯，他们还要去一趟里斯本。当年的葡萄牙人正是从这儿出发，开拓出了伟大的葡萄牙帝国，然而现在除了几座废弃的要塞和遍布各地的即将关门的车站，那里什么都没有了，唯一幸存的是几首不朽的诗歌，以及那不可磨灭的往昔的盛誉。和挚爱一起游历这些美丽的地方，还有什么比这更美好的人生呢？在这一刻，埃里克明白了弗里斯所说的“元神”，若你愿意，也可以称它为上帝。这位神明并不在世界之外，而是就在这世界之中。他的灵在山边的岩石中，在田间的野兽身上，在人类的灵魂中，在从天穹上滚滚而下的雷鸣中。

下弦月那银白的光亮笼罩着弗里斯面前的房子，清晰地勾勒出了它那对称的线条，而那结实的底座则在月光的晕染下成了一片模模糊糊亦真亦幻的影子。突然间路易丝房间的百叶式推窗轻轻地被打开了。埃里克屏住了呼吸。如果问他在这个世界上，最想要什么，他会毫不犹豫地回答是路易丝。只要让他看到她，他就别无所求了。她来到了游廊入口，只穿了一件睡觉时缠的纱笼。

皎洁的月光洒在她的身上，她看上去就像是夜里的幽灵。夜在这一刻似乎也静止了下来，四周的静谧也仿佛都成了活物，静静聆听着她的呼吸。她向前走了一两步，朝游廊里张望着，确保没有任何人在那儿。埃里克期待着她能像以前一样走到栏杆那儿，站上一小会儿，在如此清澈的月光下，她的眸色一定也清晰可见。可这时她转过身去，朝她的窗户召唤了一声，接着一个男人走了出来。他停了片刻，好像要牵她的手，然而她却摇了摇头，指了指栏杆。他走到了栏杆那儿，敏捷地跨了过去，之后看着脚下距他六英尺的地面，轻轻地跳了下去。路易丝蹑手蹑脚地溜回了房间，关上了推窗。

埃里克一瞬间呆住了。他的脑子里一片空白，惊讶得不知所措。刚才看到的一切，仿佛都是梦，他根本无法相信。他继续坐在老斯旺的椅子里，一动不动，瞪大了眼睛呆呆地看着。那个男人双脚着地后便坐了下来，好像在穿鞋子。突然间，埃里克想起了自己孔武有力的手臂，于是他一个箭步上前，一把抓住了那个男人的领子，用力一拎，只见那个男人双脚便离开了地面。这突如其来的攻击让这个男人大吃了一惊，他张开了嘴，正准备大声喊叫，便被埃里克用他那硕大的手掌捂住了嘴。然后埃里克掐住了那个男人的脖子，这才放开了捂着他嘴的手。那个男人吓坏了，傻傻地站在那儿，无助地盯着埃里克，在那样的力气面前，挣扎也是徒劳的。这时埃里克看清了他的脸，是弗瑞德·布莱克。

26

一个小时后，桑德斯医生正躺在床上，突然听到走廊里传来了一阵脚步声，然后便是急促的敲门声。他没有应声。来人按了按门把，门锁着。

“谁啊？”医生不耐烦地喊道。

来人立刻用压低了的激动的声音做出了回答。

“大夫，是我，弗瑞德，我要见你。”

尼克尔斯船长回“芬顿号”后，医生抽了六管大烟，他讨厌在抽大烟的时候被打扰。他的思路就像是孩子的图画书里的几何图形一样清晰：正方形、长方形、圆形、三角形，它们有序地流经他的大脑，这种感觉让他分外快乐。而这种愉悦也是他身体所感受到的那种欲仙欲死的快感的一部分。他掀开了蚊帐，沿着什么也没铺的地面走向房门。他打开门，门口站着一名拿着灯笼的守夜人，头上兜着一块毯子抵挡夜气的侵袭。弗瑞德·布莱克就站在守夜人的背后。

“大夫，让我进来。有重要的事。”

“等等，我点上灯。”

借着灯笼的灯光，他找到了火柴，点上了油灯。阿凯在游廊里铺了块席子，睡在了医生门外。这一番动静将他吵醒了，他站在席子上，揉着惺忪的乌黑的黑刺李般的大眼睛。弗瑞德给了守夜人一点儿小费后便打发他走了。

“阿凯，去睡觉。”医生说，“没你的事。”

“听着，大夫，你现在得去一趟埃里克那儿。”弗瑞德说，“出大事了。”

“出什么事了？”

他看着弗瑞德，小伙子的脸色像纸一样苍白，四肢都在颤抖。

“他举枪自杀了。”

“上帝啊！你怎么知道的？”

“我刚从他那儿过来，他死了。”

弗瑞德刚开口时，医生本能地开始收拾器具，然后听到这句后，他便停了下来。

“你确定？”

“非常。”

“那叫我去做什么？”

“不能就这样把他丢在那儿啊！跟我来吧，上帝啊！”他的嗓音嘶哑着，就像快哭了一样，“也许你还能再做些什么。”

“还有谁在那儿？”

“没有人，他一个人躺在那儿，我受不了那场景，大夫，你一定要为他做些什么，看在上帝的分上，赶紧去吧。”

“你手上的是什么？”

弗瑞德低头，发现自己的手上沾满了血迹，于是本能地往自己的帆布裤子上抹去。

“别那样！”医生抓住了他的手腕，大声地说，“过来洗掉。”

桑德斯医生一手抓着弗瑞德的手腕，另一只手提着油灯，领着弗瑞德去了浴室。这是一间小小的昏暗的方形隔间，地上浇筑着水泥。浴室角落里有一个大浴桶，洗澡的时候用一个小锡盆从里面舀上水，然后往身上冲去。医生递给弗瑞德一盆水和一块肥皂，让他把手洗干净。

“身上沾到血了吗？”

他举起油灯照着弗瑞德周身。

“我想应该没有。”

医生冲走了混合了血液的水，然后他们回到了卧室。那一手的鲜血把弗瑞德吓坏了，他努力地想让自己那歇斯底里的情绪稳定下来。他非常苍白，紧紧地攥紧了拳头，然而医生却看到，他仍旧无法控制自己那剧烈颤抖着的身体。

“你现在最好喝一杯。阿凯，给这位先生来一杯威士忌，不要加水。”

阿凯起身拿来了一个杯子，缓缓向内注入了纯威士忌。弗瑞德一饮而尽。医生目不转睛地看着他。

“听着，孩子，这儿是别人的地盘，我们不想与这儿的荷兰当局有纠缠，他们并不是好相处的人。”

“但是不能就这样让他躺在血泊中啊！”

“你难道不是因为在悉尼犯下了什么事情而匆匆出逃的吗？警察会问你很多问题，你希望他们给悉尼发电报吗？”

“我不在乎，我已经厌倦这一切了。”

“别傻了。如果他死了，你什么都做不了，我也是一样。我们最好赶快抽身，你最好尽快离开这儿。有人在那儿看到你吗？”

“哪儿？”

“他家。”医生焦急地说。

“没有，我在那儿只待了一小会儿，然后就直接奔过来了。”

“他的仆人呢？”

“估计睡着了，他们住在后面的。”

“这么看来守夜人是唯一一个看到你的人。你干吗把他叫起来？”

“我没法进来，门锁上了，我必须得找到你。”

“没关系，有很多理由可以解释你为什么半夜来找我。你怎么会去埃里克那儿？”

“因为有些话要对他说，一刻都不能等。”

“我估计他确实是自杀的，你没有杀他，对吧？”

“我？”弗瑞德惊骇地倒抽了一口冷气，“怎么可能！他……我是一根头发都不会伤他的。如果他是我哥哥，我便会把所有的敬仰都给他。他是我能交到的最好的朋友。”

弗瑞德的说辞让医生有些反感，他皱起了眉头。不过他认为弗瑞德是清白的，刚才在听到医生的问题后，他非常震惊，这足以说明他说的是真话。

“那么到底是怎么回事呢？”

“上帝啊，我不知道，他一定是疯了。该死的我怎么能想到他竟然会做出这样的事来！”

“慢慢说，孩子，不用担心，我不会出卖你。”

“是因为老斯旺家的女孩，路易丝。”

医生的目光一下子锐利了起来，不过他没有打断弗瑞德。

“今晚我和她爽了一把。”

“你？可是你昨天才第一次见她啊。”

“我知道，但那又如何，她第一眼看到我就迷上我了，我知道。我也被她迷住了。自从离开悉尼后，我还没为谁动过心，不知怎的，我就是无法对这些当地人动心。和她跳舞的时候，感觉就来了。那时我本可以俘获她的。你们玩桥牌的时候我们去了花园，我吻了她，她一点儿也没有抗拒。当一个姑娘这样时，就不能给她一丁点儿思考的时间。我当时被她迷得神魂颠倒，我从来没见过比她更美的女人，要是她叫我跳下悬崖，我也会毫不犹豫奋不顾身。今天早晨她和她父亲一起来的时候，我问她我们私下能不能见面，她说不能。我问她能不能等大家都睡觉后我再去她那儿，然后一起在池子里洗个澡，她又说不能，然而她没有说为什么不能。我告诉她，我的魂儿都在她身上，事实也确实如此，上帝啊，她就是一个尤物。我带她上了双桅帆，领着她四处看看，我又吻了她。该死的尼克尔斯一刻也不让我们独处。我告诉她今晚我会去庄园，她说她不会去的，不过我知道她会的，就像我渴求着她一样，她也渴求着我。所以，当我到庄园时，她已经在那儿等着了。黑暗中的庄园很美，只是蚊子实在是太多了，疯狂地咬着我们，这已不是血肉之躯能承受的了。于是我说，能不能去她的房间，她一开始说很害怕，我说不会有事的，最终她同意了。”

弗瑞德停了下来。医生垂着重重的眼皮看着他。他的瞳孔因为鸦片的缘故，缩小得就像针尖一样。他一边听着，一边默默地思索着。

“最后她说我最好快点儿走，我穿上了衣服，没穿鞋子，这样走在游廊上就不会发出声音了。她先出去看看园子里有没有人。有的时候老斯旺睡不着，就会去那儿走走，就好像那儿是甲板一样。然后我溜了出去，跳下了游廊。我坐在地上穿鞋子，然后突然间有人一把抓住了我，把我拎了起来。是埃里克。他就像牛一样壮，把我拎起来就像是拎一个婴儿一样轻松。他捂住了我的嘴，不过即便我想叫也叫不出来，当时我已经吓傻了。然后他掐住我的脖子，我想他是想掐死我。我当时浑身瘫软，连挣扎都不会了，我看不清他的脸，但能听到他的呼吸声，上帝啊，我真以为自己完了，可是他却放开了我，把我扔到了地上，用手背从侧面敲了一下我的头，我想是这样的，我当时就像个木头。他居高临下地站着，我一动也不敢动，我怕我一动他就会杀了我，然后突然他转过了身，飞一般走了。我站了起来，看了看房子。路易丝应该什么都没有听见。当时我想，要不要告诉她，不过我不敢，我怕有人听到我敲推窗的声音。我不想让她担惊受怕，不过我也不知道该怎么办，我往回走，发现自己没穿鞋，只能再回去把鞋穿上。一开始我没找到它们，一下子就慌了。回来的路上我惴惴不安，担心埃里克会伏击我。漆黑的晚上，在那样一条连个鬼影都没有的路上走着，还要提防着一个笨重的大个子随时都会跳出来对你一顿暴打，这可真不是闹着玩的。他想要扭断我的脖子，就跟杀一只鸡一样容易，我一点儿回击的能力都没有。一路上我走得很慢，眼睛睁得很大，我想要是我先发现他，立刻拔腿就跑。跟一个你完全没有胜算的人对峙是没有意义的，而且我知道自己跑得比他快很多。我想我是神经过敏了，走了一英里后，我便不再害怕了。然后，我觉得无论如何都得找他说清楚。如果是别人，我根本无所谓，但是不知怎的，我没法忍受他认为我是一个该死的下流货。你不懂，但我从来没有遇到过那样的人，他实在是太正直坦率了，所以你无法忍受他认为你不正直。大多数人，你也知道，谁也好不到哪里去，但是埃里克不一样。我是说，如果你看不出他是万里挑一的好人，那你就是个十足的傻瓜。懂我的意思吗？”

医生冷淡地微微一笑，笑容中带着一丝嘲弄。他的嘴唇向后咧去，露出了他那硕大的黄牙齿，让人想起了大猩猩的咆哮。

“天啊，我明白，那种感觉令人痛苦不安，手足无措。这种事彻底地打击了人与人之间的关系，非常羞愧，对不对？”

“天啊，你就不能像普通人那样说话吗？”

“继续。”

“我觉得一定得和他说清楚。我要全盘向他说出一切。我要娶路易丝，我对她已经无法自拔了，这是人类的本能，你年纪大了，是不会理解的，对五十岁的人来说，这些都是小事了。我知道如果不和他说明白，我一分钟也不能安生。我到了他家，站在门外，不断为自己鼓劲儿，也不知这样站了多久。你知道的，进他家是需要很大的勇气的，最后我心一横，走了进去。我忍不住想，之前他既然不杀我，那现在也不会杀我。我知道他没锁门，我们第一次去那儿的时候，他按了下门把就进去了。但是，上帝啊，我走在走廊里的时候，心都快跳出来了。我关上门，屋里一片漆黑，我喊了他的名字，他没有回应。我知道他的房间在哪儿，于是走了过去，敲了敲门。怎么说呢，我不相信他睡觉了，于是我又敲了敲门，然后大声地喊着‘埃里克！埃里克！’最后我拼命喊了起来，然而我的嗓子干极了，喊出来的声音就像是渡鸦一样沙哑。我不知道他为什么不出声，我想他一定是坐在那儿，静静地听着。当时我惊恐万分，差点儿就转身逃走了，然而我却没有那么做，我推了推门闩，门没锁，于是我打开了房门。房间里没有一点儿光，我什么都看不见，我又喊了他的名字，然后我说：‘看在上帝的分上，和我说话吧，埃里克。’然后我点上了一根火柴，接下来的景象让我大吃一惊。他躺在地上，就在我的脚边，要是我再走一步，就会绊倒我了。火柴灭了，我什么都看不见，我冲他嚷嚷起来，我以为他是晕倒了，或者喝醉了。我试着再划一根火柴，可那该死的东西点都点不着，好不容易着起来后，我将火苗凑近他一看，我的上帝啊，他的半个脑袋都被打飞了。火柴又灭了，我再划了一根，我看到有一盏油灯，于是点上了灯。我跪下来摸他的手，还是暖的，他的另一只手握着一支左轮手枪。我捧起他的脸，想看看他是否还有救。他的脸上全是血，上帝啊，那是多么可怖的一个口子啊！然后我就立刻跑到这儿来了。我永远都无法忘记那个场景。”

他把脸埋在手中，痛苦地来回摆动着身子。然后他哽咽了一声，瘫倒在椅子里，转过脸去哭了起来。医生任他哭泣，然后伸手拿了一支香烟，点上，深深吸了一口。

“你走的时候把灯灭了吗？”最后他问道。

“噢，该死的灯！”弗瑞德焦躁地大声喊道，“我怎么那么傻！”

“没关系，他也可以是点着灯自杀的。奇怪的是他的仆人们竟然没有听到任何动静。我想他们肯定以为是中国人在放炮仗。”

弗瑞德并没有理会医生的话，说这些都没什么意义。

“苍天在上，他为什么要这么做呢？”弗瑞德绝望地说。

“他和路易丝订婚了。”

医生的话就像是一个晴天霹雳，弗瑞德不由得打了个趔趄。他的脸一瞬间变得铁青。他惊恐地瞪着双眼，眼珠子就像要掉出来一样。

“埃里克？他从没和我提过。”

“我想他大概是认为这不关你的事。”

“她也没有告诉我，一个字也没说。天啊，早知道这样我绝不会和她有任何牵扯。你一定是瞎猜的，这绝不可能！”

“他自己告诉我的。”

“他爱她爱得痴狂吗？”

“非常。”

“那为什么不杀了我或者她，而是了结了自己呢？”

桑德斯医生笑了起来。

“很好奇，是吗？”

“看在上帝的分上，不要笑我了。我够悲惨了，没什么事情能比我先前遇到的更糟糕了。不过这件事……说真的，她对我来说，什么都不是，如果我知道他们订婚了，我连和她在一起闲耍的想法都不会有。他是我能交到的最好的朋友，我不会为了任何事而伤害他。他肯定在心里骂我是畜生！他对我是那么好！”

他的眼中涌满了泪水，那圆润的泪珠顺着他的脸颊缓缓流淌了下来。他痛苦地哭泣着。

“生活不就是愚蠢的吗？你莽撞地做了一件事，结果发现代价惨重。我真觉得自己被诅咒了。”

他看着医生。他的嘴唇颤抖着，漂亮的眼睛里蒙上了一层深切的悲伤。桑德斯医生审视着此时此刻自己的情感。他并不认同自己在这个悲伤的年轻人身上获得的轻微的满足感。一方面他感到他的痛苦完全是活该，另一方面，看到他如此伤心，他又莫名地为他痛心。他看上去是那么年轻，而他的悲伤又是如此真切，让医生忍不住为之动容。

“你会走出来的。”他说，“没什么事情是走不出来的。”

“我真希望自己死了。我老爹说我是害人精，我觉得他说得没错。我走到哪儿，哪儿就有风波。我发誓这不是我一个人的错，那个下贱的婊子，她为什么要招惹我？你能想象吗，和埃里克这样的好人订婚后居然还能和只见过一面的男人上床。不过有一件事是好的，他永远摆脱了这个婊子了。”

“别说胡话了。”

“我也许是个恶名远扬的恶棍，但是上帝作证，她比我还坏。我本以为我能开始过新生活了，现在又全毁了。”

他犹豫了一会儿。

“还记得今天早晨的那份电报吗？上面的消息太惊人了，以至于一开始我都没看出来。巴达维亚有一封给我的信，现在去那儿已经没事了。一开始这个消息真的很令我震惊，我不知道是该笑还是怎样，电报说我因为猩红热在悉尼郊外的发热专院去世了。我过了一会儿才反应过来这意味着什么。我父亲是新南威尔士很重要的人物，那儿爆发了传染病，他们抬了一个人去医院，写上我的名字，因为要向外界解释我为什么没去上班之类的。而当那个小伙子死的时候，我也就死了。我了解我父亲，他很高兴能摆脱我。反正‘我’现在正惬意舒适地躺在家族墓地里。父亲是一位伟大的管理者，如果他还有办法，就不会选择冒险，而我猜，只要我在地球上，他就不踏实。这次选举他们又赢了，你看到了吗，支持率占绝大多数，真是完胜。我能想象他手臂上戴着黑纱。”

他冷冷地笑了。桑德斯医生突然向他掷出了一个问题。

“你犯什么事了？”

弗瑞德眼神看向了别处，他压低了嗓音，愠怒地说：“我杀了一个人。”

“如果我是你，就不会告诉别人。”医生说。

“你看起来一点儿也不惊讶。你杀过人吗？”

“行医的时候难免。”

弗瑞德飞快地看了他一眼，饱含着痛苦的嘴唇挤出了一丝笑容。

“大夫，你是个怪人。要是有谁能看清你，那可真是幸事了。当别人和你说话时，不知怎的，对你来说似乎没有什么是要紧的。有什么对你来说是重要的吗？有什么让你相信吗？”

“你为什么要杀他？好玩？”

“谁说不是呢，该死的好玩透了！你都不知道我经历了什么！真希望不会因此而愁白了头发。这件事萦绕在我心头，我永远都摆脱不了。回想过去的时候，我一开始都是愉快欢乐的，可突然想起了这件事的时候，好心情便一扫而光。很多时候我害怕睡觉，因为常常梦见自己被绑住了双手，押上绞刑架。有那么半打十次，晚上谁都不在的时候，我真的差点儿就要从船上跳下去，我打算要么游到溺水，要么被鲨鱼吃了。所以当我收到那份电报时，你无法理解我是松了多大的一口气，你也不明白这对我来说意味着什么。上帝啊，我心里一块大石头终于落了地。我安全了。你知道吗，在小帆船上的时候，我从来没有过真正的安全感，每到一个地方我都怕会有什么人冒出来逮捕我。我第一次看到你的时候，以为你是侦探，你是来查我的。你知道今天早上我想到的第一件事是什么吗？‘现在终于能睡个好觉了。’然后就发生了这件事，真的，我被诅咒了。”

“别说得那么糟。”

“接下来我要怎么办呢？去哪里呢？今天晚上，当我和那个姑娘互相枕着对方的手臂的时候，我想：为什么不娶了她，在这儿定居下来呢？‘芬顿号’会派上用场，尼克尔斯可以跟你坐一班船回去。你可以替我去拿在巴达维亚的信，我猜里面会有点儿钱，我母亲肯定会逼着我家老头子寄些什么的。我还想到了埃里克，我们可以合伙做生意。”

“这恐怕不行了，不过你仍旧可以娶路易丝。”

“我？”弗瑞德大叫道，“发生了这事以后我还有心情娶她吗？我见都不想见她。我向上帝发誓，我再也不想见到她。我不会原谅她的，永远。”

“那你准备怎么办呢？”

“只有上帝知道。我没法回家，我已经死了，埋在了家族坟墓里。其实我很想再看看悉尼、乔治街、曼利湾。如今在这个世界上，我茕茕孑立。我想我是个很不错的会计，大概能找到一份记账的工作。我不知道该去哪里，就像是一条走丢的狗。”

“我要是你，要做的第一件事就是回‘芬顿号’去，睡上一觉。你现在很累了，早上醒来脑子会清醒很多。”

“我不能回船上，我恨它。你知道吗，在船上的时候，有多少次我一身冷汗地醒来，心脏扑通扑通直跳，梦到那些人打开了我牢房的门，我知道绳子在等着我了！而现在埃里克倒在血泊中，半个脑袋都没了，上帝啊，你叫我怎么睡得着！”

“那好吧，你睡椅子上吧，我要睡觉了。”

“谢谢，去睡吧，如果抽烟的话会不会打扰你？”

“我给你点儿东西，保证让你睡着。”

医生拿出了他的针筒，给弗瑞德注射了一支吗啡。然后熄了灯，钻进了蚊帐中。

27

早晨当阿凯端来茶水时，医生便醒了。阿凯收起了蚊帐，打开了百叶窗，让阳光透进屋来。医生的房间正对着花园。花园中藤蔓缠绕，无人照看，杂乱地长着棕榈树和一丛丛的香蕉树，那平坦的叶子上还留着露珠，还有湿漉漉但又壮观的肉桂树。阳光穿透了那一片凉爽的绿色。医生抽着香烟，弗瑞德躺在长椅上，仍旧睡着。他那没有一丝褶皱的孩子气的脸上平静极了，透露出一份纯真。从这份纯真中，医生带着一丝轻慢的疑虑，发现了某种特殊的美。

“要叫醒他吗？”阿凯问。

“先不用。”

他睡觉的时候很平静，不过只要他一醒来，就又会陷入悲伤中。奇怪的孩子。谁又能想到他对善良是这么敏感。虽然他并不知道这一点，虽然他只会用笨拙的语言描述他的感受，但这是确凿无误的。丹麦人身上那让他震惊的品质，那激起他对埃里克羞涩的崇拜并让他认为埃里克和别人不一样的东西，只是丹麦人身上那简单纯粹的善良而已。这善良在埃里克身上散发出了清澈而坚定的光芒。你也许会认为埃里克有些荒谬，你也许会不安地问自己，他的脑袋和他的心是不是一样的，但是有一点是毫无疑问的，他拥有一种只有上帝才知道怎么会存在的真实而简单的善良。这是他的特性，是确凿的事实，是一种美学上的品质。而那个普通的对美不感兴趣的平凡的年轻人，却被这种善良感动到几近狂喜。就好像是神秘主义者突然被那无法抗拒的与圣灵融为一体的感觉所感动一样。这是埃里克拥有的一种奇怪的特质。

“睡不睡都一样。”医生说道。他下了床，嘴角挂着一抹冷酷的微笑。

他走到镜子前，看着自己。一觉醒来，他那灰白的头发乱蓬蓬的。他前天才刮过胡子，现在又长出了白色的须茬。他张开嘴露出了牙齿，看了看自己那又长又黄的犬牙。眼睛下面挂着重重的眼袋。他的脸颊上有一抹难看的紫红色。他感到一阵恶心。他不明白，世上有那么多生物，为什么岁月单单对人类下毒手，将他们的容貌摧毁殆尽。想想看，阿凯，如此苗条的少年，皮肤就像象牙一样美丽，有一天也会成为一个干枯消瘦的中国老头；而弗瑞德·布莱克，那么高大挺拔，肩膀宽阔的少年，也会变成一个红脸老头，秃顶，还挺着一个大肚子——真是让人灰心。医生刮了胡子，洗了个澡，然后叫醒了弗瑞德。

“起来了，年轻人。阿凯已经在准备早饭了。”

弗瑞德睁开了双眼。一瞬间，出于年轻人的本能，他的眼中闪烁着对新一天的期待，然而看到医生后，他想起了昨晚的一切，于是又立刻陷入了抑郁。

“好了，振作起来。”医生不耐烦地说，“你先去洗个澡。”

十分钟后他们坐下来吃起了早餐。弗瑞德胃口好极了，大口大口地吞咽着食物。医生并不感到意外，淡然地看着他。弗瑞德一言不发。医生为自己感到庆幸。经过了如此多灾多难的一夜，他感觉一点儿也不好，幸好他对生活的态度本就是尖刻的，而他愿意将这种情感继续保持下去。

这时经理走了过来，用一口流利的荷兰语和医生说起话来。他知道医生听不懂，但还是继续说了下去。虽然他充满了忧伤，神情激动，语无伦次，但借着手势，医生大概能明白他的意思。桑德斯医生耸了耸肩，假装完全不明白眼前的混血儿在说什么。过了一会儿，这个小个子男人愤愤地走开了。

“他们发现了。”医生说。

“怎么发现的？”

“我不知道，我猜是他的下人给他端早茶时发现的。”

“没有谁会说英语吗？”

“很快就会有人过来的，千万记住我们什么都不知道。”

两人陷入了沉默。几分钟后经理回来了，一同而来的是一位穿着白色制服，戴着黄铜纽扣的荷兰官员。他咔嚓一声立正，报上了一个令人费解的名字。他的英语带着浓重的荷兰口音。

“很抱歉通知两位，一个名叫克里斯汀森的丹麦商人举枪自杀了。”

“克里斯汀森？”医生惊叫起来，“那个大个子？”

他用眼角瞥了瞥弗瑞德。

“一个小时前他的仆人发现了他的尸体。我是调查处的负责人。毫无疑问，这是一起自杀。范吕克先生，”他提到了混血儿经理的名字，“告诉我他昨晚来过你这儿。”

“是这样的。”

“他在这儿待了多久？”

“十到十五分钟。”

“他当时清醒吗？”

“非常清醒。”

“我没见他喝醉过，他有没有说什么话暗示他有轻生的念头？”

“没有，他当时很高兴，你也知道，我并不了解他，我三天前才到这儿。我在等‘朱莉安娜公主号’。”

“我知道，那么，对于这场悲剧，你毫无头绪咯？”

“恐怕是的。”

“我就想问这些。如果需要再麻烦你，我会通知你的。到时你不介意去我办公室一趟吧？”他看了一眼弗瑞德，“这位先生什么都不知道吗？”

“是的，”医生说，“他当时不在这儿，我和双桅帆的船长在玩牌。那艘船正停在港口呢。”

“我看到了。真为那可怜的人感到难过。他很安静，从来都不惹事，让人不由自主地喜欢他。我恐怕他自杀的原因又是那老一套。在这样的地方孤零零地活着本身就是错的，他们变得忧伤，很想家，天又那么热，然后终于有一天，他们再也受不了了，便将一颗子弹送进了自己脑袋。以前就发生过这样的事，不止一次。最好身边能有个小姑娘陪着，多不了几个开销。好了，先生们，非常感谢，我不能再占用你们的时间了。我猜你们还没去过公司协会吧？我们很乐意在那儿接待你们。每天六七点钟到九点钟，岛上的重要人物都会去那儿，那是个充满欢乐的地方，是这儿的社交中心。好了，祝你们早晨愉快，先生们。”

他咔嚓一声立正，又一次和医生以及弗瑞德握了手，然后踏着重重的步子离开了。

28

在那样炎热的国度，尸体是无法搁置太久的，然而当局必须要为埃里克做一些检查，因此直到下午晚些时候，才举行了葬礼。埃里克的几名荷兰朋友，弗里斯、桑德斯医生、弗瑞德·布莱克和尼克尔斯船长一起参加了葬礼。这样的场合正合船长心意，他特意从岛上新认识的朋友那里借来了一套黑色的衣服。衣服并不合身，因为原主人更高更胖些。船长穿着的时候，只能将袖子和裤腿卷起来。然而和其他穿着不起眼的人相比，这已完全表现出了船长对死者的尊敬。仪式是按荷兰习俗进行的，在尼克尔斯看来，多少有些不合时宜，更重要的是，他无法参与其中。葬礼结束后，他和路德教的牧师握了手，和出席的两三位荷兰官员握了手，就好像他们为他提供了个人服务一样。他的举止中充满了虚情假意，以至于访客们一瞬间把他错当成了死者的至亲。弗瑞德哭了。

那四位说英语的人一起走回去。过了一会儿，他们来到了海港。

“先生们，要来‘芬顿号’上坐一会儿吗？”船长说，“我来开一瓶葡萄酒，那是今天早晨我无意中在储藏室里发现的。葬礼过后喝一点儿葡萄酒是没有错的。我是说，它不像啤酒或者威士忌，葡萄酒更庄重。”

“第一次听到这个说法，”弗里斯说，“不过我明白你的意思。”

“我不去了，”弗瑞德说，“我心里很难过。大夫，我能和你一起走走吗？”

“如果你愿意的话。”

“我们心里都很难过，”船长说，“所以我才建议喝一杯葡萄酒。当然它不会带走你的烦躁，没有东西能，如果它有什么用的话，那也只会让你更加难过，至少以我的经验来看是这样。喝葡萄酒的意义在于，你可以享用它，如果你跟我来，肯定能从中体会到些什么，不会白喝的。”

“见鬼去吧。”弗瑞德说。

“来吧，弗里斯。要是你还是那个我认识的弗里斯的话，那我们就能轻轻松松喝掉一瓶。”

“现在的人都退化了，”弗里斯说，“能喝两三瓶的人已经像渡渡鸟一样绝迹了。”

“渡渡鸟是澳大利亚的。”尼克尔斯船长说。

“要是两个成年男人还喝不了一瓶葡萄酒，那我对人可算是失望了。巴比伦倾倒了，倾倒了！”

“没错。”尼克尔斯回应道。

他们一起上了救生筏，筏上的澳洲土人摇着船向“芬顿号”驶去。医生和弗瑞德慢慢地继续往前走。他们回到了旅馆，一起走了进去。

“去你的房间吧。”弗瑞德说。

医生为自己倒了一杯威士忌加苏打水，也为弗瑞德倒了一杯。

“我们傍晚就起航。”弗瑞德说。

“是吗？你见过路易丝了吗？”

“没有。”

“准备见她吗？”

“不准备。”

医生耸了耸肩，毕竟这与他无关。他们沉默地喝着酒，抽着烟。

“我已经告诉了你很多事，”终于弗瑞德开口了，“所以告诉你剩下的故事也无妨。”

“我并不好奇。”

“我想要找个人好好说说这一切。有的时候我差点儿就忍不住告诉尼克尔斯了，谢天谢地，我还没有蠢到那个地步。他会借着这个机会狠狠勒索我一笔的。”

“我也不会对他那样的人说出自己的秘密。”

弗瑞德咯咯笑了起来，语气中带着嘲笑。

“真的，那不是我的错，只是我实在是运气太差了。好好的生活就被这样一件意外毁了，这真是太残酷了。该死的太不公平了。我的工作很好，我就职的公司是悉尼最好的公司之一，总有一天我父亲会为我买下部分股权。他是很有影响力的人，可以给我带来很多生意，我会赚很多钱，然后迟早结婚生子安定下来。我本打算像父亲一样进入政界，如果说有人前程似锦，那么那个人就是我。再看看现在的我，没有家，没有名字，没有前途，腰间只有几百金镑，还有我父亲寄到巴达维亚的东西。身边没有一个朋友。”

“但你有青春，受过教育，而且长得也英俊。”

“一说到这个我就想笑。要是我眼斜背驼，那我反而没事了，也不会离开悉尼。大夫，你长得不好看，不会懂的。”

“我认清了现实，然后听天由命了。”

“听天由命！那是不是还要每天都感谢我的福星呢！”

医生微微一笑。

“我不是这个意思。”

然而那傻孩子却拼命地较真起来。

“我不希望你觉得我自以为是，说真的，我真没有自负的资本。不过你知道吗，没有哪个姑娘是我得不到的。小时候就是这样，我觉得这是一种享乐。毕竟，人只能年轻一次，我既然能找到乐子，为什么不享受呢？你觉得这样不好吗？”

“不觉得，只有那些得不到这样的机会的人才会那么说。”

“我不会千方百计地去追求她们，她们会暗示我，我是傻子才会白白放过这样的机会。有的时候看到她们一个个都表现得若即若离时，我总会感到好笑，不过通常我都假装没有注意到。然后她们就会对我生气。女孩子们很奇怪，没什么能比僵持不下更让她们生气的了。当然我不会让这个影响我的工作，我不是傻瓜，从任何意义上讲都不是，我希望出人头地。”

“你是独生子，是吗？”

“不是，我有个哥哥，跟着我父亲做事，他结婚了。我还有一个已婚的姐姐。

“去年的某个周日，一个家伙带着太太来我家拜访。他的名字叫哈德森。他是罗马天主教徒，在爱尔兰和意大利人中很有影响力。父亲说他和选举关系重大，还叫母亲好好招待客人。他们留下来吃了晚饭，总理也带着夫人来了，母亲为他们准备了够一大群人吃的食物。晚饭过后父亲领着他们去了书房谈公事，剩下的人都坐到了花园里。我本想去钓鱼的，但父亲要我留下来，还要我好好表现。妈妈和达尼斯夫人是同学。”

“谁是达尼斯夫人？”

“达尼斯先生是总理，是澳大利亚最大的人物。”

“对不起，我不知道。”

“她们俩总是有很多话可说。她们尽量对哈德森夫人表现得礼貌，不过我看得出来，她们不是很喜欢她。哈德森夫人也竭尽全力恭维她们，说尽了好话，但她越是恭维，她们越不喜欢她。最后母亲问我是否愿意带她去花园里走走。我们走开后，她对我说的第一句话便是：‘看在上帝的分上，给我支烟吧。’我帮她点香烟时她看了我一眼，然后说：‘你长得真好看。’‘你这样认为吗？’我说。‘肯定也有别人这么夸过你吧？’她说。‘只有我母亲说过，’我说，‘不过我想她是偏心才这么说的。’她问我喜不喜欢跳舞，我说喜欢。然后她说自己隔日要去喝茶，问我愿不愿意下班后过去，然后一起跳一支舞。我不是很想去，所以拒绝了。她又说：‘那礼拜二或礼拜三呢？’我不能说两天都有事，所以就说礼拜二可以。客人们走后我把这件事告诉了父亲和母亲，母亲不希望我去，父亲反而觉得我应该去。他说若我们待人冷傲对他并没有好处。‘我不喜欢她盯着儿子看的样子。’母亲说，但父亲却叫她不要犯傻。‘她的年纪都够做他母亲了。’他说。‘她多大了？’母亲问。‘四十好几了。’

“她一点儿都不好看。瘦得跟个杆子似的，她的脖子皮包骨头，一点儿肉都没有。身材高挑，脸又长又瘦，脸颊凹陷，棕色皮肤，浑身上下就这么一个颜色，皮肤粗糙，像皮革一样，你明白我的意思的话。而且她的头发也乱糟糟的，好像立刻就要散下来一样。她耳朵前面或者额头上总是垂着一束没梳进去的头发，我喜欢女人把头发弄得干干净净的，你呢？她的头发是黑色的，有点儿像吉卜赛人的头发。她有一双非常大的黑眼睛。她的整张脸都靠着那双眼睛，你和她说话的时候视线都转移不到其他地方去。她看起来不像是英国人，有点儿像匈牙利人之类的外国人。她身上没有一点儿动人之处。

“礼拜二的时候我去了。不得不承认，她很懂跳舞。你也知道，我很喜欢跳舞。那天下午，我比预期的要过得愉快。她为自己说了很多话。如果那天我那几个朋友也在，我是不会尽兴的，他们肯定会嘲笑我竟然一整个下午都在和那样的老女人跳舞。我们一支接一支跳了各种各样的舞。我很快就看出了她在搞什么名堂，我忍不住感到好笑，真是可怜的老女人，我想既然这样让她开心，那就继续吧。有一天晚上她丈夫去开会了，她约我去看电影。我一口答应了，就这样我们约会了。看电影的时候我牵了她的手，我觉得这样做她会高兴，而且对我也没什么坏处。看完电影后她问我能不能陪她走走。我们那时已经挺熟了，她对我的工作很感兴趣，也很想了解我的家庭。我们聊到了赛马，我告诉她，我最想做的便是在某场大赛中亲自驭马参加比赛。黑暗中的她看上去并不难看，所以我吻了她。最后我带她去了一个地方，然后大战了一场。我这么做其实更多是出于礼貌，而不是其他。我以为那就是结束了，真是大错特错！她疯狂地迷恋上了我。她说看到我的第一眼便爱上了我。实话和你说吧，一开始听到这话，我真有些洋洋自得。她很有一套。她那忽闪的大眼睛有的时候让我感到非常有趣。她那吉卜赛人的长相，怎么说呢，非常与众不同，好像把你带到了另一个世界，你无法相信自己身在美好的悉尼。这种感觉就好像是活在虚无主义者和大公爵的故事中，而我真是一头雾水。上帝作证，她性感极了。我一直以为，男女之间的那些事，我还是略懂一二的，事实上，面对她，我像白纸一样一无所知。我不是特别挑剔的人，但有的时候她几乎让我作呕。她对这点很骄傲，她常说当一个男人爱上她后，其他女人就比冷掉的烤羊肉还无味。

“某种程度上说，我很享受，但是你要知道，我并不觉得轻松。谁也不会喜欢一个毫无羞耻心的女人的。而且她总会得寸进尺，永远不会知足。她要我每天都见她，她打电话到我办公室，甚至到我家，我跟她说过，看在上帝的分上，小心为妙。毕竟她是有丈夫的人，而我也要顾及父母，要是我父亲察觉到一丝不对，他很轻松地就能把我送到养羊场去待上一年。但她说她不在乎。她说如果我去养羊场，她就跟我一起去。她似乎并不在乎自己所承担的风险，要不是因为我，一个星期内我们的事便能传遍整个悉尼了。她打电话给我母亲，问我能否去她那儿吃晚饭，他们打桥牌正好三缺一。而我在她家的时候，她能在她丈夫眼皮底下和我做爱。当她看到我很害怕时，她笑得前仰后合，反而更加兴奋了。帕特·哈德森把我当成了一个孩子，并没有特别注意我，他玩桥牌的时候很自以为是，而且喜欢滔滔不绝地和我炫耀。我并不讨厌他。他有点儿粗俗，是那种能把酒瓶子扔出去的人。不过他也有他聪明的方式。他野心勃勃，喜欢我去他们家，因为我是我父亲的儿子，而他已经准备加入我父亲这边了，当然这不是无偿的，他企图从中得到一大笔实质性的好处。

“渐渐地我觉得受够了，我的灵魂都不是自己的了，而且她非常爱吃醋。如果我们一起在外面，而我正好看了某位姑娘一眼，她就会问我：‘那是谁？你为什么要那么看她？你以前睡过她吗？’如果我说我从来没有和她说过话，她就会说我是个该死的骗子。我想我们应该慢慢冷下来，以防我突然和她分手的话，她会一刀刺过来。她能将哈德森玩弄于股掌之间，而他如果在选举时将我们一军，父亲是会生气的。于是我开始找借口。她叫我出去的时候，我总推说工作很忙或者得待在家里。我告诉她，我母亲已经开始怀疑了，我们必须得小心点儿。她非常聪明，压根不相信我的话。她给我制造了很多糟糕透顶的局面，说实话，我有点儿害怕了。我从来没有见过这样的人，之前玩的姑娘们，她们和我一样，也只是把这当成一场享乐而已，所以通常自然而然就结束了，不会纠缠不休。你也许会认为，当她猜到我厌倦了时，她会出于骄傲而不再黏着我。才怪！完全相反，你知道吗，她叫我和她一起私奔，去美国或者别的什么地方，这样我们就能结婚了。似乎她从来没有想过自己比我大二十岁。这简直太荒谬了。我只能假装说这是不可能的，因为要选举，而且我们也没法养活自己。她绝对是疯子，她说，我们为什么要在乎选举，还说在美国，人人都能生存下去，她以前做过演员，她很有自信自己能拿到角色。她好像以为自己还是个小女孩。她问我，如果不是因为她有丈夫，我会不会娶她。我说会的。我被她弄得紧张极了，什么都说得出口。你不知道她让我过上了怎样的生活，我真心希望当初没有遇到她。我担心坏了，手足无措，我想过告诉母亲，但她肯定会被吓坏的。那个女人对我寸步不离，有一次她到我办公室来，我不得不礼貌地接待她，假装一切都挺好，因为我知道她是绝对能在大家伙面前让我难堪的。不过之后我告诉她，如果她再这样，那我就不会再理她了。之后她就在我办公室外面的街上等我。上帝啊，我真该扭断她的脖子。父亲以前是坐专车回家的，一般我下班后便走到他办公室等他。她坚持要陪我走这段路。最后事情发展到我实在无法忍受了，我已经不管会发生什么了，我要告诉她我厌倦了这一切，不能再这样继续下去了。

"我下定决心，最后终于说了出来。上帝啊，实在是太糟糕了。当时在她家，她家建在悬崖上，俯瞰着海港，是一栋做工粗糙的小房子。

那地方很远，我就得特意下午就提前从办公室出来。她又哭又闹，她说她爱我，没有我没法活，而我什么都不知道。她说愿意做任何我喜欢的事情，以后也不会烦我，她说她会改变。她向我许诺了每一件事，没有什么是她没有提到的。然后她发起狂来，诅咒我，咒骂我，什么脏话都骂出来了。她向我扑来，我抓住了她的手，害怕她把我的眼珠子挖出来。她简直是个疯子。然后她说要自杀，便跑向屋外。我怕她跳崖或者做出其他什么事来，便尽全力将她拉了回来。她又踢又踹，和我扭成一团。然后她又跪了下来，想亲吻我的手，我一把推开了她，她倒在地上，呜呜地哭了起来。我就趁这个机会赶紧逃走了。

“我刚到家，她的电话就追来了。我没法和她说话，于是挂断了。电话响了一次又一次，还好母亲不在家，我一个都没有接。第二天我办公室里出现了一封信，整整十页，你明白的，那种东西。我看也没看，当然更不可能回信。一点钟的时候我出去吃午饭，她就站在公司门口等我。我尽可能快地经过了她，然后挤入了人群。吃完饭回到公司的时候我想她可能还会在那儿，所以就找了一个和我在同一个地方吃饭的同事一起走了回来。她果然在那儿，我假装没看到她，她也不敢上前和我说话。晚上离开公司的时候我又找了一个同事一起走，她还在那儿，我猜她一直等在那儿，这样我就没办法溜走了。但是你知道吗，她竟然有胆量直接朝我走来，然后拿出了社交礼仪那一套。

“‘你好吗，弗瑞德？’她说，‘在这儿碰到你真是太好了，我刚好有事要向你父亲转达。’

“我还没来得及叫住我同事，他就自己先走了。我一下子无路可逃了。

“‘你想要怎么样？’我说。我怒火中烧。

"'上帝啊，不要用这种语气对我说话。'她说，'可怜可怜我吧，我郁郁寡欢，什么都看不清。'

"'对不起。'我说，'我帮不上忙。'

"然后她哭了起来，站在马路中间，当着那么多来来往往的行人的面，我真想杀了她。

"'弗瑞德，你不能这样。'她说，'你不能扔下我，你是我的全部。'

"'别傻了。'我说，'你是一个老女人，我才刚刚成年，你该为自己感到羞愧。'

"'那又如何？'她说，'我全心全意地爱着你。'

"'可我不爱你。'我说，'看到你我就受不了。我告诉你，我们之间结束了，看在上帝的分上，不要再烦我了。'

"'我能做什么让你爱我吗？'她说。

"'没用。'我说，'我厌倦你了。'

"'那我也不活了。'她说。

"'那是你的事。'我说，然后在她拦下我之前快步走开了。

"我虽然那么说，看上去好像一点儿都不在乎，但其实很担心。人们常说那些以自杀相要挟的人永远都不会付诸行动，但是她和别人不一样，事实是，她是个疯子，什么都做得出来。她完全会到我家来，然后在花园里举枪自杀。她也会吞下毒药，然后留下一些糟糕的遗言。她会把一切都怪到我头上。你要明白，我不仅要考虑我自己，还要考虑父亲。我要是搅和进什么事端中，那对他会很不利，尤其是在那个节骨眼上。而且如果我做了蠢事的话，他是不会轻易放过我的。我告诉你，那晚我几乎没怎么睡觉。我都快急出病来了。如果早晨看到她在公司门口上吊自杀了，我会非常愤怒，不过某种程度上说，这也是种解脱。然而第二天她没有出现在那儿，也没有给我传信。我开始有些害怕起来了，真的，我努力克制自己不给她打电话，不去检验她到底有没有出事。晚报送来的时候我一把就抓过来了。帕特·哈德森是很重要的人物，如果他发生了什么事，媒体肯定会大肆报道的。不过报纸上什么关于他的新闻也没有。那天风平浪静，她没有出现，没有电话留言，没有信件，报纸上也没有任何报道，第二天也是一样。于是我开始认为，一切都平安无事，而我也终于摆脱她了。最后我得出结论，一切都是虚惊一场。当时我心里充满了对上帝的感恩。这件事给了我很大的教训，我发誓以后一定要小心行事，再也不招惹中年妇女了。和她在一起时我每一根神经都绷紧了，所以你都无法想象这对我来说是多大的解脱。我不想标榜自己，但是我是个正派的人，而那个女人真的让人无法忍受。我知道这听起来很蠢，但是有的时候，她真的让我感到恐惧。我只是去找点儿乐子的，但是该死的，我可不想让自己成为一个混蛋。”

桑德斯医生没有搭话，但他深深地理解弗瑞德的话。草率又热血，再加上青春特有的肆无忌惮，他喜欢及时行乐，然而青春并不只有满不在乎，还要有节制，那个经验老到的女人用放肆的热情激怒了他的本能。

“十天后我收到了一封她的来信。信封是打字机打出来的，否则我看都不会看。不过信的内容很理智，她叫我‘亲爱的弗瑞德’，她说很抱歉让我那么难堪，她说自己当时疯了，而现在已经冷静了下来，不想再惹我讨厌。她说是她自己神经太紧张了，把我看得太重要了。现在一切都过去了，她对我没有任何恶意。她说我不应该责怪她，我也有错，谁让我长得那么英俊呢？然后她说第二天就要去新西兰，要待三个月，她的医生建议她换换环境。然后她说帕特当晚要去纽卡斯尔，问我能不能去和她道别。她以荣耀发誓不会再给我添麻烦，一切都过去了，都结束了。只是帕特听到了一些流言，也没什么大不了的，不过要是帕特问我什么，最好我和她口径一致。她希望我当天晚上能去她那里，因为即便对我来说这并不重要，我也很安全，但事情对她来说有些棘手，如果她能控制得住，她也不愿卷入任何麻烦中。

“帕特去纽卡斯尔是真的，因为吃早饭的时候我听父亲说到了相关的事。这是一封正常的信。她有的时候喜欢乱涂几笔，你都认不出她写的是什么，不过如果愿意，她也可以写得很好。从这封信里我看出，她写信的时候非常冷静。我有些担心她说帕特听到了流言，因为尽管我警告了她一遍又一遍，她还是一点儿也不避嫌，非常公开。要是他真的听到了什么，我最好和她统一口径。俗话说得好，有备无患。所以我给她打了电话，告诉她我六点钟去。电话里她很自然，真让我吓了一跳，就好像她根本不在乎我去还是不去一样。

“我到了她家后，她和我握了握手，就好像我们仅仅只是朋友一样。她问我要不要来些茶，我回答说来之前喝过了。她说她不会多留我的，因为她要去看电影，而且她已经穿戴好了。我问她帕特知道了些什么，她说不是什么大事，只是听说那天我和她一起去看电影了，有点儿不高兴。她告诉帕特，我们只是恰好碰到而已，第一次是我看到她一个人坐在那儿，于是就坐到了她旁边，第二次是恰好在前庭遇到，于是我为她买了票，然后一起进去了。她说帕特不会提这事的，不过要是提了，她希望我能够和她口径一致。我当然说我会的。她又和我对了一遍故事，然后就聊起了她的旅行。她很了解新西兰，滔滔不绝地讲了起来。我没有去过那儿，听起来是个好地方。她要去和朋友们待一段时间，她和我说了她的朋友们，让我不禁开怀大笑。如果她愿意，她可以表现得非常好，只要她不发脾气，有她在身边是一件非常愉快的事情，这点我必须承认。我一点儿也没有感觉到时间的流逝。她就像我第一次认识她时一样。最后她站了起来，说她要走了。我估计自己在那儿待了半个小时，或者有三刻钟。她握着我的手，似笑非笑地看着我。

"'我想和我吻别大概不会对你造成什么伤害，对吗？'她说。

"她说的时候，语气中带着戏谑，我笑了。

"'我想不会。'我说。

"我弯下腰去吻她，或者说她吻了我。她把手环在我的脖子上，我想挣脱掉，但她却没有松手，就像是藤蔓一样缠在我身上。然后她说，她明天就要走了，我就不能再要她一次吗？我说你保证过不会让我讨厌你。她说她不是有意的，只是一看到我便情不自禁，她发誓这是最后一次。毕竟她明天就要走了，再来一次又有什么要紧。她一直在吻我，摸着我的脸，她说她不怪我任何事，她说自己只是个痴情的傻女人，我就不能对她好一点儿吗？她接受了分手，这让我感到非常欣慰，而一切也进展得很顺利，不过我不想做一个没有良心的禽兽，如果她不走，我是无论如何都会拒绝的，不过她明天就要走了，于是我想，为什么不让她开开心心地走呢？

"'好吧，'我说，'我们去楼上吧。'

"那是一栋跃层小楼，卧室和客房在一楼，最近悉尼到处都是这种房子。

"'不要，'她说，'楼上一团乱。'

"她把我拖向沙发，是那种足够让人蜷缩着睡觉的大沙发。

“‘我爱你。我爱你。’她不停地说。

“突然，门开了，我从沙发上跳了起来，看见了哈德森。一瞬间，我们俩都惊讶地呆住了。接着他开始对我吼起来，我不知道他说什么，然后他跳到了我面前。他挥手对我一拳，我躲了过去，我速度很快，而且练过一点儿拳击，然后他向我扑来，我们扭打在了一起。他是一个又高又壮的汉子，比我高大，但是我也很强壮。他想击倒我，我竭尽全力不让他得逞。我们满屋子厮打着，他一有机会就揍我一拳，我也跟着还他一拳。有一次我挣脱了他，结果他像一头公牛一样向我冲来，我一个趔趄，屋子里的桌子椅子都被我们撞倒了，那一架打得很凶。我试着再次挣脱他，但却逃不了。他想要绊倒我，没过多久我就发现，他比我强壮很多，不过我比他更灵活。他穿着外套，而我只穿了内衣，然后我摔倒了。我不知道是我自己滑倒了，还是被他扑倒的，我们就像是一对疯子一样在地板上滚来滚去。他把我压在身下，开始打我的脸，我一点儿办法也没有，只能用胳膊挡着。突然间我以为他要杀掉我，上帝啊，我害怕极了，使出吃奶的力气逃开了，然而他就像是一道闪电一样又扑倒了我。我感到自己的力气已经慢慢耗尽了，他单膝压住我的气管，我知道自己快要窒息了，本想大声喊救命，但是却喊不出来。我伸出了右手，突然间，我感到手中有一把左轮手枪。我发誓当时我真的不知道自己在做什么，一切都发生得太快了。我扭过手臂，开了一枪。他大叫了一声，本能地缩起了身子。我又开了一枪。他痛苦地呻吟着，从我身上滚到了地板上。我一下子跳了起来。

“我就像风中的树叶一样颤抖着。”

弗瑞德向后靠在椅背上，闭上了眼睛。他脸色惨白，额头上冒着豆大的汗珠，看起来就像是要晕倒一样。他长长地吸了一口气。

“我当时被吓晕了。我看到弗洛丽跪在了地上，说来你不会信，我观察到，她非常小心，不让自己沾上血迹。她摸了摸他的脉搏，然后合上了他睁着的双眼。她站了起来。

“‘没事了，’她说，‘他死了。’她神情诡异地看了我一眼，‘只要我们想摆脱他，结局就不会皆大欢喜。’

“我惊恐万分。我猜当时我完全失去了理智，否则我是不会蠢到对她说‘我以为他在纽卡斯尔’的。

“‘他没有去。’她说，‘他收到了一条电话留言。’

“‘什么电话留言？’我说。我不明白她在说什么。‘谁的留言？’

“你知道吗，她那时就快要笑起来了。

“‘我的留言。’她说。

“‘为什么？’我说，突然间，我灵光一闪，‘你不是想说这是一场预谋吧？’

“‘别傻了，’她说，‘你现在要做的就是镇静下来。你回家去，安安静静地吃晚饭。我去看电影，就像之前说的一样。’

“‘你疯了。’我说。

“‘我没有，’她说，‘我知道自己在做什么。只要照我说的做，你不会有事的。你就假装什么都没发生，把一切都交给我。别忘了如果这事传了出去，你是要被判绞刑的。’

“她这么说的时候，竟然是笑着的，这让我着实吓了一跳。上帝啊，这女人的胆子有多大啊！

“‘你没什么可害怕的，’她说，‘我不会让他们碰你一根头发，你是我的，而我知道怎么照看自己的东西。我爱你，我想要得到你，等这件事平息了，我们就结婚。你怎么会认为我会愿意放手呢？真是

太蠢了。’

“我发誓当时我感觉自己血管里的血液都冷了下来。我中了一个圈套，而且无法挣脱。我盯着她，什么也不想说。我永远都忘不了她脸上的神情。突然间她看向了我身上的背心。当时我只穿了这个和内裤。

“‘看看！’她说。

“我低头看自己，背心的一侧正滴着血，正当我伸手时，不知道为什么，她抓住了我的手。

“‘别碰，’她说，‘等等。’

“她拿来了一张报纸，擦了起来。

“‘低下头’她说，‘我帮你脱下来。’

“我低下了头，她剥掉了我的背心。

“‘其他地方还蹭到血了吗？’她问，‘你没穿裤子真是太幸运了。’

“我的内裤并没有沾到血迹，我飞快地穿上了衣服，她拿着背心。

“‘这个和报纸我都会烧掉的。’她说，‘我在厨房里生了火，今天是我的洗衣日。’

“我看着哈德森，他已经死了。看着他让我感到恶心。地毯上浸了一大摊血。

“‘准备好了吗？’她说。

“‘是的。’我说。

“她和我一起来到了走廊里，开门前她用手环住了我的脖子，吻着我，就好像要把我活活吃下去一样。

“‘我亲爱的，’她说，‘亲爱的，亲爱的。’

“她打开了门，我钻了出去。外面伸手不见五指。

“我好像是做了一场梦。我走得很快，事实上，我就差跑起来了。

我的帽子压得很低，领口也竖了起来，不过我几乎没遇到什么人，即便遇到了，也没有人能认出我来。我照她说的，绕了远路，然后坐上了有轨电车，去了切斯特大道。

“我到家的时候，他们刚坐下来准备吃晚饭。我一般都在九点以后吃晚饭，所以我上了楼，洗了洗手。我看着镜子里的自己，你知道吗，我真是大吃了一惊，因为我看起来和平常一模一样。不过当我坐下来的时候，母亲问我：‘累了吗，弗瑞德？你脸色看起来不好。’我的脸刷的一下红了，就像一只火鸡。那顿晚饭我并没有吃多少。幸运的是，我不用说话，家里人在一起时话很少。吃完晚饭后父亲开始看报告，母亲则拿起了晚报。我感觉很糟糕。”

“等一下，”医生说，“你说你突然感到手中有一把左轮手枪，我不明白你的意思。”

“弗洛丽给我的。”

“她怎么会有枪？”

“我怎么知道？帕特压在我身上的时候她从他口袋里拿的，或者是从其他地方拿的。我开枪只是为了自卫。”

“继续。”

“突然间母亲问我：‘发生什么事了，弗瑞德？’这太突如其来了，而她的声音又是如此温柔，我崩溃了。我试着控制自己，但是却做不到。我大哭了起来。‘哟，这是怎么了？’父亲说。母亲搂着我，像小时候一样轻轻地摇着我。她一直问我到底发生了什么事，一开始我没有说话，但最后还是妥协了。我重新镇定下来，将所有事情和盘托出。母亲非常不安，她哭了，而父亲却让她闭上嘴。她转而责备我，父亲又制止了她。‘现在说什么都没用了。’他这样说。他的脸色铁青，如果他说一句话，大地就会裂开将我吞噬的话，那他肯定不会有一丝犹豫的。父亲常说，一个罪犯唯一的机会便是对他的律师道出实情，因为除非知道每个事实，否则律师是无法帮忙的。

“我说完后，母亲和我一起看着父亲。我说话的时候，他一直盯着我，然而现在，他的目光却落在了地板上。看得出来，他正在拼命思考着。你知道，在某些方面，父亲是很卓越的人。他是美术馆的理事，也是组织交响乐演奏会的委员会成员。他很绅士，也很安静。母亲常说他看起来非常杰出。他总是很温和，和蔼又彬彬有礼。你甚至会认为，他连一只苍蝇都不会伤害。表面看起来，他就是他所表现出的样子，然而实际上他内心隐藏着很多其他东西。毕竟，他有悉尼最大的律师事务所，对人们的各种行为都了如指掌。当然，他非常受尊敬，所有人都知道，和他耍手段是没什么好处的，警察也是一样。他领导着整个政党，老达尼斯做每件事情前都要向他咨询。如果他愿意，完全可以做总理，但是他没有，他很满足就这样待在政府里，同时在幕后操纵一切。

“‘吉姆，不要太责怪他了。’母亲说。

“他的头不耐烦地侧了一下，我甚至觉得，他现在并没有考虑我的问题。这让我背脊一凉。最后他说话了。

“‘看起来很像是他们俩设下的圈套，’他说，‘哈德森最近很难对付，如果说他背后预谋着什么勒索，我是一点儿也不会惊讶的。不过她出卖了他。’

“‘那弗瑞德怎么办？’母亲说。

“父亲看着我。你知道吗，他的神情就像往常一样温和，他的声音中仍旧带着亲切。‘如果他被抓住了，那就是绞刑。’他说。母亲尖叫了起来，父亲皱了皱眉。‘别担心，我不会让他被绞死的，’他说，‘他只要走到外面一枪毙了自己就能逃脱绞刑了。’‘吉姆,你想要我命吗？’母亲说。‘很不幸,那样的话并没有好处。’他说。‘什么？’我说。‘我是说如果你现在死的话。’他说，‘这件事一定得瞒过去，现在可不是出丑闻的时候。这次的选举是一场恶仗，要是我出局了，那获胜的机会就非常渺茫了。’‘父亲，我很抱歉。’我说。‘我知道，’他说，‘当需要承担后果时，傻子都变成了无赖。’

“我们相互沉默了一会儿，然后我说：‘或许我走出去毙了自己是最好的办法。’‘别傻了。’他说，‘事情只会更糟，你以为媒体不会把两件事联系起来吗？别说话，让我好好想想。’我们沉默地对坐着，就像是三个哑巴一样。母亲握着我的手。‘还有那个女人要解决。’他终于开口，‘我们都在她的魔掌中，有这样的儿媳真好。’母亲大气都不敢出。父亲靠在了椅背上,跷起了二郎腿,他的眼睛中流露出一丝笑意。‘幸运的是,我们生在世界上最民主的国家，’他说，‘没有人廉洁奉公。’他总是喜欢这么说。他盯着我和母亲看了一两分钟。当他下定决心实施某件事情时，总会习惯性地将下巴向外努，就我所知，母亲也是一样。‘我估计这件事明天就会见报的，’他说，‘我会去拜访哈德森太太。我知道她将要说什么。如果她一口咬定原先设计的故事，不出意外的话是找不出什么有力证据的。就我看来，她计划得很周全。警方肯定会审问她，不过我会确保自己在场。’‘那弗瑞德怎么办呢？’母亲问。父亲又笑了。我发誓，他看上去正派极了，一点儿也看不出他在背后藏着任何诡计。‘弗瑞德到床上去睡觉，待在房间里。’他说，‘多亏老天爷深谋远虑，现在外面猩红热流行，这可是传染病。明天或者后天我们就把他送到发热专院去。’‘为什么？’母亲问，‘那有什么用？’‘亲爱的，’父亲说，‘这是我能想出的将一个人隔绝起来又保证安全的最好的方法了。’‘他要是真的染上了猩红热怎么办？’母亲说。‘他不会有事的。’父亲说。

“早上父亲打电话给我老板，说我发烧了，而且看上去情况不好。他让我躺在床上，请来了医生。医生一会儿就来了，他是我舅舅，自打我出生后，他就一直照顾着我。他说他还不能肯定，看起来像是猩红热，不过在出现更多症状之前，是不会把我送到发热专院去的。母亲叫厨子和女佣不要靠近我，她说要亲自照料我。

“晚报上铺天盖地都是哈德森案的报道。哈德森太太一个人去了电影院，回来的时候一进客厅便发现丈夫躺在血泊中。他们没有请仆人。你不知道悉尼，那里的房子有点儿像那种正在修建的独栋小别墅，一块地一栋屋子，隔得最近的邻居也在二三十码之外。弗洛丽并不认识什么邻居，不过她还是跑到了一户人家门前，拼了命地敲门。这户人家当时已经睡觉了，弗洛丽说她的丈夫被谋杀了，请他们赶快过去看一看。他们一路跑了过去，看到他鲜血淋漓躺在地板上。过了一会儿邻居才想起报警。哈德森太太非常歇斯底里，她扑在丈夫身上，尖叫着，哭着，众人不得不将她拉开。

“接下来便是记者了解到的各种细节。法医认为死亡时间在两到三个小时之前。奇怪的是，他是被自己的左轮手枪杀死的，不过自杀的可能性立刻便被排除了。哈德森太太稍稍稳定了情绪，然后她告诉警察，自己整晚都在电影院里。电影的票根还留在她包里，而且她还在电影院里和两三个熟人打了招呼。她说她的丈夫当晚本来要去纽卡斯尔，所以她就准备出去看电影。然而他六点前就回来了，告诉她不出差了。她说她本来也准备不去看电影了，留在家陪他，为他做晚饭，但是他叫她照旧去看电影，因为有一个重要的人要来和他谈事情，他不希望被打扰。所以她就出门了，谁知竟成了永别。房间里有激烈打斗的痕迹，很显然，为了活命，哈德森曾和歹徒奋力相搏。屋子里并没有丢失什么东西，警方和记者于是一致得出结论：这场谋杀是和政治有关。在悉尼，政治斗争很激烈，众所周知，帕特·哈德森生前确实和几个性情残暴的人有牵连。警察要求民众一旦在社区或者有轨电车上发现形迹可疑、身上有打斗痕迹的人，尤其是意大利人，便立刻上报警方。几天后，一辆救护车来到了我家，我被送去了医院。我在医院待了三四天，然后便溜了出来，到了'芬顿号'等我的地方。"

"但是那通电报，"医生说，"他们怎么弄到死亡证明的呢？"

"我现在知道的不比你多。我也一直想搞明白。进医院的时候，我并没有用真名，而是叫布莱克。我一直在想，是不是有别的什么人以我的身份进医院了。虽然官方在报纸上一直否认有大规模疫情，事实却并非如此，所以医院非常拥挤，护士们脚下生风，一刻都不得闲。还有其他疑点，不过可以肯定的是，确实有人死了，埋在了本属于我的位置。你知道，父亲是非常聪明的，他不会坚持冒风险的。"

"我倒是很愿意见见你父亲。"桑德斯医生说。

"不过我始终担心会有人起疑心，毕竟我们俩出去时被人看到过，他们有可能就此提出质疑。我估计警方会全面地调查，我料想父亲一定认为，只有我死了，才能更加安全。估计我的死让他博得了很多同情。"

"这也许就是她上吊自杀的原因。"医生说。

弗瑞德惊恐地看着医生。

"我在埃里克·克里斯汀森从弗里斯那儿拿来的报纸上看到的。"

"你当时知道和我有关吗？"

“没有，你和我说了之后我才想起来的。”

“我看到这条消息的时候很难受。”

“她为什么要那么做呢？”

“报纸上说她受不了流言飞语所以自杀了。以我的了解，父亲不报复她是不会罢手的。你知道吗，我认为让父亲发怒的是她竟然想嫁入我们家。当他告诉她我死了的时候，他一定很爽。她很恐怖，我恨她，不过上帝啊，她一定是因为爱我才会殉情的。”弗瑞德停下来思考了一会儿，然后说，“父亲知道整个故事。我不应该让他去通知她，我在死前已经将所有的事情和盘托出，而警察很快就要去抓她了。”

医生缓缓地点了点头。整个故事对他来说，是一场很精彩的钩心斗角，只是他不明白，为什么那个女人要选择上吊这样痛苦的死亡方式。不过确实，她看上去好似急着要做什么一样。弗瑞德的猜测听起来不无道理。

“无论如何，她都已经走了，”弗瑞德说，“而我得继续活下去。”

“你一点儿都不为她惋惜吗？”

“惋惜？她毁了我的生活。更令人难受的是，这种事百年难遇！我从来就没打算和她有什么，而且如果我知道她是认真的，打死我也不会碰她。如果那个礼拜天父亲让我出去钓鱼，我根本连遇上她的机会都没有。我不知道该怎么接受这一系列阴差阳错。而且,要不是那些事，我根本不会到这个该死的小岛上来！我走到哪里就把不幸带到哪里。”

“你该给你的小脸蛋泼点儿硫酸，”医生说，“你就是一个公害。”

“别嘲笑我了，我现在难受极了。我从来没有像在乎埃里克那样在乎过谁，我无法原谅自己。”

“别把他的死怪罪到你身上。这和你并没有多大关系。如果我没猜错的话，他之所以自杀是因为发现他挚爱的女神，那个拥有一切美好的品质和美德的女神竟然也只是一个普通人，他受不了这个事实。这其实是他自己的疯狂，这也是理想主义者最大的悲剧，他们并不客观地对待他人。而且上帝不是说过吗，‘原谅他们吧，他们并不知道自己在做什么’”。

弗瑞德睁着憔悴而困惑的眼睛望着医生。

“你不是不相信宗教的吗？”

“明智的人信仰的都是同一种宗教，是什么呢？他们从来都不说。”

“我父亲是不会这么说的。他会说理智的人是不会义无反顾地冒犯别人的。他会说，去教堂也并没有什么不好，而且应该尊重邻里间的成见。他会说，既然能够舒舒服服地骑在墙上，为什么又要费劲地去把它推翻呢？尼克尔斯曾和我就这个话题讨论了很久。说起来都无法相信，他能滔滔不绝地聊几个小时宗教。真是太奇怪了，我从没遇到过有哪个脑袋里根本不知道正派是何物的卑鄙小人竟然虔诚地信仰着上帝。他也相信有地狱，不过却从来没想过自己会去那儿。他认为其他人死后将为自己犯下的罪行赎罪，但他是一个勇敢的人，他是不会有事的，因为即便他对朋友做了卑鄙的事，那也无关紧要，在那种情况下，任何人都是会那样做的，而上帝是不会因此而惩罚他的。一开始我认为他是一个伪善者，但他并不是，这正是最匪夷所思的地方。”

“也许这话你会不高兴，但是人的信仰和他的行为之间的差距是生活为我们提供的最有趣、最壮观的景象。”

“你是旁观者，当然能够自清，但我是当局者，我就像是一艘失去了方向的船一样迷茫。生命有什么意义？我们为什么会在这儿？我们将要去向哪里？我们能做些什么？”

“孩子，你不会真的想要我回答这些问题吧？自从人类在原始森林里进化出了一点点智力后，便开始问这些问题了。”

“你到底相信什么？”

“你真的想知道？除了自己和过去的经验，我什么都不相信。这个世界是由我、我的思想和我的感受组成的，其他一切都是幻象。生活就是一场梦，在这场梦里，眼前一切的事物都是我创造的。每一样可认知的事物，每一个经验对象，都是我脑海中的灵光，离开了我的思想，它们便会灰飞烟灭。在这个世界上，不可能也没必要脱离我而假定任何事物。梦和现实本就是一体的。生活是一场连贯又持续的梦，当我停止做梦时，这个美丽、痛苦、哀伤而又不可思议的繁复着的世界，也将不复存在。”

“这实在是太难以置信了。”弗瑞德大声地说道。

“所以对我来说，根本没有必要去相信什么。”医生微笑地说。

“我可不准备这样被你愚弄。如果生活不能满足我参与其中的需求，那么便毫无用处。它是一场沉闷又愚蠢的戏，干坐着旁观只是浪费时间。”

医生的眼睛闪闪发光，他那丑陋的脸庞上挤出了一丝笑容。

“噢，我的孩子！多么美好的胡话啊！你就是太年轻了！太年轻了！你还没有真正走进这个世界。现在，就像是流落荒岛的可怜人儿一样，你将逐渐学会不去奢望无法得到的东西，而是充分利用已经拥有的东西。一点儿常识，一点儿宽容，再加上一点儿幽默感，你可以在这个星球上过得逍遥自在。”

“通过放弃那些让生命熠熠生辉的东西？就像你一样。我希望生活是公正的，是勇敢而诚实的，我希望人人都是君子，事事都有善终。

这样的要求，并不过分吧？”

“我不知道，这已经超过了生活的能力范围了，它给不了你那么多。”

“你难道一点儿都不介意吗，这样的生活？”

“不是很在乎。”

“只要有个水沟供你打滚，你就满足了。”

“旁观其他生物各种滑稽可笑的举止让我得到了很多乐趣。”

弗瑞德生气地耸了耸肩，轻轻地叹了一口气。

“你什么都不相信，不把任何人放在眼里，你认为人性本恶，你就是一个束缚在轮椅上的瘸子，认为别人能走能跑都是扯淡。”

“我恐怕你不是很赞同我。”医生幽幽地说道。

“你没有心，没有希望，没有信仰，没有敬畏，上帝作证，你还剩下了什么？”

“顺从。”

年轻人激动地一跃而起。

“顺从？那是丧家犬才选择的路。好好顺从去吧，我不会像你那样的。我不会淡泊地将邪恶、丑陋和不公全盘接受，我也不会在好人受罚恶人当道时袖手旁观。如果生活意味着美德受到践踏，诚实遭到嘲笑，美惨被玷污，那么我想说，去死吧，生活！”

“我的孩子，生活是怎样，你就应当怎样接受。”

“我已经厌倦了迄今为止所经过的生活，它让我充满了恐惧。我要么按照自己的意思活，要么就不活。”

大言不惭。不过这孩子现在既紧张又不安，说出这样的话来也合情合理。桑德斯医生可以肯定，早晚有一天，弗瑞德会蜕变成一个理智的人，而他的心高气傲是注定要被磨灭掉的。

“你听说过欢笑是唯一一样上天单独赐予人类，并未让野兽也分享的恩典吗？”

“什么意思？”弗瑞德阴郁地问道。

“多亏得到了那持之以恒的荒谬感的帮助，我才学会了顺从。”

“那就笑吧，笑到大牙都掉光。”

“只要可以。”医生回答道。他看着弗瑞德，眼神中充满了宽容的幽默感，他说：“上天也许能毁掉我，但我仍旧是不可征服的。”

大言不惭？也许吧。

若不是突然响起了一阵敲门声，这场谈话也许可以无休止地继续下去。

“谁？该死的！”弗瑞德生气地喊道。

一个略懂一些英语的男孩走了进来，他说有人要见弗瑞德，不过他们没有弄明白来者到底是谁。弗瑞德耸了耸肩，向门口走去。然后，他突然想到了什么，停下了脚步。

“是男人还是女人？”

他不得不用不同的方式将这个问题问了好几遍，传话的男孩这才明白过来。男孩为自己的聪明感到很高兴，不由得露出了笑容。他告诉弗瑞德，是个女人。

“路易丝。”弗瑞德断然摇了摇头，“你告诉她，我病了，不能见她。”

男孩领会了弗瑞德的意思后便退下了。

“你最好见见她。”医生说。

“绝不。十个她都抵不上一个埃里克。他对我来说就是全世界，我一想到她就厌恶。我只想离开，我想忘记这一切。她怎么忍心那么蹂躏那颗高贵的心呢！”

桑德斯医生抬起了眼皮，看着弗瑞德。他的那些话冷却了自己对他的同情。

“也许她也很难受。”他幽幽地说道。

“我以为你是犬儒主义者，谁知道你是个多愁善感的人。”

“你刚刚发现吗？”

门缓缓地被推开了，然后悄无声息地抵在了墙上。路易斯站在门口。她没有走进来，也没有说话，只是看着弗瑞德，嘴角挂着一抹淡淡的、羞涩的、略带自嘲的微笑。能看得出来，她局促不安。她的整个身体都散发出一种胆怯，一种不确定，就像她那美丽的容貌一样楚楚动人。弗瑞德看着她，一动不动，也没有让她进来。他一脸阴郁，眼神中燃烧着一股冷漠又残酷的仇恨。她的笑容僵住了。就好像一阵剧痛刺穿了她的心脏一样，她的整个人都像窒息了一样。她在那儿站了两三分钟，直直与弗瑞德对视着，两人连睫毛都没有眨一下。然后，缓缓地，轻轻地，就像刚才打开门时一样，她带上了房间门，不再打扰房间里的两个男人。在医生看来，这个场景很奇怪，很可怖，当然也很悲哀。

29

天刚蒙蒙亮，“芬顿号”便起航离开了。桑德斯医生打算乘坐的去往巴厘岛的船下午就到。船停的时间并不长，装上货物就走了，于是在十一点钟的时候，医生雇了一辆马车，向斯旺的庄园驶去。医生想，若走之前不去道别，那就太失礼了。

他到的时候老斯旺正坐在花园里的椅子上。那晚，埃里克·克里斯汀森正是坐在这把椅子上，看到弗瑞德从路易丝的房间走了出来。医生陪着他待了一会儿，老头儿已经不记得他了，不过他精神抖擞，问了医生很多问题，却丝毫不在意医生给出的答案。过了一会儿路易丝出来了，走下了台阶。她和医生握了握手。她的身上没有一丝悲恸的痕迹。她的脸上挂着一如既往的镇定又迷人的微笑，就像医生第一次在庄园中见到的从浴场回来的她一样。她穿着一件棕色的蜡染纱笼，披着一件当地人穿的外套。她那柔软亮泽的长发编成了发辫，绕着前额盘了起来。

“进来坐一会儿吧？”她说，“父亲正在工作，一会儿就过来。”

医生在她的陪伴下来到了那宽敞的客厅。百叶窗拉上了，柔和的灯光让人心情也跟着愉快了起来。这间房间并不算舒适，但是很凉快。桌上放着一只碗，里面盛着一把黄灿灿的美人蕉，就像是初升的旭日一样。整个房间顿时弥漫着一股奇特的异国风情。

“外公不知道埃里克的事。他很喜欢埃里克，他们两人都是斯堪的纳维亚人，我们担心他受不了。不过他也许已经知道了，这谁都说不准。有的时候，为了不让他担心，有些事情便不告诉他，可是过了几个礼拜后，他会突然冒出来一些话，我们这才发现，原来他一直都知道。”

她说话的时候举止从容，声音温柔又饱满，就好像是在谈论着一些无关紧要的小事一样。

“老年人是很奇怪的。他们已经失去了太多，对人对事有一种超然的态度，以至于简直不能把他们当成有人性的正常人来看待。不过有的时候你又会觉得，他们对世界有一种新的领悟，而这是我们所无法体会的。”

“那晚你外公很活跃，我希望到了他这样的年纪，我也能一样精神矍铄。”

“他很兴奋。他喜欢和陌生人说话，不过就像是一部打开了的留声机，都是些老生常谈。不过他心里存在着某种东西，就像是一只小动物，例如一只离穴的老鼠或者是回家的松鼠，在他内心忙活着一些我们无从知晓的事情。我时常想那到底是什么。”

医生并没有什么要说的，两人一道陷入了沉默。、

“要来杯 stengah①吗？”她说。

“不了，谢谢。”

他们面对面坐在安乐椅中。整个房间充满了陌生感，但又有些躁动不安，就好像在等待着什么。

“‘芬顿号’今天早晨走了。”医生说。

---

① stengah，一种由威士忌，苏打水和冰调和而成的酒。

“我知道。”

他若有所思地盯着她。她却非常平静。

“恐怕克里斯汀森的死对你来说是很大的打击。”

“我很喜欢他。”

“他死前一晚和我聊了很多关于你的事情。他深深地爱着你，他和我说准备迎娶你。”

“是的。”她飞快地扫了他一眼，“他为什么要自杀？”

“他看见弗瑞德从你房间出来了。”

她低下了头，脸上泛起了红晕。

“这不可能。”

“弗瑞德告诉我的。他跳下游廊的栏杆时，埃里克正好在那儿。”

“谁告诉弗瑞德我和埃里克订婚了？”

“我。”

“这大概就是昨天下午他不愿见我的原因吧。我进来看到他看我的样子，就知道没有希望了。”

她的言语中并未流露出失望，她镇定地接受了这一无法挽回的事实。从她的语调中，你甚至能感觉到她仿佛无奈地耸了耸肩。

“你不爱他吗？”

她用手托着头，看上去就好像在看自己的心。

“这很复杂。”她说。

“不管怎样，这都不关我事。”

“我不介意告诉你，我也不在乎你会怎么看待我。”

“你为什么要那么做？”

“他长得非常好看。还记得那天下午我在庄园里遇到你们吗？当时我都无法将自己的视线从他身上挪开。然后一起吃晚饭，再一起跳舞。我想这就是你所谓的一见钟情。”

“我大概不会那么想。”

“噢？”她惊讶地看着他，随即迅速地细细打量了医生一番，就好像他第一次引起了她的注意一样。“我知道他爱上了我，我感觉到了一种之前从未体验过的情怀。我非常想得到他。通常我会在晚上睡得像木头一样，但是那晚却失眠了。第二天父亲说要给你看看他的译稿，我便主动载他来了。我知道他只会待一两天。如果他能住一个月，也许什么都不会发生了，因为我会觉得还有很多时间，不用急于一时。而如果我能和他相处一周，我敢说我就不会如此魂牵梦绕了。不过现在我并不后悔，我感到很满足，很自由。那天晚上他走后我醒着躺了一会儿。我开心得要死，但是你知道吗，我不在乎是否会再见到他，独处让我感到非常惬意。我不奢望你能理解我，不过我感觉到了来自内心深处的晕眩。”

“你不害怕有什么后果吗？”医生问。

“什么意思？”她突然明白了，然后微微一笑，“噢，那个。大夫，我在这座岛上生活了很久，我小时候经常和岛上的孩子们一起玩。我的一个好朋友是工头的女儿，和我一样大，她已经结婚四年了，有了三个孩子。对马来的孩子们来说，性并不是什么神秘的事情，我从七岁起就知道了一切和性有关的事情。”

“你昨天为什么要来旅馆？”

“我心烦意乱。我非常喜欢埃里克，得到他死讯的时候我根本无法相信。我怕他的死是因为我，我想知道他是不是知道弗瑞德和我的事。”

“是你的错。”

“他死了我非常难过。我欠他很多。我小时候很崇拜他，对我来说，他就像外公口中的老海盗一样。我非常喜欢他。不过这不是我的错。”

“为什么这么说？”

“也许他自己并不知道，但是我知道，他爱的不是我，而是我母亲。她知道这件事，到最后我想她也爱上了他。仔细想想会感到很好笑。他都年轻得可以做她的儿子了。他真正爱的，是我身上母亲的影子，不过他是不会明白的。”

“你难道不爱他吗？”

“噢，当然了。精神上是爱的，但是情感上却不心动，或者说情感上是爱的，但是神经却无法为他悸动。他是个非常好的人，极度可靠，他做不出任何坏事，他非常诚恳。他身上有着某种圣徒般的情操。”

提到埃里克，她的眼泪便涌了出来。她拿出手帕，擦拭着眼睛。

“既然你不爱他，为什么要和他订婚？”

“母亲死前我答应她的。我想她是希望在我身上实现自己对他的爱。而且我也很喜欢他，我也了解他，和他一起在家相处的时间也长。我想如果母亲死后他就娶我，我也许会爱上他的，我当时太悲伤了。但他觉得我还太小了，他不想利用我当时的情感。

“父亲不是很愿意让我嫁给他。他总是期待着某个童话里的王子远道而来，带着我去他的魔法城堡。我想你大概会认为父亲没出息又不切实际，当然我并不相信有什么白马王子，但是父亲的想法也并非空穴来风，他对事情有一种直觉。他生活在云端，如果你明白我的意思的话，不过他的云端中常常能折射出天堂之光。我想如果什么都没有发生，到最后我和埃里克还是会结婚的，然后幸福地生活在一起。没有谁和埃里克在一起是会不幸福的，蜜月时就去那些他常常提起的地方，肯定美妙极了。我一直都想去瑞典，那儿是外公的故土，还有威尼斯。”

“不幸的是，我们来到了这儿。毕竟来这座小岛只是巧合，我们本来也可以去安波那的。”

“你们本可以去安波那？我想是永恒的天意把你们带到了这儿。”

“你认为是因为我们的命运实在太举足轻重了，所以天意要为我们安排这场纷扰吗？”医生微笑着说。

她没有回答。两人陷入了沉默。

“我非常难过。”她终于开口说道。

“你也不要太懊悔。”

“噢，我没有懊悔。”

她坚定地说道，医生惊讶地看着她。

“你怪罪于我，所有人都会那么想，但是我并不怪自己。埃里克之所以自杀是因为我没有达到他将我理想化后的样子。”

“啊。”

医生认识到，她的直觉和自己的推理达成了一致。

“如果他爱我，那么，不是杀了我，就是原谅我。你难道不认为将肉体行为看得很重的人，至少说白人，是很愚蠢的吗？你知道吗，我在奥克兰上学的时候受到了宗教的冲击。大多女孩子在那个年龄都有这样的体验。大斋节的时候我做出了誓言，发誓不会触碰任何含有糖分的东西。两个礼拜后，我对甜食的渴望已经无法抑制了，这真是活生生的折磨。有一天我路过了一家糖果店，我看着橱窗里的巧克力，心里痒痒极了，于是我走了进去，买了半磅，当街吃了起来，直到袋子里一颗巧克力都不剩。然后我回了学校，在剩下的斋戒日中，我很轻松地克制住了自己。我把这个告诉了埃里克，他听完后笑了，说这很正常。他非常宽容，难道你不认为如果他爱我，在其他方面也会对我宽容吗？”

“男人对那个方面很敏感。”

“除了埃里克。他很有智慧，也非常仁慈宽厚。我告诉你，他并不爱我，他爱的只是自己臆想出来的形象。他爱的是我身上母亲的美貌和各种品质，以及莎士比亚笔下那些女主人公和安徒生笔下的公主们的影子。人们自说自话地臆想出了一个形象，强安在你身上，并且还要因为你让他失望了而恼怒，这是什么道理！他想要把我禁锢在他的理想中。他并不在乎我到底是谁，也不接受我本来的样子。他想要占据我的灵魂。他感觉到，在我心中有什么东西是不符合他的想象的，所以便试着替换掉我内心的小火苗，把我变成他幻想的样子。所以说我很难过，但是并不懊悔。而弗瑞德也是一样。那晚他躺在我身旁的时候，他说想在这座岛上一直住下去，娶我，然后一起经营庄园，我忘记了还有什么。他描绘了一幅蓝图，并且希望我能适应。他也是想要把我禁锢在他自己的梦中，虽然这个梦和埃里克的不同，但是这也只是他的梦。我就是我，我不希望活在别人的梦中，我希望能有自己的梦想。眼下发生的一切都很糟糕，我的心情也非常沉重，但是内心深处，我知道自己因此而自由了。”

她一点儿也不激动，缓缓地、慎重地说出了每个句子。她的镇定总是让医生感到她的与众不同。他聚精会神地听着，心中有一些战栗，因为直面赤裸裸的灵魂，总是让他感到恐惧。而在路易丝身上，他看到那直白得几近残酷的直觉迫使着创世伊始就存在的混沌的生灵强行从意外事件那无法掌控的敌意中突围出来。他自忖着这姑娘日后会成长为何种人物。

“你对未来有什么计划吗？”医生问。

她摇了摇头。

“我可以等，我还年轻。外公死后这儿就是我的，也许我会卖了它。父亲想去印度，世界是很宽广的。”

“我得走了，”医生说，“能当面和你父亲道别吗？”

“我带你去他的书房。”

她领着他走过了一条长长的走廊，然后来到了屋子另一头一间略小的房间。弗里斯正坐在书桌前，桌上凌乱地堆放着他的手稿和书籍。他正在敲打着打字机，汗水从他那圆胖又通红的脸上流淌了下来，他的眼镜也滑到了鼻梁上。

“这是第九章的最后几段了。”他说，“你要走了，对吧？我恐怕没有机会拿给你看了。”

他已经忘记了那天他向医生大声朗读自己作品时，医生却进入了梦乡。或者他记得，但是并未因此受挫。

“我已经快完成了。这是一项艰巨浩大的工程，要不是我宝贝女儿的鼓励，我都无法想象自己能顺利地完成。她是当之无愧的主要受益人。”

“爸爸，不要过度劳累了。”

“光阴似箭，”他一边敲着打字机，一边喃喃地念着，“人生苦短。”

她温柔地将手放在弗里斯的肩膀上，微笑着看着打字机上的纸片。桑德斯医生再次被她对待父亲的那种挚爱触动了，依着她的聪明，她不可能看不出弗里斯是在徒劳地浪费精力。

“亲爱的爸爸，我们来这儿不是想要打扰你的，桑德斯医生想和你道别。”

“哦，当然。”弗里斯说道，从书桌边站了起来，“能遇到你真是老天的恩赐，在这么偏僻的地方，几乎没有什么访客。昨天你能来参加克里斯汀森的葬礼真是太好了，在这种场合，我们英国人应该团结起来。这会让荷兰人刮目相看。虽然克里斯汀森不是英国人，但是自从他来岛上后，我们接触很频繁，而且毕竟他和爱丽珊德拉皇后来自相同的国家。走之前喝一杯雪利酒吗？”

“不了，谢谢。我得赶快回去了。”

“我听到噩耗的时候非常难过，检察官告诉我他是因为受不了这样的炎热。他想要和路易丝结婚，我很高兴现在不用给出许可了。没有控制力的人！只有英国人能移居到陌生的地方后还能保持自身的平衡。他的死对我们来说是很大的损失，当然他是个外国人，不过我仍旧感到非常震惊和悲恸。”

很显然，在他眼里，一个丹麦人的死亡并不如一位英国人的死亡来得重要。弗里斯坚持把医生送到门口的院子。医生坐上了马车，转过身来向他们挥手告别，看到弗里斯将手放在了女儿的腰间。一束阳光透过爪哇橄榄那厚重的叶子，亲吻着路易丝的长发，留下了一圈金黄的光晕。

30

一个月后的某个傍晚，桑德斯医生坐在了新加坡范戴克酒店的露台上。这个露台不大，积满了灰尘，从这儿能看到下面的街道。小轿车横冲直撞；出租车由两头健壮的小马拉着；黄包车带着那赤足踩在地上的啪嗒啪嗒声飞驰而过。街上时不时地走过几个消瘦的高个子泰米尔人，在他们的沉默背后，在那悄无声息的隐秘的移动背后，是漫漫一夜的远行。街道两旁的树荫遮挡住了太阳，阳光透过叶隙泼溅在地上，形成了一个个不规则的光斑。中国女人穿着裤子，头上别着金钗，走出了树荫，来到了日光下，就好像是牵线木偶穿过舞台一样。街上偶尔走过一个年轻的种植园主，皮肤晒得黝黑，戴着双檐的帽子，穿着卡其色的短打。他的步子迈得很大，大概是一直在橡胶园里走来走去留下的习惯。两名深肤色的士兵昂首挺胸地走过——他们知道自己有多重要。他们穿着整洁的制服，看上去很机灵。正午已过，日光成了金黄色，空气中弥漫着一丝清爽的淡然感，就好像希望你并不要太在意此时此刻的生活一样。一辆运水车驶过，在满是尘土的路面上留下了一条水印。

桑德斯医生在爪哇待了两周。现在他正在等待去往香港的第一班船，然后在香港搭乘一艘沿海商船，便可回到福州。他很高兴自己完成了这趟旅行。他走出了多年以来一成不变的生活，从各种无益的习惯中解放了出来，前所未有地摆脱了所有世俗的束缚。他的心因精神上的独立自由而雀跃着，就好像身处天堂一般。在这个世界上，没有人能打搅他内心的宁静，知道了这一点对他而言是一种极大的喜悦。虽然通过了一种与众不同的方式，但他已能做到不再为世界烦扰，这正是修行之人毕生追求的境界。当他正像佛祖打坐般沉浸在自我满足中时，有人拍了拍他的肩膀。他抬头，看到了尼克尔斯船长。

“我正好路过，看到你坐在这儿，就过来打个招呼。”

“坐下喝一杯吧。”

“我不介意。”

船长穿着岸上穿的衣服，虽然不旧，但却破得很厉害。他那精瘦的脸上戳着两天未刮的胡子。他的指甲缝黑黑的，塞满了脏东西。他低头看着脚面。

“我找过牙医了，”他说，“你是对的。牙医说我一定得把它们全拔掉。他说一点儿也不惊讶我有消化不良，在他看来，我能撑到现在已经是奇迹了。”

医生看了他一眼，注意到他的上门牙已经不在了，这让他那奉承的笑容前所未有的让人厌恶。

“弗瑞德·布莱克呢？”医生问道。

船长嘴角的笑容顿时收敛了起来，不过眼神中仍折射出几分嘲讽。

“结局太伤感了，可怜的年轻人。”他回答道。

“什么意思？”

“一天晚上掉下海去了，或者是自己跳下去的，谁也没有注意到，第二天早晨就不见了。”

医生几乎不敢相信自己的耳朵。

“暴风雨？”

“不是，大海就像是贮木场一样平静。我们离开坎德拉的时候他情绪非常低落。我们按照计划去了巴达维亚，我猜他在那儿等一封信，不过信到底来了没有我也不知道，问我也没用。”

“怎么会没有人注意到他掉下海了呢？掌舵的人呢？”

“那天晚上我们顶风停船，所以都喝得烂醉。虽然和我无关，但我还是叫他开心点儿，他叫我管好自己的事。我说，好吧，随你吧。只要不影响我睡觉，随便你做什么。”

“什么时候的事？”

“一个礼拜前，上周二。”

医生向后仰去。这真是一个不小的打击。不久之前他还和那个孩子坐在一起聊天。那时他感到，弗瑞德体内有一种纯真和渴望，非常吸引人。一想到他现在正漂在海中，被潮汐摆布着，糟蹋着，医生就感到非常难过。他还只是个孩子。不管拥有怎样的人生观，当年轻的生命消逝时，医生总感觉到心口一阵剧痛。

“对我来说，还有一件很棘手的事。”船长接着说，“我们玩克里比奇牌，他几乎赢走了我所有的钱。你走之后我们就一直在玩牌，我跟你说，他的手气真是好得不像话。我玩牌的水平比他好，要是不确定这一点我是不会和他铆上的。我把赌注加了倍，你知道吗，我还是输得一塌糊涂。我开始想，他是不是出老千了，不过在这方面，谁都没资格教我该怎么做。我实在看不出他出千了，他就是运气好。总而言之，到了巴达维亚时，他赢走了我这趟航行中所赚的每一个子儿。

“事情发生后我弄开了他的保险箱，我们在马老奇的时候买了几个。

你知道的，我不得不这么做，因为要看看有没有什么亲属的联络地址。对这种事情我是很认真的。不过你知道吗，里面什么都没有，就像是手掌心一样空空如也。那个卑鄙的杂种把所有钱都缠在了腰带上，带着它们一起跳下了海。”

“你肯定非常失望。”

“我从来没喜欢过他，从一开始就是。他就是个骗子。听好了，那都是我自己的钱，大部分。你别告诉我他的牌技就是有那么好。要不是在槟榔屿把‘芬顿号’卖给了一个中国佬，我都不知道该怎么办了。看起来我成了牺牲品。”

医生凝视着船长。这是一个很奇怪的故事，他自忖着这中间到底有多少真话。尼克尔斯船长让他充满了反感。

“我说，你没有趁他喝醉的时候把他推下船吧？”医生刻薄地问道。

“这是什么意思？”

“你并不知道他把钱缠在了腰带里，这对你这样的游民来说可是一大笔钱。我没法排除是你害了那个可怜的孩子的可能性。”

尼克尔斯船长的脸一下子绿了。他张着嘴巴，目光呆滞。医生咯咯笑了起来。他的突然袭击得到了效果。真是个十足的恶棍！正当这时，他发现船长的目光并未落在他身上，而是盯着他身后。他转过身，看到一个女人正缓缓地走上露台的台阶。她个子很矮，人也很胖，长着一张平坦如馅饼般的苍白的脸庞。她的眼睛不知怎的总让人觉得有些向外突出，它们圆得不可思议，就像靴扣一样闪闪发光。她穿着一条黑色的裙子，裙子很紧，将她身上的肉勒出了一道道褶子。她头上戴着一顶黑色的草帽，像男人的款式。她的穿着对热带来说，真是太不合适了。她看上去非常热，而且怒气冲冲。

“我的上帝啊！”船长压低了声音，喘着粗气说道，“是我那婆娘！”

她从容地走到了他们的桌子旁。她看着那郁郁寡欢的男人，眼神中流露出厌恶，而他则无助又楚楚可怜地望着她。

“船长，你的门牙怎么了？”她说。

他讨好地微笑着。

“真没想到能在这儿见到你，亲爱的，”他说，“这真是一个美妙的惊喜。”

“船长，我们去喝一杯茶吧。”

“遵命，宝贝儿。”

他站了起来。她转过身，就像来时一样走了。尼克尔斯船长跟着她，脸上的表情非常凝重。医生想，船长大概永远也不会知道可怜的弗瑞德·布莱克的真相了。他看着船长跟在太太旁边，一言不发地沿着街向前走着，不禁露出了一丝冷酷的微笑。

突然吹过一阵微风，树上的叶子沙沙作响。阳光透过叶隙倾洒了下来，在他身旁跃动了一会儿。他想起了路易丝和她那灰金色的头发。她就像是古老传说中的妖妇，爱上她的男人都将走向毁灭。她是一个谜一样的女人，镇定沉着地承担着家庭的各种职责，同时淡然冷静地等待着那些将在合适的时候降临在她身上的事。医生很好奇她到底会有怎样的际遇。想到这儿，他叹了一口气，因为不管将来会发生什么，即便那最奢华的美梦也成了真，到最后，也都将灰飞烟灭，剩下的，唯有幻觉而已。

图书在版编目（CIP）数据

偏僻的角落 /（英）毛姆（Maugham，W.S.）著；刘宸含译. —南京：译林出版社，2016.6

（毛姆作品）

书名原文：The Narrow Corner

ISBN 978-7-5447-6353-0

Ⅰ.①偏… Ⅱ.①毛… ②刘… Ⅲ.①长篇小说－英国－现代 Ⅳ.①I561.45

中国版本图书馆CIP数据核字（2016）第092690号

著作权合同登记号 图字：10-2012-381号

书　　名 偏僻的角落
作　　者 〔英国〕威廉·萨默塞特·毛姆
译　　者 刘宸含
责任编辑 王振华
特约编辑 苑浩泰
出版发行 凤凰出版传媒股份有限公司
译林出版社
出版社地址 南京市湖南路1号A楼，邮编：210009
电子信箱 yilin@yilin.com
出版社网址 http://www.yilin.com
印　　刷 三河市华润印刷有限公司
开　　本 640×960毫米 1/16
印　　张 16
字　　数 184千字
版　　次 2016年6月第1版 2023年10月第4次印刷
书　　号 ISBN 978-7-5447-6353-0
定　　价 38.00元

译林版图书若有印装错误可向承印厂调换